U0817944

暗算

（听风者）

（看风者）

（捕风者）

麦家 著

人民文学出版社

图书在版编目（CIP）数据

暗算/麦家著. —北京：人民文学出版社，2021
ISBN 978-7-02-012020-8

Ⅰ. ①暗… Ⅱ. ①麦… Ⅲ. ①长篇小说—中国—当代 Ⅳ. ①I247.5

中国版本图书馆 CIP 数据核字(2021)第 219785 号

策划编辑 **脚 印**
责任编辑 **张梦瑶**
装帧设计 **陶 雷**
责任印制 **任 祎**

出版发行 **人民文学出版社**
社　　址 **北京市朝内大街 166 号**
邮政编码 **100705**

印　　刷 **北京盛通印刷股份有限公司**
经　　销 **全国新华书店等**

字　　数 **193 千字**
开　　本 **880 毫米×1230 毫米 1/32**
印　　张 **9　　插页 2**
印　　数 **1—10000**
版　　次 **2006 年 7 月北京第 1 版**
印　　次 **2021 年 11 月第 1 次印刷**

书　　号 **978-7-02-012020-8**
定　　价 **55.00 元**

如有印装质量问题,请与本社图书销售中心调换。电话:010-65233595

脚 印 工 作 室

暗算

序曲

01

一个已经几十年不见的人，有一天，突然在大街上与你劈面相逢，或者一个素不相识的人，有一天突然成了你的故交挚友，然后你的人生像火遇到了水，或者像水遇到了火，开始出现莫名的变化。我相信，这样的事情说起来大家都有。我也有。坦率地说，本书就源自我的一次奇特的邂逅。

02

说说我的这次邂逅很有意思。

那是十二年前的事。十二年前，我是个三十岁还不到的嫩小子，在单位里干着很平常的工作，出门还没有坐飞机的待遇。不过，有一次，我们领导去北京给更大的领导汇报工作。本来，汇报内容是白纸黑字写好的，小领导一路上反复看，用心记，基本上已默记在心，无须我亦步亦趋。可临了，大领导更改了想听汇报的内容，小领导一下慌张起来，于是紧急要求我“飞”去，现场组织资料。我就这样第一次荣幸地登上了飞机。正如诗人说的：凭借着天空的力量。我没用两个小时就到达北京。小领导毕竟是小领导，他还亲自到机场来接我，当然不仅是出于礼仪，主要是想让我“尽快进入情况”。但是，我一出机场，刚要跟小领导见上面，二位公安同志蛮横地拦在我们中间，不问青红皂白，要求我跟他们“走一趟”。我问什么事，他们说去了就知道了，说着就推我走，把小领导急得比我还急！路上，小领导一个劲地问我到底怎么回事，我又何尝知道呢？这几乎可以肯定是一次神秘的“带走”,要不就是错误的。我反复跟“二位”申明我的名字，是麦子的麦，家庭的家。我父母给我起名麦家，是出于谦卑，也许是要求我谦卑吧。因为，麦家的意思，说白了就是田地的意思，耕作的意思，农民的意思，很朴素的。

话说回来，“二位”对我名字毫无兴致。他们说，我们带的就是你，错不了的。听来像有点不讲理，其实全是理，因为有人有鼻子有眼地指着我喊他们来带我的，哪会有错？那喊他们来带我的，也是两个人，在飞机上，我们坐在同一排，听他们私下交谈，乡音不绝于耳，给我感觉像是回到了自己远方老家。我也正是听到“两位”熟悉的乡音后,才主动与他们攀谈起来的。殊不知，这一谈，是引火烧身，引来了二位公安，把我当个坏人似的押走。

公安是机场的公安，他们是否有权扣押我，另当别论。这个问题很深奥，而且似乎也并不重要，重要的是我将如何脱身。公安把我和我的领导一起引入他们办公室，办公室分里外两间，外间不大，我们一行四人进去后，显得更小。都坐定后，二位公安开始审问我，姓名、单位、家庭、政治面貌、社会关系等等，好似我的身份一下子变得可疑可究的。好在本人领导在场，再三“坚定又权威”地证明我不是社会闲杂人员，而是“遵纪守法”的国家干部。所以，相关的审问通过得还算利索。接着，二位话锋一转，把问题都集中到“我在飞机上的所见所闻”之上，我一下子有点不知从何说起。因为，这是我第一次光荣坐飞机，“见闻”格外丰富、琐碎、芜杂，乱七八糟的，谁知道说什么呢？在我请求之下，二位开始有所指向地问我，其实，说来说去只是一个问题，就是：我在飞机上从两位“老乡”的私谈中听到了些什么。这时候，我才有所觉悟，我邂逅的两位乡党可能不是寻常人物，而我的这次不寻常的经历是跟我听到——关键是听懂——他们之私谈直接相干的。他们认为满口家乡“鸟语”会令人充耳不闻，就如入无人之境，斗胆谈私说秘，不想“隔壁有耳”，听之闻之，一清二楚。于是，心存不安。于是，想“亡羊补牢”。但是，说实话，我真的没从他们嘴里听到什么骇人听闻的东西，他们不是一开始就说家乡话的，而我也不是那种“见人熟”，加上又是第一次坐飞机，好奇之余，又发现没什么好奇的，等飞机一飞上天，马上觉得无所事事，光傻瓜似的坐着，自然戴起耳机看起电视来。我是在摘下耳机时才听到他们说家乡话的，一听到，就跟见了爹妈似的，马上跟他们套亲近，哪知道他们在聊什么。我这样说似乎有狡辩之嫌，但是天知地知我知，我绝无假话。

事实上，想想看，如果我有什么不良企图，怎么可能主动跟他们认老乡？再说，既然我要认，又怎么可能听他们说了很久之后再认？还有，既然我一听到就认，又怎么可能听到什么前因后果的？虽说口说无凭，但平心而论，我的说法——没听到他们说什么——不是不值得推敲的。我的谆谆诱导没有枉费心机，又承蒙我的领导极力美言，二位公安似有收场的打算，交头接耳一会儿，其中之一踅入里间，出来时已经同意放我。不过，必须我保证一点：不管我听到什么，事关国家机密，何时何地都不得外传，否则后果一律自负。我自然是连连承诺，然后总算“一走了之”。

03

其实，又怎么能一走了之？

在以后的日子里，此事常如一团异物，盘桓在我心头，令我感到既神秘莫测又毛骨悚然的。我不能想象，那两位乡党究竟是何等人物，有这般神秘的权威和秘密，连一句话都听不得？我要说也算是见过世面的人，但这样的“世面”没见过不说，而且打心里说，害怕见。离开公安后，我做的第一件事是从口袋里摸出两位乡党留给我的名片，撕掉，丢入垃圾桶里。不用说，这名片肯定是假的，所以也可以说，它们本来就是垃圾。我那么希望丢掉它们，意义不完全是为了丢垃圾，而是我希望通过丢掉这玩意儿，把两位乡党可能给我带来的麻烦统统变成垃圾，见鬼去。这对我很重要，因为我是个平民百姓，是最怕出是非的。

但我又有种预感，他们还会找我。

果不其然，从北京回来不久，我就接到两位乡党的电话（我给他们的地址和电话都是真的），两人轮流在电话上向我解释、问候、致歉、安慰，还客气地邀请我去他们那边玩。说来，他们单位其实就在我们地区下属的一个县城附近，也许是在山里。我以前便听说过，那县上有个大单位，住在山沟里，很神秘的，他们进山之后，县里就没有一个人再进过山，包括原来在山里生活的山民，都举家迁居了。也正因如此，没有人能说得清，这到底是个什么单位。说法倒是很多的，有说是搞核武器的，有说是中央首长的行宫，有说是国家安全机构，等等，莫衷一是。这样神秘的单位，有人邀请你去看看，一般人都是容易冲动的，我虽然心有余悸，依然不乏冲动。但却迟迟没有成行，大概还是因为“心有余悸”吧。

然后是国庆节期间的一天，有人开车找到我家，说是有人要请我吃饭，让我上车。我问是什么人，来人说是他们首长。我又问你们首长是谁，他说你去就知道了。这话跟机场公安说的一样，我马上敏感到可能是我的那两位神秘乡党。去了，果然如此，同时还有另外几个说着满口乡音的人，有男有女，有老有少，总共七八个。原来，这是老乡间的一次聚会，年年如此的，已经坚持五六年，不同的是今年新增了我。

至此，可以说，我与本书已建立起一种源头关系，以后的事情都是水到渠成的。

04

本书讲述的是特别单位 701 的故事。

“7”是个奇怪的数字，它的气质也许是黑的。黑色肯定不是个美丽的颜色，但肯定也不是世俗之色。它是一种沉重，一种隐秘，一种冲击，一种气愤，一种独立，一种神秘，一种玄想。据我所知，世界上很多国家的一些担负着某些特殊使命的组织似乎都跟“7”字有关，如英国的皇家七处、前东德的七局、法国总统的第七顾问、苏联的克格勃系统的第七研究所、日本的 731 部队、美国的第七舰队等。说到中国，就是特别单位 701，这是我国仿效苏联克格勃第七研究所而组建的一个情报机构，其性质和任务都是“特别的”,下面有三个“特别的”的业务局：

监听局

破译局

行动局

监听局主要是负责技术侦听，破译局主要是搞密码破译，行动局当然就是行动，就是走出去搞谍报。侦听，就是要听天外之音、无声之音、秘密之音；破译，就是解密，就是要释读天书，看懂无字之书；谍报，就是乔装打扮，深入虎穴，迎风而战。在系统内部，一般把搞监听的人称为“听风者”，搞密码破译的人叫做“看风者”，搞谍报的叫做“捕风者”。说到底，搞情报的人都是一群与风打交道的人，只是不同的部门，打交道的方式不同而已。

我的两位神秘乡党，其中一位是当时701的一号首长，姓安，人们当面都喊他安院长，背后则称安老板；另一位是行动局的一名资深谍报人员，姓吕，早年曾在南京从事过我党地下工作，人称“老地瓜”，就是老地下的意思。两位都是“解放牌”的革命人物，年届花甲，在701算得上是硕果仅存者。在以后的时间里，我与两位乡党关系渐深，使我有机会慢慢地演变成701的特殊客人，可以上山去“走一趟”。

山叫五指山，顾名思义，可以想见山的大致构造，就像五个手指一样伸长在大地上，自然有四条山沟。第一条山沟离县城最近，大约只有两三公里山路，出得山来，就是该县城关镇，是个依山傍水的小山城。这一条山沟也是最宽敞的，701的家属院就建在此，院子里有医院、学校、商店、餐馆、招待所、运动场地等，几乎是一个小社会，里面的人员也是相对比较繁杂的，进出也不难。我后来因为要写这本书，经常来采访，一来往往要在招待所住上几天，几次下来，这里很多人都认识我，因为我老戴墨镜（我自二十三岁起，右眼被一种叫强光敏感症的病纠缠不休，在正常的白炽灯光下都要戴墨镜保护），人们都喊我墨镜记者。

后面三条山沟是越来越狭小，就进出的难度而言，也是越来越大。我曾有幸三次去过第二条山沟，第三条山沟去过两次，而第四条，也就是最里面的山沟，一次都没去过。据说，那里是破译局的地盘，也是整个山上最秘密的地方。行动局是在第二条山沟里的右边，此外还有一个 701 培训中心，是个副局级单位，建在山沟的左边，两个单位如一对翅膀一样依山而扎，呈扇形张开，但左边的扇形明显要比右边大。据说，行动局其实没几个人，他们的人大概都是“出门在外”的。

第三条山沟里也有两个单位，一个是监听局，再一个是 701 机关，两个单位的分布不同于行动局和培训中心，是面对面，相对而立，而是分一前一后。前者为 701 机关，后者为监听局，中间地带属双方共享，都是公用设施，如球场、食堂、卫生所等。

因为无乡民进得了山，山上的一切无人糟蹋，年复一年地，现在山上树木郁郁葱葱，鸟兽成群结队，驱车前往，路上经常可以看到飞禽走兽出没。路都是盘山公路，发黑的沥青路面，看上去挺不错的，只是过于狭窄，弯又多，很考验司机的手艺。据说，山体里还有直通的隧道，可以在几个单位之间快速来回。我第二次去监听局时，曾提议安院长是不是可以让我走一回隧道，老头子看我一眼，未予理睬，好像我这个要求有点过分似的。

也许吧。

不过，说真的，在我与包括安院长在内的 701 人的接触过程中，明显感觉到，他们对我的心态是比较复杂的，表面上是害怕我接近他们，骨子里又似乎希望我接近。很难想象，如果只有害怕，我这本书将如何完成。肯定完成不了的。

好在还有“希望”。

当然，更好在每年还有“解密日”这个特殊的日子。

05

我要说，作为一个特别单位，701 的特别性几乎是体现在方方面面的，有些特别你简直想都想不到。比如它一年中有个很特殊的日子，系统内部的人都管它叫“解密日”。

我们知道 701 人的工作是以国家安全为终极目标的，但职业本身具有的严格保密性却使他们自己失去了甚至是最基本的人身自由，以致连收发一封信的自由都没有，都要经过组织审查，审查合格方可投递或交付本人阅读。这就是说，若你给他们去信，主人能否看到，要取决于你在信中究竟写些什么，如果你的言谈稍有某种嫌疑，主人便有可能无缘一睹。退一步说，即便有缘一睹，也仅仅是一睹而已，因为信看过后将由组织统一存档保管，个人是无权留存的。再说，如果你有幸收到他们发出的信（应该说这种可能性比较小，除非你是他们直系亲人），也许会奇怪他们为什么会用复写纸写信。其实，这没什么好奇怪的，因为他们投出的信件组织上必须留下副本。在尚无复印设备的年代里，要让一份东西生出副本，最好的办法无疑是依靠复写纸。更不可思议的是，在他们离开单位时，所有文字性的东西，包括他们平时记的日记，都必须上交，由单位档案部门统一代管，直到有一天这些文字具备的密度消失殆尽，方可归还本人。

这一天，就是他们的“解密日”。

这是一个让昔日的机密大白于天下的日子。

这个日子不是从来就有，而是始于1994年，即我邂逅两位乡党后的第三年。这一年是安院长离任的年头，也是我初步有写作此书打算的年头。由此不难想见，我写作此书不是因为结识了两位乡党，而是因为有幸迎来了701历史上前所未有的“解密日”。因为有解密日，我才有权进山，去“里面的山沟”看看。因为有解密日，701人，严格说是获得解密的人，才有资格接受我的采访。

不用说，若没有解密日，我写作此书的愿望将无从谈起。

06

我的身份无关紧要，我说过，这里人都叫我墨镜记者。我的名字叫麦家，如此而已。生活中，邂逅一个人，或者邂逅一件事，这是常有的事。我认为，有的邂逅只是正常生活的一部分，一种形态，一种经历，一点趣味而已，并不会给你的生活和创造带来什么特殊的不同，但有的邂逅却可能从根本上把你改变了。现在，我忧郁地觉得，我与两位乡党的邂逅，属于后一种，即把我从根本上改变了。现在的我，以写作为乐，为荣，为苦，为父母，为孩子，为一切。我不觉得这是好的，但我没办法。因为，这是我的命运，我无法选择。

至于本书，我预感它可能是一本不错的书，秘密，神奇，性感，既有古典的情怀，又有现代的风雅，还有一点命运的辛酸和无奈。遗憾的是，最支持我写此书的安院长，已经去世，无缘一睹此书的出版。他的死，让我感到生命是那么不真实，就像爱情一样，昨天还是好好的，今天就完蛋了，鸡飞蛋打，什么都没有了，生变成了死，爱变成了恨，有变成了无。如果说，此书的出版能够给他的亡灵带去一点安慰，那即是我此刻最大的愿望。

此书谨献给安院长并全体701人！

暗算 上部

听风者

瞎子阿炳

瞎子阿炳的故事就是我的两位乡党之一安院长讲给我听的，这也是我听到的第一个关于 701 的故事。讲这个故事时，安院长还是安院长。就是说，他是在离任前给我讲这个故事的，当然还是“密中之人”。再说，那时候，也还没有“解密日”之说，即使现在，他依然没有被列入解密的名单中。根据以往惯例，701 头号人物的解密时间一般是在离职后的十年左右，如果以十年计，那么也要到明年才是他的解密时间。所以，有关他的故事，我所知甚少，有所知也不敢妄言。这不是胆大胆小的问题，而是常识问题。

人在常识面前犯错误，不叫胆大，而是愚蠢。

那么，他何以敢在解密日颁布之前私自将阿炳故事告诉我？我思忖，大概他在当时已经知道即将有解密日之事，而且阿炳的事情必在头批解密的名单中。事实也是。所谓艺高胆大，他是艺高胆大——站得高，看得远。他时处 701 众人之上，比众人先知早觉一些内情秘事，实属正常。但依我之见，这不会是他急匆匆给我讲阿炳故事的决定性理由，决定性理由也许是没有的，倒是有两个可以想见的理由：一个，他是阿炳故事最直接的知情人，自然是最权威的讲述者；另一个，我怀疑他对自己的命数充满不祥之虑，担心某一天会说走就走，所以便有“早说为妙”的心计。他后来果然是“说走就走”的，夜里还好好的，还在跟人打电话，说往事，一觉睡下去，却永远瞑目不醒。现在，我重述着他留下的故事，有种通灵的感觉。

下面是老人的口述实录——

01

我去世已久的父母不知道，我以前和现在的妻子，还有我三个女儿包括女婿，他们也都不知道，我是特别单位 701 的人。这是我的秘密。但首先是国家的秘密。任何国家都有自己的秘密，秘密的机构、秘密的武器、秘密的人物、秘密的……我是说，有说不完的秘密。很难想象，一个国家要没有秘密，它会以什么样的方式存在。也许就不会存在了，就像那些冰山，如果没有了隐匿在水下的那部分，它们还能独立存在吗？有时候我想，一个秘密对自己亲人隐瞒长达几十年，甚至一辈子，是不公平的，但如果不这样，我的国家有可能不存在，起码有不存在的危险，不公平似乎也只有让它不公平了。

秘密不等于见不得人。在我秘密的一生中，我从没干过见不得人的事，我的单位，你知道，它不是什么恐怖组织，而是一个重要的情报机构，主要担负无线电侦听和破译任务。要说这类机构任何国家和军队都有，所以它的秘密存在可以说是公开的秘密，真正秘密的是其所处的地理位置、人员编制、工作手段及困难和成果等等，这些东西打死我也不会说的，因为它们远远比我的生命重要。

在我们701，大家把像阿炳这样的人，搞侦听的人，叫“听风者”。他们是靠耳朵吃饭的，耳朵是他们的武器，是他们的饭碗，也是他们的故事。不用说，作为一个从事侦听工作的专业机构，701聚集了众多在听觉方面有特别能力的人，他们可以听到常人听不到的天外之音，并且能够识别声音中常人无法识别的细微差别。所以，他们的耳朵常常被人誉为“顺风耳”。顺风耳是跟着风走的，风到哪里，他们的听觉就跟到哪里，无音不闻，无所不知。然而，在1969年的那阵子，我们一双双顺风耳都被对方捂住了，一个个都成了有耳无闻的聋子。

事情是这样的，这年春季，由我们负责侦听的苏联军方师旅级以上单位的无线电系统突然静默了五十二个小时。这么大范围，这么长时间，这么多电台，无一例外地处于静默，这在世界无线电通讯史上是创下纪录的。如果说这是出于战略需要，那么这种军事谋略也是破天荒的，与其说是军事谋略，倒不如说是疯狂行为。想想看，这五十二个小时会发生多少天下大事？什么天下大事都可能发生！所以说，对方的这一招绝对是疯狂透顶的。

然而，他们这次要疯狂的结果是当了个大赢家，五十二个小时静静地过去了，什么事也没发生。这是第一赢，可以说赢的是运气。还有第二赢，赢的却都是我们的血本。就在这五十二个小时内，他们把师旅级以上单位的通讯设备，上下联络的频率、时间、呼号等等，统统变了。这说明什么？说明我们偷偷摸摸十多年来苦苦积攒起来的全部侦听资料、经验和手段、技术等等，一夜间全给洗白了，全等于零了。他们就这样把我们甩得远远的，一时间，我们所有的人员、技术、设备等都形同虚设，用我们行话说那叫：701 瞎眼了。

想想看，在那个随时都可能爆发战争的年代里，这有多么可怕！

02

事情层层上报，最后上面传达下来一句话：我们不喜欢打仗，但更不喜欢被动挨打。

这意思很明确，就是必须改变这种局面。

然而，要指望 701 在短时间内改变局面显然是不可能的，迫不得已，总部只好紧急启用地面特工，即行动局的人。但这样获取情报的风险太大，而且截取的情报相当有限，只能是权宜之计。要彻底改变局面，除了让侦听员把失踪的敌台找回来，没有第二个办法。为尽快找到失踪的敌台，701 机关临时成立了一个办公室，专门负责四方奔走，招贤纳才。办公室由 701 头号人物钱院长亲自挂帅，四号人物吴副院长（兼监听局局长）直接领导，下面有七个成员。我就是成员之一，当时在监听局二处当处长。

在总部的协助下，我们很快从兄弟单位抽调到二十八名在侦听界享有盛誉的专家能人，组成了一支“特别行动小组”，每天在茫茫的无线电海洋里苦苦搜索，寻觅失踪的敌台。我们的努力是双倍的，但收获并不喜人，甚至十分令人担忧。特别行动小组，加上 701 原有的侦听队伍，浩浩×××人，每天二十四小时忙碌，一个星期下来，却仅仅在四十五个频率上听到了敌台的声音，而且都是转瞬即逝。

要知道，军用电台不像民用广播，后者使用的频率是不变的，而前者使用的频率少说是一天三变：上午一套频率，下午一套，夜间一套；三天为一个周期。这就是说，一个最低密度的军用电台，它至少有九套频率（3 套×3 天）。一般的军用电台通常有十五或二十一套频率，至于个别特殊电台，它变频的周期有可能长达一个月，甚至一年，甚至没有周期，永远都不会重复使用频率。

据我们了解的情况看，对方师旅级以上单位至少有一百部电台在工作。换句话说，我们至少要侦听到他们一百部电台的声音，才能比较全面地掌握敌情，好让高层做出正确的战略部署。如果一部电台以平均十八套频率计算，那么 100×18=1800 套频率。而现在一个星期过去了，我们仅仅找到了四十五套频率，只有最起码要求的 2.5%。依此类推，我们少说需要二十五个星期，即将近半年时间，才能重新建立正常的侦听秩序。而总部给我们的极限时间只有三个月。

很显然，我们面临的现实十分严峻！

03

说来奇怪，虽然同在一个院子，他是大领导，我是小领导，要说应该是有交往的。但就是没有，怪得很。我是说，以前我还没有正面地接触过我们院长，钱院长，只是不经意地碰到过几次，点头之交，认识而已。给我印象是个子很高，块头很大，长相很英俊，但对人很冷漠，老是板着脸，不苟言笑的，像个已淡出绿林的武士。单位里的人都害怕他，怕他沉默中的爆发，有人甚至因此给他取了个绰号，叫“地雷头头”，意思是碰不得的。这一天，我正在打电话，他突然气冲冲地来到我们办公室，进门二话不说横到我面前，抢过了我手上的话筒，狠狠骂道：

“我从半小时前就开始给你们打电话，一直占线。说，你在打什么电话？如果不是工作电话，我就撤掉你的职务。”

好在有我们吴局长做证，我打的是工作电话，而且就是联系侦听员的事，是最无可指责的，否则我这个处长就天上飘去了。由此可见，“地雷头头”真正是名不虚传啊。

平静下来后，首长（钱院长）对我们招贤纳才的工作提出质疑，认为我们老是在“圈子内”挑来选去，收罗到的或正在收罗的只是优秀的侦听员而已，而701现在更需要在听觉方面有过人之处的怪才偏才，甚至天才。他建议我们打开思路，走出圈子，到社会上或者民间去寻找我们需要的奇人怪才。

问题是去哪里找这样的人？

从某种意义上说，找到这样的人要比找到失踪的电台还困难。

首长对我们提这种无理要求，让人感到他似乎已经有些失去理智。其实不然。其实他已打探到这样一个人，此人姓罗，曾经是国民党中央乐团的专职调音师，据说还给宋美龄调过钢琴，后者十分赏识他，曾亲笔赠他三个字：罗三耳。解放前，在南京，罗三耳的名字总是和蒋夫人连在一起。解放后，他改名叫罗山，移居上海，现在是上海音乐学院的老师。走前，首长把这个人的联络方式，并同一本由总部首长（一位著名的领导人）亲笔签发的特别通行证丢给我们局长，要求我们即刻派人去把“他”请到701。

我曾经在上海工作过几年，对那里情况比较熟。可能是这个原因吧，我们局长把这个任务交给了我。

04

怀揣着首长恩赐的特别通行证，我的秘密之行受到了从未有过的善待和礼遇，几乎在任何环节上我都可以做到心想事成，并被人刮目相看。只有一样东西无视了我，那就是不通人性的运气。是的，我有神秘的通行证，但没有神秘的运气。就在我来上海前不到半个月，我要带的人，罗山，或者罗三耳，这个混蛋因为乱搞男女关系事发，被当时上海市文艺界一位响当当的大人物送进了班房——罗把他闺女的肚子搞大了！

我想过的，如果仅仅如此倒也罢了，或许特别通行证还能帮我峰回路转。可问题是这混蛋的屁股上还夹着根又长又大的“罗三耳”的尾巴，这时候自然要被重新揪出来。新账老债一起结，他似乎料定自己难有翻身之日，于是骗了个机会，从班房的一幢三层楼上咚地跳了下来。算他命大，没摔死，但跟死也差不多了。我去医院看他，见到的是一个除了嘴巴还能说话，其他可能都已经报销的废人，腿脚摔断不说了，从大小便失禁的情形看，估计脊椎神经也断了。

我在他床前待了有半个小时，跟他说了两层意思：第一层意思，我告诉他，我本来是可以改变他命运的，但现在不行了，因为他伤得太重，无法为我们效力——起码是在我们有限的极限时间内；第二层意思，我询问他，在他认识或知道的人中间，有没有像他一样耳朵特别好使的人。

他一直默默听着我说，一动不动的，像个死人，直到我跟他道过别，准备离去时，他突然喊了一声“首长”，然后这样对我说：

“过黄浦江，到炼油厂，那里有条黄浦江的支流，顺着支流一直往下走五里路，有一个叫陆家堰的村庄，那里有你要找的人。”

我问这个人叫什么名字，是男是女。

他说是个男的，名字他也不知道，接着又向我解释说：“这无所谓的，等你去了，问村子里任何一个人都行，他们都认识他。”

05

沿河而扎的陆家堰村庄，似乎比上海城还要古老，房子都是砖石砌的二层楼，地上铺着清一色发亮的石板和鹅卵石。下午两点多钟，我顺着陆家堰码头伸出去的石板路往里走，不久，便看见一个像舞台一样搭起的井台，一对妇女正在井台上打水洗衣。当我并不十分明了地向她们说起我想找一个什么样的人时，两人却似乎很明白我要找谁。其中年纪稍长一点的妇女这样告诉我：

“你要找的人叫阿炳，他的耳朵是风长的，尖得很，说不定我们这会儿说的话他都听见了。他现在肯定在祠堂里，你去那儿找他就是了。”

她伸手给我指了一下。我以为她指的是眼前的那幢灰房子，结果她说不是的。她又伸手指了一下，对我说：

“喏，是那一幢，有两个大圆柱的，门口停了一辆三轮车的。”

她说的是里弄尽头的那幢八角楼，从这儿过去少说有百米之远。这么远，他能听得到我们说话，那怎么可能是人？老美最新型的 CR-60 步听器还差不多。

我忽然觉得很神秘。

祠堂是陆家堰村古老和富足的象征，飞檐走角的，檐柱上还雕刻着成双成对的龙凤和狮虎。古人为美刻下它们，如今它们为岁月刻下了沧桑。从随处可见的斑驳中，不难想象它已年久失修，但气度依然，绝无破落之感，只是闲人太多，显得有些杂乱。闲人主要是老人和一些带娃娃的妇女，还有个别残疾人。看得出，现在这里成了村里闲散人聚集的公共场所。

我先在祠堂的外厅转了一会儿，然后才步入里面的正堂，见里面有两桌人在打“车马炮”——一种在南方盛行的民间纸牌，还有一桌人在下象棋。虽然我穿着朴素，并且还能说一口基本能乱真的上海话，但我的出现还是受到四周人的注目。我转悠着，窥视着，指望能从中猜认出阿炳。但感觉都似是而非的。有一个手上吊着绷带的孩子，大概有十一二岁的样子吧，他发现我手上戴着手表，好奇地一直尾随着我，想看个究竟。我取下手表给他看，末了我问他阿炳在不在这里。他说在的，就在外面，说着领我往外面门厅走去，一边好奇地问我：

“你找阿炳干什么？”

“听说他耳朵很灵光是不是？”

“你连这个都不知道？看来你不是我们村里人。”看我点头后，他马上变得神秘地告诫我，“你别跟他说你不是我们村里人，看他能不能听出来。”笑了笑，又说，“不过，我想他一定能的。”

来到外厅，孩子左右顾看一下，便领我到一个瞎子前，大声喊起来：

“阿炳，来，考考你，他是谁家的人？”

这个瞎子刚才我一来这里就注意到的，坐在小板凳上，抱着根拐杖，露出一脸憨笑，看样子不但是瞎子，还像是个傻子。我怎么也想不到，罗山举荐给我的居然是这么个人，又傻又瞎的。这会儿，他听孩子说要考他，似乎正是他等待已久的，立即收住憨笑，一脸认真地等着我“开口说话”，把我弄得糊里糊涂的，一时有些不知所措。

“说话啊，你，快说话。”孩子催促着我。

“说什么？”

“随便说什么都可以。”我稍一犹豫，孩子又惊惊乍乍地催促我，“快说！你快说话啊！”

我觉得这样不太好，好像我们合伙在欺负一个瞎子似的，所以我想都没想，就以一种支吾的口吻对他说：

“你好……阿炳……听说你的耳朵……很灵光，我是来……”

我话还没说什么，只见阿炳双手突然朝空中奋力一挥，叫道：

“不是。他不是我们村里人。”

他的声音闷闷的，像从木箱里滚出来的。

说真的，我没有因此觉得他听力有多么了不起，毕竟我的上海话不地道，说的话和这里人说的虽是大同，却有小异。我甚至想，换成我，哪怕让我闭上眼睛，他阿炳，包括这里任何人，只要开口说话，我照样听得出他们不是上海城里人，而是乡下的。这是一回事。难道这就是他的本事？正在我疑惑之际，孩子已经节外生枝，给我闹出事情来了。这孩子我发现是很调皮的，他存心想捉弄阿炳，硬是骗他猜错了——

“哈哈，阿炳，你错了，他就是我们村里人！”

“不可能……”

“怎么不可能？他是我在北京工作的叔叔。”

“不可能！”

这一回阿炳否定得很坚决，而且还很生气地——越来越生气，咬牙切齿地，最后几乎变得像疯癫了一样地发作起来：

“不可能！绝对不可能！你……你是骗子！你骗人！你骗我！你……你……你们万家的人……都是骗子！都不是好东西！骗人的东西！骗子！骗子！……”

骂着骂着，脸变得铁青铁青，浑身跟抽风似的痉挛不已。

旁边的人见此都围上来，一个城里人模样的老者像哄小孩一样哄着安慰他，还有位妇女一边假装抡起巴掌威胁要掴孩子耳光，一边又暗暗示意他快跟阿炳道歉，孩子也不情愿地上前来跟他认错道歉。就这样，好不容易才让阿炳安静下来。

这一切在我看来简直怪得出奇。如果说刚才是我把他看作傻子，那么现在该说是他让我变作傻子了，前后就几分钟的时间，我看到的他，既像个孩子，又像个疯子，既可笑，又可怜，既蛮横，又脆弱。

我感到神秘又怪诞。

06

世界有时候很小，那个城里人模样的老者原来是罗山一个单位的，几年前才退休回来村里养老。不用说，罗山是通过他知道阿炳的。

老人告诉我，阿炳是个怪物，生下来就是个傻子，三岁还不会走路，五岁还不会喊妈。五岁那年，阿炳发高烧，在床上昏迷了三天三夜，醒来居然会张口说话了，可眼睛却又给烧瞎了，怎么治也治不好。奇怪的是，虽然什么也看不见，但他知晓的东西似乎比村里任何一个明眼人还要多，庄稼地里蝗虫成灾了他知道，半夜三更村子里进了小偷他知道，谁家的媳妇养了野男人他知道，甚至谁家住宅的地基在隐秘地下沉他也知道。这一切都得益于他有一双又尖又灵的神奇的耳朵，村子里有什么事，别人还没看见，他已经用耳朵听见了。有人说他耳朵是风长的，只要有风，最小的声音都会随风钻进他耳朵。也有人说，他身上的每一个汗毛孔都是耳朵，因为人们发现，即使把他耳朵堵住，堵得死死的，他的听力照样胜人一筹。可以这样断言，阿炳的耳朵是了不起的，靠着这双耳朵，他虽然双目失明，但照样能够凭声音识别一切。

老人认为，凭阿炳出奇的听力，最合适去当个乐器调音师，所以一度想让罗山认阿炳做个徒弟，好让他谋碗饭吃。但罗山来村里看见他这样子（又瞎又傻），断然不肯，阿炳母亲，还有村里很多人求他都不肯。老人认为罗山是个自私的人，对他现在的结局（我告诉他的），老人没有幸灾乐祸，但也没有一点悲伤或者惋惜什么的。

就在我跟老人聊谈期间，有人抱着个小男孩又来“考”阿炳了。孩子才一岁多点，还不会说什么话，只会跟人喊个叔叔阿姨什么的。从穿戴上看，孩子不像村里人，说的也是普通话。来人把孩子丢在阿炳面前，一边引导孩子喊“阿炳叔叔”，一边要阿炳“耳测”他是谁家的孩子。孩子鹦鹉学舌地喊过一声“阿炳叔叔”后，就抓住阿炳手上的拐杖，叽叽呀呀地要抢过来玩。就这时，阿炳用一种没有丝毫犹豫的语调一口气这样说道：

“这是陆水根家老三关林的孩子，是个男孩。我不会记错的，关林出去已经九年零两个月又十二天了，在福州××××部队上当兵，出去后回来过四次，最近一次是前年的端午节，是带着他老婆回来的。他老婆跟我说过话，我记住的，是个北方人。这孩子的声音像他妈，很干净，有点硬。”

虽然说话的声音还是有点发嗡，但已全然不见刚才那种紧张、结巴，感觉像在背诵，又像是一台机器在说，这些早在他心中滚瓜烂熟，只要他张开嘴，它们就自动淌出来了。

老人向我解释道，他们陆家堰是方圆几十里出名的大村庄，有三百多户人家，大大小小近两千人，村里人没有谁能够把全村人都有名有姓、有家有户地指认出来。唯独阿炳，不管大人小孩，不管你在村里还是在外地生活，只要你是这村子的人，父辈在这里生活或者生活过，然后你只要跟他说上几句话，他听声音就可以知道你是哪家的，父母是谁，兄弟姐妹几个，排行老几，你家里出过什么事情等等，反正你一家子的大小情况，好事坏事，他都能如数家珍地报说出来，无一例外，少有差错。刚才这孩子其实是生在部队长在部队的，这还是第一次回村里来，但依然被阿炳的耳朵挖得知根知底。

我惊诧不已。

我想，这个又傻又瞎的阿炳无疑是个怪人，是个有惊人听力和记忆力的奇才，当然就是我要找的人。村里没电话。当天晚上，我赶回城里，要通我们局长的电话，把阿炳包括姓罗的情况作了如实汇报。该要的人不行了，想要的人又是个瞎子傻子，我们局长犹豫再三，把电话转给了院长大人。院长听了汇报后，对我说：

“俗话说，十个天才九个傻子，十个傻子一个天才。听你这么说，这人可能就是个傻子中的天才，把他带回来吧。”

07

第二天清早，我又去陆家堰。想到昨天来回一路的折腾，再说今天还要带个瞎子走，这次我专门租了一艘游艇来。

游艇在码头等我。

我第二次走进了屋密弄深的陆家堰村。

离祠堂不远，门前有七级台阶，走进去是一个带天井和回廊的院落，里面少说有七八家住户。村里人告诉我，三十年前的一个夜晚，这个院子曾接待过一支部队，他们深夜来凌晨走，这里人甚至不知道他们是哪方部队。但是谁都知道，他们中肯定有一人让这裁缝家的女儿受了委屈或者欺骗。十个月后，裁缝家没有婚嫁的女儿无法改变地做了痛苦的母亲。三十年后的今天，这里一家敞开的门里依然传出缝纫机的声音，就在这间屋子里，阿炳母亲接待了我。她是村上公认的最好的裁缝，同时也是全村公认的最可怜的女人，一辈子跟自己又瞎又傻的儿子相依为命，从没有真正笑过。在她重叠着悲伤和无奈的脸上，我看到了命运对一个人夜以继日的打击和磨难。还没有五十岁，但我看她更像一个年过七十的老妪。靠着一门祖传的手艺，母子俩基本做到了衣食无忧，不过也仅此而已。

开始，阿炳母亲以为我是来找她做衣服的，当我说明是来找阿炳时，母亲似乎也就一下明白我不是本村人。因为，村里人都知道，每天上午阿炳总是不会在家的。因为耳朵太灵敏的缘故，每当夜深人静，别的人都安然入睡了，而阿炳却常常被村子里"寂静的声音"折磨得夜不能寐。为了睡好觉，他一般晚上都去村子外的桑园里过夜，直到中午才回村里。看管桑园的老头，是阿炳母亲的一个堂兄弟，每天他总是给阿炳准备一小捆桑树杆，让他带回家。这是他们母子俩每天烧饭必需的柴火，也是儿子能为母亲唯一效的劳。那天，阿炳被我临时喊回来，匆忙中忘记给母亲带桑树杆回来。一个小时后，阿炳已随我上了游艇，就在游艇刚离开码头时，他像突然想起什么似的，焦急万分地朝码头上高呼大喊：

“妈，我今天忘……忘记给你带柴火了，怎、怎么办……”

游艇才离开码头，我还来得及掏出二十块钱，塞在烟盒子里，奋力抛上岸。

阿炳听到我做了什么后，感动得滴出泪，对我说：

“你是个好人。”

这件事让我相信阿炳并不傻，只是有些与众不同而已。

说真的，那天村子里起码出动了几十个人，男男女女，老老少少的，他们一直把我和阿炳送到码头上。当他们看见游艇一点点远去，确信我不是骗他们，而是真的把阿炳带走了（去培养他当调音师），我想他们一定以为我也跟阿炳一样是个傻子，要不就是个大坏人。在乡下，老人们都说拿什么样人的骨头烤干，磨成粉，做出来的药可以治什么样人的病。换句话说，拿阿炳的骨头做成药，可以叫成群的像阿炳一样的傻子都变成聪明人。而我有可能就是这样一个人，想用阿炳骨头做药的大坏蛋。

不管怎样，有一点我想陆家堰的村民们是万万意料不到的，就是：他们认定的傻子阿炳即将成为一个撼天动地的大英雄。

08

尽管钱院长，还有我们吴局长，对我带回来的人存在着生理缺陷这一点早已有一定心理准备，但当阿炳立在他们面前时，他们还是感到难以接受的失落。

由于旅途的疲劳——一路上阿炳连眼皮都没动一下，他在嘈杂的人声里怎么睡得着？旅途中造成的脏乱，以及由于心情过度紧张导致的面部肌肉瘫痪，再加上他病眼本身就有的丑陋，阿炳当时的样子确实有些惨不忍睹，可以说要多邋遢就有多邋遢，要多落魄就有多落魄，要多怪异就有多怪异。对我来说，最担心的是他在老家神奇有余的耳朵到701后会变得不灵敏。所以，事先我再三交代他，到时间——等首长们来看他时——一定要给他们“露一手”。事后看，我这交代是弄巧成拙了，因为他认定我是个好人，对我的话绝对言听计从，我这么一交代以后，他时时处处都不忘“露一手”。结果来的人，不管谁开腔说话，也不管你是不是在跟他说，他都当作在“考”他。于是正常的谈话根本无法继续下去，只听他左右开弓地在“应试”——

“你是个老头子，少说有六十岁了，可能还经常喝酒……”

“你是个烟鬼，声音都给熏黑了……”

“你还是那个老头子……”

“嗯，你比较年轻，顶多三十岁，但你的舌头有点短……”

“嗯，你的嗓子好像练过，声音跟风筝一样会飞……”

“嘿嘿，你还是那个老烟鬼……”

说话间，院子里突然传来两只狗的叫声，阿炳一下子屏声静气的，显得十分用心又使力地倾听着，以至两只耳朵都因为用力而在隐隐地动。不一会儿，他憨憨一笑，说：

“我敢说，外面的两只狗都是母狗，其中一只是老母狗，少说有七八岁；另一只是这老母狗下的崽，大概还不到两岁。”

狗是招待所养来看门的，这会儿招待所长就在首长旁边，首长掉头问他：

“是不是这样的？”

“也对也不对，”所长答，“那只小狗是雄的。”

阿炳一下涨红了脸，失控地叫道：

“不可能！绝不可能！你……骗我！你……是个坏人，捉、捉弄我、我一个瞎子，你……算什么东西！你……你、你是个坏人……”

气急败坏的样子跟我在陆家堰见到的如出一辙。

我赶紧上前安慰他，一边对所长佯骂一通，总算把他哄安静下来。完了，我示意大伙出去看看。一边出门来，一边听所长嘀咕，说那只小狗从去年生下来就一直在他眼皮底下，雌雄他哪能分不清。但当我们走到院子里，看见那两只狗时，所长愣了，原来他所说的那只雄性小狗并不在现场，在场的两只狗中只有那只老狗是他招待所的，另一只是机关食堂的。而这只狗和他们招待所的那只雄小狗是一胎生下来的，而且的确是雌的。

听所长这么一说，大伙儿全都愣了。

完了，局长拍拍我的肩膀说：“看来你确实给我带回来一个活宝。”回头，他又用一种命令的口气对所长说，“按干部待遇安排好他吃住，另外，给他找副墨镜戴上，晚上我再来。”

09

这天晚上，首长亲自带着我们局长等一行人，这行人又带着二十部录放机和二十个不同的福尔斯电码来到招待所，在会议室摆开架势，准备对阿炳进行专项听力测试。测试方式是这样的，先给阿炳听一个信号，给他一定的时间分辨这信号的特征，然后任意给他二十种不同的信号，看他能否从中指认出开始那个信号。这感觉就好比是在阿炳面前坐上二十个人，他们的年龄和口音基本上是相同的，比如都是二十岁左右，都是同一地区的人，首先安排张三随便地跟阿炳说上几句话，然后再让这二十人包括张三，依次跟他说话，看他能否从一大堆口音中把张三揪出来。

当然,如果这二十人都是中国人,说的都是国语,我对阿炳是有信心的。但现在的情形显然不是这样，因为阿炳对福尔斯电码一窍不通，也许听都没听过，就好比这二十人说的都是外语，那么我觉得难度就很大。何况事实比这个还要复杂，还要深奥，因为再怎么说外语总是人在说的，是从人的嘴巴里发出来的，这里面自然还有些共性可寻。狗也是这样，在陆家堰的很多夜晚，阿炳正是从变化了的狗叫声中破解流贼入村的机密的。这也就是说,阿炳对狗叫声是熟悉的。而电波这玩意儿对他来讲纯属天外之音、世外之物，他可能想都从未想过，更不要说打什么交道了。所以，对晚上的这种测试，我基本持悲观态度。我甚至觉得这样做是有点离谱了。

但阿炳简直神了!

也许对一个非常人来说，他们的日常生活就是由种种非同寻常的、在你眼里不可理喻的奇事怪情组成的，你担心他们某一件怪异事做不下来，就好比穷人担心富人买不下一件昂贵之物，本身就是杞人忧天，同时这也成为证明你现在不是、今后也难以当上奇人或者富豪的最直接证据。

测试的过程有点复杂，但结果很简单，就是阿炳赢了。不是一局一胜制的赢，也不是五局三胜制的赢，而是全赢。全赢也不是五局五胜的赢，而是十局十胜的赢。其间，阿炳除了不停地抽烟，似乎并没有更出奇的依靠或者更神秘的魔法。

要说清楚测试情形是困难的，但又不能因为困难而回避不说。你也许知道，福尔斯电码是国际通用的电讯语言，不管明码还是密电，电文均将译成若干组电码，而每一组电码一律由四位阿拉伯数字组成，俗称“千数码”。考虑到阿炳对电码不熟悉，第一次测试，工作人员让他听了十组码，算时间的话大概有近半分钟。这就是“听样时间”，如果在这时间内不能对“样品”留下足够的特征记忆，那么以后你必然无法将它从一堆电波中指认出来。听完样品后，工作人员开始制造混乱，相继打开八部录音机，也就是放出八种不同的电波声，每一种播放十组电码。阿炳听罢，均一一摇头否认。第九次播放的就是他刚才已经听过的样品，依然有十组码，但才播放到第四组时，阿炳便果断地摁灭烟头，说：

“就是它。”

没错，就是它！

阿炳赢了第一回合。

后来的回合和第一回相比，程序和内容都是相同的，不同的只是样品码在依次减少，如第二回合样品码已减至九组，然后逐一减少，到第十回合时，样品码只剩下一组。毫无疑问，样品码越少，听样时间就越短，相应的辨别难度也就越大。但对阿炳而言似乎都没有难度，都简单。从第一回合开始到第十回合结束，没有一回叫他犯难的，更不要说出错了。没有错。非但没有错，而且每一回合他都是提前胜出的。而最快的是第五回合，他只听了一组码便击掌叫起来：

“行了，就是它！”

这个晚上让所有在场的人都感到万分震惊和鼓舞！

10

求胜心切是当时 701 所有人的心情。

根据阿炳已有的天才本领，我们吴局长率先向首长提议，力荐阿炳马上投入实际侦听工作，并得到了在场多数人的赞同。在提议的背后，也有足够的理由支持，主要有三条：

1. 虽然阿炳对福尔斯电码并不懂，但晚上的事实充分表明，懂与不懂跟他无关，不懂他照样能去伪存真，百里挑一。如果要等懂了才上机实战，那就不是他奇人阿炳了。

2. 作为一个国家和军队的通讯系统，不管怎么变动，总是或多或少存在着一定的共性和特征。现在我们已经找到对方五十多套频率（几天中又可怜地增加了几套），这就是说，我们已经有了一定数量的“样品”。虽然那些未知敌台的声音不会跟这些“样品”的声音一模一样，甚至在常人听来可能完全不一样，但对能够把两条狗的血缘关系及雌雄辨别出来的阿炳来说，我们应该有信心相信他一定能在差异中寻求到蛛丝马迹的共性和暗合。

3. 至于阿炳不会操作机器就更不是问题了。因为我们可以给他配上一个甚至几个 701 最出色的侦听员做他的助手，他们会给他解决实战中面临的所有具体操作问题。事实上，阿炳神奇的是他的耳朵，我们要使用的也只是他的耳朵，等等。

我是当事者中唯一的反对者。但吴局长包括众多赞同者说得那么头头是道，以至把我都差点说服了。不过，出于谨慎，我还是道出了我反对的理由。我这样对大家说：

“也许我比大家更了解阿炳，阿炳是个什么人？奇才，怪人。奇在哪里？怪在哪里？我们不难看出，他一方面显得很天才，一方面又显得很弱智，而且两方面都很突出且不容置疑。我认为，缺乏正常的理性和思辨力，这是体现阿炳弱智的最大特征。在生活中，阿炳认定事物的方式和结果总是很简单，而且只要他认定的东西，是不可改变和怀疑的。这说明他很自信，很强大。但同时他又很脆弱，脆弱到了容不得任何责疑和对抗。当你和他发生对抗时，他除了自虐性的咆哮之外，没有任何抗拒和回旋的余地。关于这一点，局长在下午应该有所体会，而我通过这几天的接触则深有体会。请相信我的感觉，阿炳的脆弱和他的天才一样出众，一样无与伦比，他像一件透明的闪闪发光的玻璃器皿一样，经不起任何碰击，碰击了就要毁坏。这是我要说的第一点。

“第二点，根据阿炳已有的表现，我们有充分理由相信，就这样不做任何准备，派他直接上机实战，未必就一定会影响他天才的发挥，他剑走偏锋，一下来一个出奇制胜，这完全是可能的，而且可能性相当大。但我认为光可能不行，可能性很大也不行，必须是百分之百的。因为如果一旦出现失利，失败将极可能是百分之百的。正如大家说的，我们不能把阿炳视为常人，如果是一个平常人，他有如此高超的本领，我们又是那么求胜心切，不妨就这样盲目地让他去试一下，如果行，最好；不行，再回头来给他练练兵，等练完兵后再重新上阵也不是不可以的。问题是他不是常人，我们不能拿他去试，去冒险，因为万一不行，阿炳可能会由此对侦听工作产生无法消除的恐惧和厌恶，甚至很可能以后他一听到电波声就会咆哮，就会发抖，就会疯狂。这样他的天才，他天才的一面，对我们 701 来说就意味着被报销掉了。谁敢百分之百肯定他上机一定能剑走偏锋，在短时间内找到敌台？谁又知道他忍耐的极限时间有多久，是一天？两天？还是半天？还是一两个小时？所以，我建议大家还是保守一点好，给他一定的练兵时间，让他在有百分之百把握的情况下再投入实战……”

我的声音——余音——在会议室里静静地盘旋，大家静静地等待着首长发话。首长在众目睽睽下立起身，一步一停地走到我面前，然后又一字一顿地对我说：

“我听你的，我把他交给你。从现在开始，你可以动用我 701 任何人力和设备，只要是对他练兵有利的。”

“给我多少时间？

“你需要多少时间？”

我想了想：“半个月。”

首长咬牙切齿地说：“我没有那么多时间，我只给你一个星期！一个星期后你必须把人给我带进机房，而且必须是万无一失的，拿你的话说就是——百分之百不是冒险的！”

11

一个星期等于七天。

七天等于一百四十八个小时。

减去每天的睡眠时间，还有多少小时？

我成为侦听员是接受了八个月的培训，要算课时大概在两千节之上，而且大多数侦听员都是这么成长起来的。有一个姓林的北方人，是女的，开始在我们总机班当接线员，然而一个月下来她居然把 701 那么多人的声音都认清并牢记了。有这个本事当然应该去当侦听员。

于是在我们毕业前三个月，她成了我们队上的插班生。当时教官们都不相信她能随我们如期毕业，但毕业时她各科的成绩都在大部分人之上，尤其是抄收福尔斯电码的速度（这绝对是我们的主课），遥遥领先于全队所有人，达到每分钟抄收二百二十四个电码的高速，几乎是当时我们全队平均成绩的两倍。一年后，在全国邮电系统举行的福尔斯电码抄收比赛中，她以 261 码 / 分钟的优异成绩勇夺桂冠，一度被系统内部人誉为“天兵神将”。

我说这些的意思是，无论如何，一个礼拜是训练不出一个侦听员的，即使阿炳的本事在人家“林神将”的十倍之上，这个时间也是远远不够的。但我是不可能增加时间的，谁也不可能。所以，我想，唯一的可能就是“偷工减料”，不指望把阿炳训练成真正合格的侦听员，而只是用这短短的时间尽量灌给他一些必不可少的东西，比如福尔斯电码，他起码要听得懂；

另外，对我们已经找到的敌台，他应该反复地听录音，听出它们的特征和差异。前者是常识，后者是感觉，两者兼而有之，他上机才不至于莫名其妙。只能这样。但就这样，七天时间也只够点到为止。

一天。

两天。

三天。这天下午，我来到我们局长办公室，向他汇报阿炳练兵情况。我说，阿炳现在练兵达到的水平在某些方面已经不在“林神将”之下。局长要我把刚才的话再说一遍。“眼见为实。”我说，“局长，你不妨请院长一同去看看。”

局长当即抓起电话向院长汇报情况。院长听了，也以为是自己听错了话，要局长重新说一遍，局长便把我刚刚说过的请他去看看的话照搬了一遍，说：

“院长，眼见为实，你要有时间不妨亲自来看一看。”

12

还是几天前的会议室。

如果今后有人问阿炳是在哪里完成侦听员学业的，那就是这间简陋的会议室。

为了不叫院长和局长产生任何嫌疑，我关掉所有录放机，请局长亲自拟定至少八组“千数码”。然后，我要求发报员对着局长拟定的报文，以每分钟一百码的速度发报。

“嘀嘀嗒　嘀嘀嘀嗒嗒　嗒嘀嘀　嘀嗒……”

发报完毕，我们都盯着阿炳。他似乎是睡着了一样面无表情。局长纳闷地看看我，又看看阿炳，翕动着嘴唇，像要说什么。我赶紧示意他别出声。就在这时，阿炳像被我无声的手势惊动了似的，如梦初醒，长长地呼了口气，然后便朗朗地报诵起电文来：

“××××　××××　……”

八组码。

三十二位数字。

一组不落。

只字不错。

跟原文一模一样！

一般讲，手写肯定是跟不上耳听的，一边抄录，一边把听到又来不及抄录的码子记在心上，这种技术行业内称之为“压码”。让两个一流的抄收员在比赛场上比高低，说到底就是比一个压码技术，谁压得多谁就可能胜出。我记得“林神将”在那次全系统练兵赛场上压的就是八组码。虽然由于速度不一，双方不能绝对等同，但由此我们不难想见，阿炳对福尔斯电码已经滚瓜烂熟到了何等地步。至于已有的五十多套敌台“样品”录音，他根本不需要反复听，只要听个一两遍，他便把它们间深藏的共性和差异全挖得有眉有目，可说可道的。总之，虽然规定的练兵时间尚未过半，但阿炳已经出色完成练兵内容，完成得尽善尽美。完美得有点假。

一个小时后，我陪同阿炳走进机关大院，在政治机关的小洋楼里，举行了阿炳志愿加入特别单位 701 的宣誓仪式。仪式是庄严的，对阿炳来说又是神秘的，面对一个个生死不计的“要求”和“必须”，阿炳以为自己即将奔赴硝烟弥漫的战场，并为此半是激动半是恐慌，恐慌和激动都达到了无以复加的程度。最后，负责宣誓的干部处长问阿炳对组织上有什么要求，阿炳“悲壮地”提了两个要求：

1. 如果从此他不能回家（陆家堰），希望组织上妥善解决他母亲的“柴火问题”；

2. 如果他死了（战死沙场），决不允许任何人割下他的耳朵去做什么研究。

真是令人哭笑不得。

但作为701志愿者提出的要求是仪式的一项内容，组织上必须庄严地向他承诺，并且记录在案。

宣誓完毕，有三份文书需要当事者签名画押。考虑到阿炳不识字，组织上只叫他按了个手印，名字委托我代签。这时我才想起该问他真姓实名，得到的回答是：没有。

“我就叫阿炳。”阿炳说，“我没有其他任何名字。”

然而，我知道，阿炳决不可能是他的名字，喊他阿炳，是因为有个著名的瞎子叫阿炳，就是那个把二胡拉得“跟哭一样”的瞎子，就是那个留下名曲《二泉映月》的瞎子。因为有了这个瞎子，阿炳几乎成了后来所有瞎子的代名词，但不可能是某一个瞎子的真姓实名。

不用说，这又是一件叫人哭笑不得的事。最后，根据他母亲姓陆和他家乡叫陆家堰的事实，我们临时给他冠了一个“陆家炳”的名姓，并立刻签署在三份即将上报和存档的机密文书上。

13

这天凌晨，天刚蒙蒙亮，我带阿炳走进了我们监听局高墙深筑的院中之院。院门的左右两边，挂着两块一大一小的牌子，上面的字分别是：

陆军第×武器研究所

军事重地　无证莫入

当然都是掩人耳目的东西。

老实说，这是一块从人们的感知和足迹中切割下来的区域，包括我们701机关的某些内勤人员，如卫兵、医生、司机、炊事员等，也休想走进这里。这里的昨天和今天一样。这里不属于时间和空间。这里只属于神秘和绝密。谁要步入了这块院地，谁就永远属于了神秘和绝密，属于了国家和人民，永远无法作为一个个人存在。

下面的一切是空洞的，但请不要指责我。这里的所有，房子、草木、设施、设备，甚至空中的飞鸟、地下的爬虫，我都无法提供。因为言说这里的任何词语都将无一幸免地被放到聚光灯下精心琢磨、推敲。这就是说，言及这里的任何的词语都可能出卖我，你们可以对我行刑，甚至以死来威胁我，也可以天花乱坠地诱惑我，但这些全都休想敲开我缄默的嘴巴。

因为我宣过誓。

因为这是我今生唯一的信念。

听不见枪声。

闻不到硝烟。

阿炳问我这是哪里。

我说这是没有硝烟的战场……

战场其实是上好的机房，木头地板，落地窗户，进门要换拖鞋，因为机器都是很昂贵又娇气的，比人还要干净，怕灰尘。阿炳进屋后，我安排他在沙发上坐下，在他右边是我们监听局一位最在行的机器操作员，男，姓陈，科长职务；左边是一只茶几，茶几上放有一只茶杯，一包香烟，一盒火柴，一只烟缸。我把陈科长介绍给阿炳认识，并对他说：

“阿炳，从现在开始，他就是你的一只手，希望你们两个人合作愉快。”

根据事先要求，这时陈科长及时给阿炳递上烟，点上火，并讨好地说他很乐意做阿炳的助手什么的。阿炳由此得出结论：陈科长跟我一样，是个好人。要知道，这对发挥阿炳的天才是很重要的。在不喜欢的人面前，阿炳是抖抖索索的，而且很容易发怒，一发怒他的智力就会迅速下降。我不希望看到出现这种情况，更害怕阿炳的智力有一天下降后再也不会回升，就像烧掉的钨丝。对阿炳这么个神奇之人，我们应该想到，什么样神秘怪诞的事都可能发生在他身上。所以，说真的，阿炳的天才也不是那么好使用的，从发现之初到现在他愉快地坐在机器前，这中间有我们的努力，也有我们的运气。

两人略作商议后，陈科长的手机警地落在频率旋钮上。手指轻巧捻动，频率旋钮随之转动起来，同时沉睡在无线电海洋里的各种电波声、广播声、嚣叫声、歌声、噪音，纷至沓来。阿炳端坐在沙发上，抽着烟，以一种丝毫不改变的神情侧耳聆听着，右手的食指和中指不时在沙发的扶手上点击着。

“能不能转快一点？太慢了。”

“还是慢，再快一点。”

“还可以快。”

“再快一点……”

几次要求都未能如愿，阿炳似乎急了，起身要求亲自上机示范。他试着转了几下，最后确定了一个转速，并要求陈科长以这个速度转给他听。当时陈科长和我都愣了，因为他定的那个转速少说在正常转速的五倍之上。在这个转速下，我们的耳朵已经听不到一个像样的电波声，所有电波几乎都变成了一个倏忽即逝的“嘀”音或者“嗒”声。换句话说，转速快到这个程度，所有不同的声音都变成了一样的噪音。打个蹩脚的比喻，也许可以这样说，在无线电里找电台，感觉就如同你想在录像带里找个什么东西，由于要找的东西是夹杂在一大堆貌似相同的群体中的，以致用正常的速度播放带子你都不一定轻易找得到，可现在有人却要求按下“快进”键，快放着看。当然，这下走带的时间是节省了，可所有影像都成了转眼即逝的影儿，你去哪里找你要的东西？

这简直是胡闹！

陈科长不知所措地望着我。

我想了想，与其让他发怒，不如陪他胡闹。胡闹总有收场的时候，再说我们认为是胡闹，他可能不呢。就这样，陈科长按照阿炳刚才示范的速度转起来，一下子我的耳朵听到的声音全变成了奇音怪声，置身其中，心慌意乱，坐立不安。而阿炳却照样静静地坐在沙发上，依然吸着烟，依然是一种丝毫不改变的神情在侧耳聆听，右手的食指和中指依然不时点击着沙发扶手。

十分钟。

二十分钟。

半个小时过去了。

突然，阿炳猛喊一声“停”，然后对陈科长吩咐说：

“往回转，就刚才那个嘀声，让我听一下……慢一点……对，就这个，守住它，把声音调好一点……”

陈科长把声音微调到最佳状态。

阿炳听了一会儿，会意地点点头，说：“不会错，就是它。”嘿嘿一笑，又说，“这可比在我收音机上找个广播要难多了。”

电台正在发报，我们一时难以判断它到底是不是我们要找的敌台，只好先抄下电报，拿去破译再说。陈科长抄完一页丢给我，继续抄收着。我拿上这页，直奔破译局，要求他们尽快证实是否是失踪的敌台。我一回来，就接到了破译局打来的电话。我放下电话，兴奋地冲到阿炳跟前，简直无法控制地抱住他，大声说道：

“阿炳，你太伟大了！”

完了我发现我流泪了。

14

咱们家乡老一点的人都知道，日本鬼子由于在南京遭到一定抵抗，死了不少人，然后采取了一系列报复行动，比如南京大屠杀就是这样的。打到我们家乡时，报复还在继续，所以日本鬼子在我们家乡是要遭天杀的，烧杀抢掠奸淫，什么坏事都干尽了。不过，我们家还好，多亏父亲消息灵通，预先安排母亲带着我和两个妹妹，回无锡乡下生活了一年多。我们住的村子就在太湖边上，村子上的人多半以捕鱼为生，我有个堂伯是当地出了名的捕鱼好手。到了冬天，鱼都沉入湖底，出去捕鱼的人经常空手而回，唯独我这个堂伯，从来没有空着手回来过，他的竹篓里总是装着你想象不到的大鱼或者其他鲜物。究其缘故，是我堂伯冬天捕鱼有个绝活：他能从水面上冒出的纷繁凌乱的水泡中，一眼瞅出哪些是冬眠的鱼吐出的，哪些不是；对着“鱼泡”一网包下去，鱼就成了瓮中之鳖。

阿炳侦察敌台给我的感觉就是这样的，他不但能从众多水泡中看出哪些是鱼泡，而且还能从各式各样的鱼泡中分辨出各式各样的鱼类。换句话说，他不但知道哪些水泡下面有鱼，而且还知道是什么鱼，鲤鱼，鲫鱼，还是其他什么鱼。

无疑，阿炳比我堂伯还技高一筹。

我说过，求胜心切是当时701所有人的心情。在阿炳进机房之前，没有人知道怎么样去赢得胜利，然而自阿炳进机房的这天起，大家似乎都一下明白了。这一天，阿炳在机房坐了十八个小时，抽了四包烟，找到敌台三部共五十一套频率，相当于每小时找三套，也相当于之前那么多侦听员十多天来收获的总和。

令人惊叹兴奋又难以置信！

以后的一切是可想而知的，阿炳每天出入机房，几乎每天都在不断刷新由他自己创造的纪录，最多的一天，即第十八天，他共找到敌台五部、频率八十二套。奇怪的是,这天之后,他每天找台(频率)的数量逐日递减,到第二十五天,居然一无所获。第二天一个上午下来又是这样,劳而无功。下午,阿炳已经不肯进机房了,他认为该找的电台都找完了。

是不是这样呢?

墙上挂有进度统计表,一目了然,到此为止,我们一共找到并控制对方八十六部电台共计一千五百一十六套频率。其中阿炳一个人找到的有七十三部电台,共一千三百零九套频率,占电台总数的86%,频率总数的87%。但根据我们掌握的资料看,至少还有十二部电台没有找到,而且这都是对方军界高层系统的电台。

一边是不容置疑的资料,表明还有敌台尚未找到;一边是绝对自信又绝对值得信任的阿炳,认为所有敌台都找完了。怎么会出现这种情况?局长临时召集各路专家开会,分析研究,结果大家一致认定,只有一种可能就是:未显形的敌台肯定以一种与已有敌台截然不同的形式存在着,否则阿炳不会一下变得束手无策的。

但到底是什么形式呢?

无人知晓。

会议无果而终。

15

第二天,我没有带阿炳去机房,而是要了部车,决定带他去散散心。

我原想去桑园肯定是最好的，但找了又找没见着，最后去了一个果园。我不会告诉你是什么果园的，因为写成书后，有人知道了，就有可能缩小我们 701 的地区方位，是南方，还是北方，是东南，还是西北。在那里，就是在果园里，我们一边呼吸着新鲜空气，一边闲聊着。阿炳像个孩子一样高兴，而我则更像一个心事重重的父亲。结束游园之前，我跟阿炳讲起了我堂伯捕鱼的故事，故事的下面这部分是我有意编造的，很神话，而阿炳却听得如醉如痴，信以为真。

我说："有一年冬天，我堂伯照常去湖里捕鱼，但接连几天都看不到湖面上冒出'鱼泡'。我堂伯由此认为湖里的大鱼都被他抓完了，于是就待在家里，靠吃鱼干过日子。但有一天，他孙子去湖边玩耍，看见成群的大鱼在岸边浅水区'游来游去'。这就是说，湖里还有很多的大鱼，只不过这些大鱼都变狡猾了，它们知道沉在湖底总有一天要被我堂伯识破，所以都离开湖底，游出深水区，来到岸边的浅水区。岸边虽然寒冷，但空气充足，用不着使劲呼吸就可以存活。不使劲呼吸就不会冒出气泡，不冒气泡，我堂伯自然就找不着它们。"

我就这样让阿炳明白：我们至少还有十二部敌台尚未找到，为什么找不到？是因为它们"像狡猾的大鱼一样"躲起来了，躲到我们想不到的地方去了。躲去哪里了？现在只有一个办法可以找到它们，但这个办法很难，我问阿炳想不想试一试。阿炳说，那我们回去吧。

就是说，他想试。

在回来的路上，我专门找了家邮局，给阿炳母亲汇了一百块钱。我告诉他，这不是我一个人的钱，而是 701 很多人的钱，他们和我一样希望他尽快把那些电台找到。我相信我这么做和这么说都是有意义的，因为阿炳是个孝子，而且十分重情义，是知恩图报的。

回到山上，我从资料室调了整整八大箱录音带——都是我们现在还没找到的十二部电台以前的录音资料，我把它们往阿炳面前一放，对他说：

“现在你的任务就是听这些录音带，反复地听，仔细地听。听什么？不是听它声音的特点，而是听报务员发报的特点。我想你一定能听出这里面总共有多少报务员在发报，每个报务员发报又有什么特点。”

我是这样想的，既然我们认定对方高层十二部（至少十二部）电台肯定以一种与已有电台截然不同的形式存在着，那么这就意味着我们再不能沿用惯常的、根据对方机器设备特定的音质去想象和判断的老一套办法去寻找它们，要找到它们必须另辟蹊径。如果阿炳能够听出这些电台的报务员发报各自的特点，那么这不失为一条捷径。

但话是这么说，其实谁都知道，这比登天还要难。

当然，从理论上说，报务员用手发报，就跟我们用嘴说话一样，不同的人有不同的口音，每个人有每个人细微的差别。但实际上这种差别微乎其微，是很难分辨出彼此的。可以这么说，世上没有比福尔斯电码更简单的语言，组建这门语言的只有“嘀”和“嗒”两样东西。因为它过于简单，再说又是一门绝对专业的语言，使用者都经过专业培训，所以一般人都会标准掌握。大家都在一个标准之上，差别自然就难以形成，即使形成也往往细微得会被人粗糙的感知忽略不计。在我近五年的侦听时间里，我只能听出对方一个报务员，这个人发报很油，而且有个明显的冷僻动作：常常把五个“嘀”的“五”发作六个“嘀”，即“嘀嘀嘀嘀嘀嘀”。在福尔斯电码没有六个“嘀”的字，这是个别字，好在这个别字不会产生什么歧义，一般肯定就想到是“五”。我就这样“认识”了这个报务员，每次听到出现六个“嘀”，就知道是这家伙在当班。不过，这样出格的报务员很少，尤其在高层电台，你要这样油条早给赶下去了。所以，我话是那么说，但心里也明白，要想叫谁把对方每个报务员发报的特点分门别类，给予一一区分，这简直比登天还难，即使悟透了世上最高级或最低级的谜也不行。

然而，阿炳似乎决计要跟我们神奇到底。第二天早晨，我还在睡觉，招待所长给我打来电话，说陈科长喊我过去。我过去后，陈科长递给我几页纸，说：

“阿炳已经把八大箱录音带都听了（当然是走马观花的，但阿炳需要仔细听吗？），结果都在这几页纸上，你看看吧。”

我一边看着，他在一边又感叹道：“简直难以相信，简直太神奇了，这个阿炳！我敢说，要不了几天，我们就可以把对方所有电台全部找完！”

说真的，我看到的跟陈科长完全是一种感觉，阿炳不但听出了八箱录音带里窝有七十九个报务员，而且对每个报务员的“手迹”特征都一一作了“注册”，比如——

1号：“3/7一起时喜欢连发。”

2号：“5/4相连时经常会发错码，要更正。”

3号：“发1时‘嘀’音尤为短促。”

4号：“手法最为熟稔、流利。”

15号：“再见时有个冷僻动作，喜欢把‘GB’发成‘GP’。”

等等，等等。总之，1—79号无一幸免，都被阿炳抓住了出格的“辫子”或者“尾巴”。我们无法考证阿炳抓住的“辫子”或“尾巴”是真是假，但有一点是可以确认的，就是：十二部电台出现七十九位报务员，这个数字是可信的。因为一般一部电台昼夜开通，起码需要六个报务员，6×12（部）=72。然后加上有人休假临时顶替的，在一定时间内出现七十九个报务员，这是非常合情合理的。而阿炳是不了解这些常识的，这也就排除了他瞎猜的可能。

完了，我对阿炳说：“现在我们去吃早饭，等吃过早饭，阿炳，我们就去机房，去把这些报务员找出来！”

我说的是“去找报务员”，目的就是要让他明白，这次找台和以前有所不同，以前主要是“辨音质”，而现在主要是“识手迹”。然而，辨音质也好，识手迹也罢，殊途同归，找到的都是敌台。

16

大家知道，上次找台阿炳成功采用“快进”手法，使人大为震惊，这次快进显然是不可能的。因为听“手迹”和听“音质”完全是两回事，后者加快速度并不改变音质本身，前者速度一快，以致完整的电码都不见了，还谈何“手迹”？所以，这次必须慢慢转。这一慢阿炳又觉得不过瘾，提出要再添一套设备，两套一起听。

两套还不行。

三套也不够！

就这样，设备和操作手一套套添加，直至增加到六套时，他才觉得“差不多”。此时的阿炳，已被六套机器和操作手团团围住，机器转出的电波声和噪声杂音，此起彼伏，彼起此伏，前后左右地包抄着他，回绕着他。而他依然纹丝不动地稳坐在沙发上，默默吸着烟，聆听八方，泰然自若。九点一刻时，他突然“呼”地站起来，转过身，对他背后的一位操作手说：

“找到了！你们听，这人老是把‘0’字的‘嗒’音发得特别重，这是三十三号报务员。不会错的，就是他（她）。”

对方正在发报。

把电报抄下来，虽然只抢抄了个尾巴，但对破译人员来说这已足够破译并做出判断：这确实是对方高层的一部电台！

然而要没有破译人员的证明，谁也不敢相信这就是我们要找的电台，因为这部电台发出的电波声太破烂、太老式了，任何人听它的声音都会没什么犹豫地肯定，这绝对是几十年前甚至是上个世纪的设备在忙乎。这种设备早已被淘汰，可以说哪怕是最贫穷的国家，也不会使用这种老掉牙的通讯设备。什么人或组织可能用？一些个人无线电爱好者，或者相应的协会，或者一些穷国家的私人社团，比如海上打捞队、远洋公司、渔业公司、森林守护队、野外动物园、旅游公司等等。正因如此，侦听员听到这些电波声一般根本不予理睬就放过去了，而现在居然成了对方高层联络设备，这显然是诡计，目的就是要麻痹侦察人员，让你永远与它“擦肩而过”。这就跟有人故意把你想偷的东西专门放在你身边一样，你找上寻下，挖地三尺地找，就想不到在自己身边看看。一个道理，大家玩的都是魔鬼的那套，以疯狂、大胆和怪诞著称。

然而，神人阿炳比魔鬼还道高一丈！

魔鬼的这套诡计一旦被破，等于机关被打开，剩下的都是指日可待的。

三天后,对方高层十五部电台（比原来增加了三部）全部“浮出水面”。

十天后，对方军事系统一百零七部秘密电台、共一千八百六十一套频率，全部被我方侦获并死死监控。

17

阿炳不费吹灰之力解了701乃至国家安危的燃眉之急，他在短短一个月里所做的，比701全体侦听员捆在一起所做的一切还要多得多，还要好得多。所以，他理应得到701所有人的敬仰和爱戴，也理应得到属于701人的所有荣誉和勋章。可以这么说，如果不是因为701工作的秘密性，荣誉等身的阿炳早已成为家喻户晓的英雄人物，他神奇又光辉的事迹将被人们兴奋又不知疲倦地颂扬。然而，由于701特定的工作性质，知道他的除了我们这些人外，恐怕只有陆家堰的村民们了。不过，这有什么关系呢？对阿炳，真正有关系的始终只有两样东西：一是他母亲的“柴火问题”，他一直念念不忘的；二是他耳朵的“权威问题”，任何人在任何情况下都不能对他质疑。

不用说，这两个问题现在早已不成其为问题。

大功告成后的阿炳生活得很轻松闲逸，除偶尔被兄弟单位借去“解决问题”，其他时间他都在山沟里度过。组织上专门给他配有一个勤务员，那人曾经是我们局长的勤务员，管他的吃住行和安全。每天吃过早饭，勤务员就带他来到高墙深筑的院门前，然后由值班侦听员带他去机房。到了机房，他的工作就是坐在那里等同事们出险，他来排险。但这种情况并不多，大部分时间他都在学盲文和听广播。不过，总的说，他不太坐得住，到了下午他一般不爱待在机房，喜欢去院子里一些公共场所打发时间。他去得最多的是卫兵队，坐在操场边，听年轻士兵操练、唱歌、比武、打闹，有时也跟他们玩玩老一套的“听力游戏”。当时我因为发现阿炳并且“调教有方”有功，被破格提拔为监听局副局长，而卫兵队恰好是我分管的一部分。在这里，每一个士兵心里都装着我的忠告：不能对阿炳失敬，也不能随便跟他开玩笑。

事实上，我的忠告是多余的，在我们局里，乃至在701，没有一个人不把阿炳当作首长一样敬重，也没有一个人敢跟他开什么玩笑。我很容易就注意到，凡是阿炳出现的地方，不管在哪里，所有见到他的人都会主动停下来，对他行注目礼，需要的话，给他让道，对他微笑——虽然他看不见。如此崇敬一个人，在监听局历史上是从未有过的，恐怕也不会再有第二个。

18

日子一天天在山谷上空流逝。

冬天来了，阿炳被一场突如其来的阑尾炎送进了医院。医院在一号山谷里的家属区，从我们这里过去有点路程，但有车也快。在他住院期间，我经常搭车去医院看他。有一次，我走进病房，看见护士林小芳正在给阿炳换药。这个人我是认识的，家在农村，她哥哥原来是我们卫队队长，在一次实弹训练中以身殉职。她也正是作为烈士的妹妹被701破格招来的，来了后又被保送到护校学习，回来就提了干，在医院当护士。因为是烈士的妹妹，她对自己要求一向很严格，对701则有一种农村人朴素的感恩心情。看着她那么细心又热情地料理阿炳的情形，我突发奇想，并回头向局长汇报了我的想法。局长说我的想法不错，但医院那边的人事，我们这边管不了，让我向院长汇报，看院长的态度。于是，我又专门去机关，向首长汇报我的想法。

首长听罢，干脆地回答我：

"嗯，这个想法不错，是这样的，与其给他配勤务员，不如给他安个家。这是件好事，就看你能不能促成。"

我问："如果不呢，我能不能以组织的名义出面？"

首长没有正面回答我，只是这样沉吟道："如果我有个女儿，只要阿炳看中，我会以父亲的名义让女儿嫁给他的。"

我想也是。从某种意义上说，是阿炳再造了701，只要他需要，我们是没有什么理由拒绝的。这就是说，我已经想好了，如果林小芳有什么顾忌，我将以组织的名义干扰她的意志，促成这门婚姻。这在现在说来是无知的、可笑的。但在当时，起码在我们701，这样的事并不出格。坦率说，我的前妻就是组织上安排的，我们后来感情很好，只是她过早病故了，去世前她还把自己的一个表妹介绍给我，做了我现在的妻子。我讲这些想说明什么？我是说，在当时，在701，我们把婚姻更多的看做是革命和事业的一部分，而且正是这种信念让我们拥有了无比真切的爱情和生活的甜蜜。

作为 701 的外勤人员，林小芳并不知晓阿炳真正的工作性质，她一直以为阿炳的荣誉都是因为他发明了什么保家卫国的秘密武器。但这并不影响我张罗一场完美的婚姻。说真的，林小芳一听我的想法，几乎没任何犹豫就答应下来了。她说，如果她哥哥活着，一定会支持她这么做的——嫁给一位为我们国家研制出先进秘密武器的大英雄。至于阿炳看得到的缺陷，她认为这正是她要嫁他的理由：英雄需要她去关爱。

我为小芳表现出的坚定意志和高风亮节深受鼓舞，然后我又找到阿炳，把同样的想法告诉他。我敢说，这是阿炳有生以来第一次对自己的耳朵发生怀疑，于是我不得不把说过的话再说一遍。完了，我听到阿炳这样自言自语道：

“谁愿意嫁给我一个瞎子？在我们陆家堰，只有瞎子才愿意嫁给瞎子，可两个瞎子在一起不是更瞎了吗？”

当我确凿无疑地告诉他小芳绝对愿意嫁给他后，他似乎很想抑制内心涌动的兴奋和激动，却又似乎怎么也抑制不住，“啊啊”地问我：

“这是真的？”

“真的。”

“真的？”

“真的。”

我们就这样反复地问答了好几遍。

这年春节，阿炳和林小芳在 701 大礼堂举行了隆重的婚礼。701 的人，上至一号首长钱院长，下至一个炊事员，都由衷地赶来祝贺，各式各样的小礼物堆满了舞台，以致最后不得不出动一辆卡车才把它们拉走，拉到他们的新家（在一号山谷），又把他们的新居塞得满满当当的。他们的新居是一幢两层小楼，本来住着我和吴局长两家人，为安排阿炳跟“他最信任的人”住在一起，吴局长主动让出房子，给阿炳住。可以这么说，对这场现在看来有点什么的婚姻，当时的701人真正有一种说不出的喜悦和满足，大家似乎都觉得阿炳为701做了那么多，现在701终于为他做了一件实实在在的事情，为了使这场婚姻尽可能地完美，大家似乎也都乐意尽可能地奉献自己的一点热情与爱心。

19

就像我在陆家堰发现了阿炳并改变了他的人生一样，我成功的做媒再次改变了阿炳的生活和命运。老实说，林小芳并不漂亮，待人接物也谈不上贤惠，但她有足够的爱心和耐心。在她无怨无悔、日复一日的关爱下，人们明显注意到阿炳的穿戴越来越整洁，面色越来越干净而有活力。阿炳正在享受他一生中最惬意的岁月。两年后，小芳又让他幸福地做了父亲。

考虑到阿炳特殊的情况，组织上根据小芳的意见，特批她两年假期，让她回娘家去生养孩子，其间工资分文不少，还另加每个月十块钱育婴费。

小芳回家后不久，701邮局就迎来这样一封电报：“喜得贵子。母子平安。小芳。”

我跟阿炳是邻居，几乎每天都去对门看他。我听负责照顾阿炳生活的小伙子说，而且我自己也注意到，从收到小芳电报的这天起，阿炳天天都用他抽完的空烟盒子叠鸽子，一只烟盒叠一只鸽子，一只只鸽子放在桌上，放在床头，放在可以摆放的任何地方。后来实在是太多了，多得没地方可放了，小伙子就替他用红线串起，挂在楼梯扶手上，挂在墙壁上，挂在天花板上，挂在可以悬挂的任何地方。等林小芳带着儿子返回单位时，阿炳家楼上楼下几间屋子里，都挂满了一串串五颜六色的鸽子，有人数了数，总共有五百四十三只。这就是说，在儿子降生第五百四十三日这天，阿炳终于见到了他梦寐以求的宝贝儿子。小家伙长得很漂亮，尤其是一双明亮的眼睛，更是令人万分欣慰。

我记得很清楚，小芳归队的当天下午，我亲自下厨烧了一桌子菜，给他们母子接风。也许是见到儿子太兴奋了，到了晚上，我去喊他们过来吃饭时，阿炳头痛得不行，已经吃过药上床睡觉了。少了阿炳，这桌接风酒自然有些遗憾，不过小家伙又给大家制造了不少意想不到的笑料和快乐。

第二天早上，我正常起床，先散了会儿步，回来看对门有动静，就敲开门，问小芳阿炳的头痛怎么样。小芳说好了，还说他都已经去上班了，是半夜里走的，说是有要紧事。这么说，他是临时被机房召去排险了。这样的事以前也有，没什么奇怪的。等我转身要走时，小芳又突然想起什么似的，叫我等一等，说着回去拿来一个布包给我，说是阿炳要她交给我的。我问是什么，小芳说阿炳交代过的，是工作上的秘密，不能看的，所以她也不知道。

回到家里，我打开布包，先是一层绒布，后是一层麻布，然后又是一个牛皮纸做的大档案袋，里面有一封信和一部录放机。这种小带子录放机当时还很少，全701可能只有他阿炳有一部，是上头一位大领导送给他的。拆开信，我看里面装的是几百块钱，顿时有些诧异和不祥的预感。看录放机，里面还装着录音带。我摁下播放键，过一会儿，先是听到一阵呜呜的哭声，然后又听到阿炳带着哭腔跟我说：

“呜呜（哭声）……我看不见，可我听得见……呜呜……儿子不是我的，是医院药房那个山东人的……呜呜……老婆生了百爹种（野种的意思），我只有去死……呜呜……我们陆家堰男人都这样，老婆生了百爹种，男人只有死！去死！……呜呜……小芳是个坏人……呜呜……你是个好人，钱给我妈妈……呜呜……”

天呐！我哪里还听得下去？！我紧急叫车，紧急上车，紧急驱车，从紧急通道，直奔单位。十几分钟后，我砸开阿炳办公室（机房），看见他蜷曲着倒在地上，手里捏着一个赤裸的电源插头，整个人已被该死的电流烧得一塌糊涂……

阿炳！

阿炳！

阿炳——！

阿炳的耳朵再也听不到人世间的声音了。

阿炳死了。

阿炳通过录音机告诉我：他老婆是个坏人，儿子是个野种，所以他自杀了。

阿炳的死让 701 人都感到无比的震惊和悲痛。人们没有愤怒，是因为我欺骗了他们。是的，我欺骗的。我做了什么？我没有及时把录音带交给组织。没有这盘录音带，谁又知道阿炳是自杀的？对阿炳的死，悼词中是这样说的：工作中不慎触电身亡。对一个盲人来说，会发生这种“不慎事件”几乎是不容置疑的。这样，生得伟大的瞎子阿炳，死得也光光荣荣的。

请相信我，我这样做决没有个人目的，完全是为阿炳甚至是为 701 着想。说真的，自从阿炳来到 701 后，我们去外面开会什么的，人家常常不说我们是 701 的，而说是“阿炳单位的”。这就是说，阿炳在系统内的知名度已经无人不晓，这样一个人自杀的消息会比任何消息跑得都快。而这样一个消息传出去，对 701 和阿炳是多么不幸和丢人现眼。我正是为了保全 701 和阿炳的荣誉，才斗胆藏起了阿炳的“遗书”。

但事后我左思右想，觉得这事情应该让组织知道，否则我无法替阿炳“雪恨”。要知道也很容易，只要把录音带交给钱院长听一听就行了。当然，为免于追究我的错误，我又编了个谎言，说是“刚刚才发现这盘录音带的”。就这样，首长成了第二个知道阿炳真实死因的知情人。

过去了那么多年，我依然还听得见——仿佛犹在耳边——首长在听了阿炳留在录音带里的遗言后发出的咆哮声：

“叫他们给我滚蛋！两个都滚！现在就拨！马上通知他们，明天就给我滚！滚回老家去！如果让我再看到一眼，老子就毙了他们！”

我敢说，如果这个事情发生在战争年代，大家腰里都别着手枪，说不定两人身上早钻满了失控的子弹。但是现在不会，而且也不行。为什么？因为追悼会已经开过，阿炳的历史已经铸就，与其翻案，显然不如将错就错。这样问题又出来了，就是：既然阿炳是“不慎触电身亡”，我们又怎么能叫他妻子滚蛋？不可能的。我真的没想到，由于我对阿炳和701的私心，以致我们无法对该受罚的人严惩不贷。这似乎是对我不该有的私心的报复。

不过，这不包括药房的那个山东人，这个混蛋第二天就被我像条狗一样拉上汽车，丢在了火车站。因为要确保阿炳死的秘密，当时我们没有对他言明罪名，也不可能言明的。正因此，他在被我丢在火车站时似乎有些理直气壮地责问我凭什么开除他。我哪有心思跟他狗日的啰唆？我二话不说，从卫兵腰里一把抽出手枪，推上子弹，指着他鼻子骂道：

“我告诉你，如果你敢再放一声屁，老子今天就毙了你！”

他狗日的完全给吓坏了，没敢放一个屁，就乖乖地滚蛋了。

21

后面的事情还是有你想不到的。

是山东人滚蛋后不久的一个晚上，我刚回家，林小芳便找到我，见面就“咚”地跪倒在我面前，哭哭啼啼地说了一些我想不到又不敢确信的事。她告诉我，阿炳是没有性能力的，他认为——“阿炳像个孩子一样地认为”，只要跟老婆睡在一张床上，抱抱她，亲亲她，自己就会做父亲，他妈妈就会抱孙子——

“你知道的，他是个孝子，他那么想要孩子就是想让他妈妈做个奶奶。一年后，他看我还没有怀孕，就觉得我有问题，经常对我发脾气，不跟我睡在一起，还几次说要休掉我，重新找一个女人。我害怕他抛弃我，被他抛弃了我还怎么在701活呢？怎么对得起701和我死去的哥哥，就这样，我……我……”

最后，她向我发誓说，从她知道自己怀孕后，就再也没有让那个山东人碰过一下。

不知为什么，虽然我相信她流的泪，包括她说的话，都可能是真的，但就是无法打动我，哪怕是一点恻隐之心都没有。墙那边传来孩子恐惧的哭喊声，我厌倦地站起身，冷漠又粗暴地责令她离开我家。

第二天，有人看见林小芳抱着孩子离开了701，却没有人看见她再回来，也没人知道她到底去了哪里。直到有年秋天，我去上海出差，顺便去陆家堰看望阿炳的母亲，才知道林小芳离开701后就来到陆家堰，一直和阿炳母亲生活在一起。奇怪的是，我没看见那个小孩，问林小芳，她也不告诉我具体情况，只是说他不配待在这家里。从她说话的口气和做事看，她完全把这里当作了自己的家，而阿炳母亲炫耀地说她是全陆家堰最好的儿媳妇，村里人都在夸她老人家福气好。

1983年，老人因糖尿病引发心脏衰竭去世。村里人说，在安葬老人后的当天，林小芳便离开了陆家堰，并且都说她是回了阿炳原来的部队。但我们知道，她并没有回来。她到底去了哪里？说真的，她的下落我们至今也不知道，开始有人说她是回了自己老家了，也有人说她是去了山东了。但是后来证实这些说法都属谣传，于是又冒出新的说法，有人说她离开陆家堰后就跳进了黄浦江，有人又说曾在上海街头见过她。

总之，关于她的下落问题，我感觉似乎比阿炳出奇的听力还要神秘和离奇。

暗算 中部

看风者

有问题的天使

她是个天使，但并不完美。她是个有问题的天使。她就是 701 破译局欧洲处第五任处长黄依依。在 701，有关黄依依的传闻并不比瞎子阿炳平淡，人们因着自己的好恶和见闻，以不同的感受向我讲述着同一个人的故事和传闻。他们的讲述是那么引人入胜，使我对这位破译局历史上唯一的女处长——黄处长——充满了写作冲动。但我一直不敢贸然下笔，因为一个对黄依依故事最知情的人，一个像讲阿炳故事的安院长一样的人物，我迟迟未能谋面，他其实就是瞎子阿炳故事中的钱院长。

钱院长是701历史上的第四任院长，且资格甚老，系701初创时著名的九位元老之一，曾有“九君子”之称。现在九君子大多已相继辞世，他是唯一在世的，已经八十好几。但身体似乎还好，跟我握手时，我感觉他手上的气力很充足，说话的声音也是有气有力的，只是浓重的湘西土语让我听来有些吃力。他于1985年离休，离休后一直生活在北方某偏僻小镇，那里既不是他的家乡，也不是他的工作地，只是他刚满周岁的小孙子胡乱确定的一个地方。据说，钱老这人颇为怪异，离休时面对北京、上海等大城市都不去，只要求组织上给他任意安排到一个陌生的城市去生活。不管哪里，只要陌生！这可把组织上难住了，因为中国这么大，他陌生的地方多着呢，怎么来确定呢？最后，还是他自己做主，让只有周岁的小孙子在一幅中国地图上随便丢了枚硬币，硬币停落之处，便为他归宿之地。这有点宿命的意思。就这样，这些年来，他犹如一只失散的鸟，过着几乎与701人隔绝的生活，时间长了，要找到他谈何容易。

后来当然找到了，但可以想见，要想请他开口绝非易事。无疑，当初他选择“失散”的目的本身大概就是为了免开尊口，所以我能理解。但我不能接受。最后，我以巨大的耐心和诚恳战胜了他的固执，不过不是全胜，只能算半胜。他同意跟我讲关于黄依依的故事，但同时要求我，是签字画押地要求，在本书中不能写他的故事，是有所指的故事。那故事，我在701已经有所耳闻，我相信如果写出来，也许是本书中最好看的故事。现在，我跟他签字画押过，这故事成了我的禁忌，讳莫如深，在此不敢有半点涉及。连暗示也不敢。他还要求我，关于黄依依的故事，只能采用他的“说法”，不能加进任何他人提供的说法，包括档案资料。这也是签字画押过的。

所以，现在我只能以他的口吻讲述本故事。

不过，说真的，他的讲述远没有我的乡党讲得好，也许是年纪大的缘故吧，讲得特别拉拉扯扯，我几乎花了多于对付阿炳故事一倍的精力，才勉强整理出下面这个“版本”，应该说，依然有诸多不尽如人意之处。但我没办法，因为我不能添加材料，不能变腔改调，只能删繁就简和做些词语的调整而已。如此这般，也只能是这个样子——

01

是 1960 年夏天的一个雨夜，我以杨小纲的名字，住进了位于北京海淀区南郊的中国科学院数学研究所的招待所。大约是三个小时前，研究所党委书记王某就接到科学院主要领导的一个重要电话，说的就是我即将“莅临”的事。领导对他说：人一到你就通知我。挂电话之前，领导又交代：他是个有特殊使命的人，你们一定要保证他的安全。于是，书记一放下电话，便直奔招待所，守在招待所刚修缮一新的大厅里，诚惶诚恐地等我出现，不时还冒着雨，到楼的外边来，翘首张望远处，想象着我的如期而至。可以说，他在心里是早把我盼望了又盼望了的，也许还用心推敲着“觐见”我时应有的辞令。但当我真正出现时，他却仅仅是多看了我几眼而已，没有上来招呼我，更没有“热情接待我”。

书记同志怠慢我的原因，我猜想有两个：一个是当时外面下着大雨，天又黑，我在雨中像一个逃兵一样地冲进招待所，脸上的神情和身上的衣衫都透露出一种落魄和慌张，太不像一个“要人”；一个是我在服务台登记时用了一个假名字：杨小纲。我注意到，开始书记同志对我的到来还是有点敏感的，我走进大厅后，他始终用警疑的目光忽明忽暗地打量我，转悠在我身边，像个探子。我到服务台作登记时，他也跟着我磨蹭到旁边，装模作样地跟服务员说事。低级的探子！但当我掏出那张介绍信函——它不但纸质普普通通，而且足以证明我只是南方某高校一名叫杨小纲的教职工时，他顿时对我了无兴趣，迅速从我身边滑开，我的背脊骨甚至可以清楚地感觉到，他在拖着沉重的步子背离我。当我办完登记手续，往楼上走去时，我看到他在门前不安地踱着步，焦虑的目光时不时扎进黑暗的雨丝中，好像我还在来路上，随时都可能从黑暗中向他走来。

说真的，我没想到我的一个平常为之的老习惯，竟然让年迈的书记同志平白增添了一个多小时的焦虑不安。我是说，用假名字登记住宿或办事，是我素有的习惯，也是需要。老实说，我的身上备有各种各样的空白介绍信，我以什么身份和名姓住进该招待所，完全是随心所欲和偶然的，客观地说，就看我当时伸进挎包的手率先摸到“哪一页”——那里面有许多页差不多大小和硬软的介绍信函。当时，我率先抽出来的是一张由北方某省政府给一个名叫谢兴国的处长开出的介绍信，只是我觉得这个职称跟我此刻落汤鸡的模样不太符合，于是又重新摸了一张，即杨小纲的那张。不用说，杨小纲和某省政府处长（谢兴国）都不是我的真实，我的真实是——真名叫钱之江，身份是特别单位701副院长兼破译局局长，内部代号为A705，即701五号人物的意思。但如果要说我使用过的名字之多，绝不亚于一个江湖老骗子，可以说，一本百家姓氏谱里，我至少用过半本的姓氏。别的不说，就说在那次为期八天的路上，我先后用过李先进、陈东明、戴聪明、刘玉堂等六个名字，它们一定程度上说明我此行经事之多和我固有的谨慎。是谨慎，不是胆怯。谨慎和胆怯，跟冷漠和郁闷一样，看起来有点相似，骨子里却有天地之别。

本来，王书记已经替我开好房间。301 房间。这是个套间，里间有一张暗红的古典的雕花大木床，床上叠着绸缎的花被，蚊帐是尼龙的，如蝉翼一样透明，还有单独的卫生间；外间宽敞，物什齐备，有舒适的沙发、派头的电话，还有吊扇、衣帽架、台灯、茶几、茶具和烟缸等大小设施和用品。就楼层说，是顶楼，就方位说，在走廊尽头，不但安静，还有保密性、安全感。我需要这样一个房间，因为我是特别单位 701 的人。但是，这个房间现在只属于“钱之江”，不是“杨小纲”，杨小纲只配住一般的房间。一般的房间比较多，任意性比较大，根据我的要求，最后安排给我的是 201 房间。这个房间在 301 的脚板底下，一样处在走廊尽头，也是套间，虽然没有那么多配备，但基本符合我要求。所以，我进屋后，就决定住下来。由于一路雨中奔跑，我似乎有点累，进屋后，简单擦洗了一下，就上了床，而且很快迷迷糊糊地睡着了。不过，一个动天动地的霹雳很快又把我惊醒，醒来，我听到有个东西在不停地拍打我窗棂。我不知道是怎么回事，走过去看，发现我窗外的右手边，有一棵跟楼房差不多高的枣树，正是盛夏季节，枣树枝繁叶茂的，有条枝桠出格地伸到我窗口，借助风力的鼓吹，冒昧地拍打着我窗棂。再看下面，有一根分枝完全贴着墙头长过来，要不是有人砍断它的头，没准它早已破墙，钻进屋里来。也因为砍断了头，所以它变得格外粗壮，粗壮得像一根独木桥一样吊在我窗下，只要稍有点脚力和不犯恐高症的人，都可以凭它翻进我房间里来——破窗而入。

这怎么行?

绝对不行!

于是，我下楼去要求换房。

服务台不准我换，我临时编的几个理由，都被视为无理取闹，遭到义正词严的拒绝。我的态度因为有恃而不恐，于是我的声音因为情急而变大，而服务台里的人一点也没有被我吓倒，他一边偷偷地注视着我背后的书记同志，一边以蔑视和沉默对待我。无奈之下，我很不像一个有秘密权威的人一样吓唬他。

我说："我是你们王书记的客人，请你配合一下我行吗？"

你知道，这时候，书记同志其实就在我身后，他已经被再三的等待焦了心，听我这么一说，似乎已经有所敏感到，不乏客气地对我说：

"我就是王书记，请问你是哪位？"

我说："我是从701来的。"

他问："你姓钱吗？"

我说："是的，我叫钱之江。"

他啊了一声，一个箭步冲上来，紧紧握住我手。他手上的力量和气息让我感觉到他有种急于叙事的冲动，我不知道他将叙述什么，但我知道在这里有些话是不可以说的，说了就可能给我带来不便。所以，我十分职业（机智）地将握手临时转换成亲密的拥抱，借此将头架在他肩膀上，悄悄说：

"这里不便多说，请带我去房间。"

02

当然是 301 房间。

进房间后，我马上走到窗前，看窗外那棵枣树，它在风中摇曳着，一股声浪像海浪一样朝我扑来，而摇曳的树枝好像极力想拍打我，却怎么也够不到，总是在一两米之外又反弹回去了。我想，如果是只猫，它也许可以凭此跳进我房间，但人大概只有《水浒传》中的时迁有此本领了。我相信，我是个谨慎的人，但我更相信，对 701 人——每一个人——来说，所有的谨慎都是必要的。因为，正如总部首长说的：我们 701 一个人的价值，抵得过一个野战师。

的确如此，当时 X 国 JOC 电台每天都在对我们 701 人广播，希望我们跑过去，人都明码标价的，高的已经超过几十万美金，低的也有几万。像我这样的，不值几十万嘛，至少有十几万吧。这就是说，只要谁把我弄到 X 国，就可以得到十几万美金。重金之下必有勇夫。说实在的，现在出来我的心态很不好，老是疑神疑鬼的。也许是我老了，也许是形势的问题……说到形势，大家都知道，形势很严峻，而且还在继续严峻，谁也不知最后会严峻到何等地步。想想看也是，要是在以前，谁想得到，昔日的老大哥，苏联老大哥，如今也会成为我们 701 的猎物。反目成仇。剑拔弩张。明争暗斗……这种形势下，我分明感到自己真的是越来越胆小，越来越多疑，越来越谨慎。是的，是谨慎。谨慎不是胆小。但我的谨慎里已经藏着胆小。这个房间比刚才的房间好多了，听说隔壁还专门安排有两名保卫干事。我喜欢这种感觉。安全的感觉。看来，书记同志不像我事先听说的，“是个世事不谙的数学人”。

高个子，大块头，堂堂的相貌，穿着笔挺的中山装，说话声音洪亮，举止气度不凡，这就是王书记。这也是为什么我在大厅里看见他，而没有想到他就是王书记的原因，他给我印象更像个秘书，或商界人士。他甚至连副眼镜都没戴，和我想象中的一个科研机构的领导人完全不是一回事。但很快我又发现，他身上有种科研工作者特有的精细和固执，比如我们谈话开始和结束时，他都在下意识地看手表，表明他有强烈的时间观念；对我提出的要求，总是不轻易表态，要深思熟虑后才作答。在谈话之前，他甚至要求看一下我的证件，以证明我就是特别单位 701 来的钱之江。看了证件，还是不放心，还要这个那个地盘问我。

他说：“恕我直言，我接到的通知上说，你应该乘一辆吉普车来的。”

我说：“通知上应该还说起，这辆车的车牌号为××××××。”

他说：“是的，可你为什么没乘车来？”

我说：“车子在路上抛锚了。”

其实，我是为隐蔽起见故意不乘车的。不过，他对我的说法似乎有疑虑，却又不知怎么来责疑我，只是沉默着。为取得他充分信任，我索性给下午通知他我要来的上级领导同志拨通了电话。其实，下午领导给他挂电话时，我就在旁边。我把电话递给他，让他来接。他听着领导的电话，笑逐颜开起来。放下电话，他上来紧紧握住了我手，说失敬失敬。说着，客气地拉我到沙发上坐下，还给我敬烟、泡茶。我坐下后，开门见山告诉他：我是来向他要人的。他问我要什么样的人。我想了想，一边打开挎包，一边对他说：

“还是你自己看吧。”

我从挎包里，先是抽出一个八开大的牛皮纸信封，然后又掏出一只小瓶子——像一只（钢笔）墨水瓶，然后又摸出一支小毛笔，一一都放在茶几上。接着，我又从信封里抽出一沓文件，从一沓文件里又翻出一页零散的纸——它夹杂在几份文件里，像一页多出来的废纸。我过分在乎地端详了它一会儿，然后将它铺开放在茶几上，给他看。

我带点儿幽默口吻地对他说：“看见了没有？我想要什么人，都写在上面呢。”

他近看，远看，左看，右看，拿起来看，又放下来看，却是什么也没看到。

“这分明是一张白纸，我什么也没看到。”终于，他忍不住地疑问我。

确实，这是一页白纸，只是比一般白纸看起来要异样一点，好像要厚一些，又好像被浆洗过似的，纸面上显得有些粗糙。

我说：“你别急，你该知道的都写在上面。”说着，我拧开瓶子，拿起毛笔，往里面蘸了水，开始在白纸上作业起来。但不是写，而是涂刷。轻轻地涂刷，很小心地，像作画似的。说是涂刷，纸上却并不显现任何色泽，倒似乎有一缕白烟泛起，与此同时，还有一种轻微的哧哧声，好像那页纸是火烫的，水落上去，就马上被蒸发掉了。

他惊奇了，问道：“你在干什么？”

我说：“你看。仔细看。”

我说着，纸上就慢慢显出字迹来，一笔一画，一撇一捺，像有只无形的手在写，笔画先后秩序是乱的，但字是完整的，第一个字是“兹”。接着又一个，接着又一个，就这样，一个个字，像幽灵鬼符一样冒出来……

03

这是一份经过隐形处理过的文书。

为什么要作隐形处理？当然是为了保密和安全。这样，即使我在路上有个长短，比如被特务劫持，或者不慎丢失文件什么的，别人得了文件，也不至于马上暴露我秘密的身份和此行绝密的重要任务。我的任务是来这里——我国数学科学的第一阵地——寻求一位为我们 701 去破译“乌字一号密码”的高级人才。

乌字一号密码，是当时苏联外交部使用的密码。破译他国非军事密码，本身就是一个阴谋，一桩阴暗的非法勾当，虽然天知地知，你知他知——彼此都心知肚明，但绝不能形成证据，让人家抓住把柄后，有证有据地控诉你。这感觉类似于一对偷情男女，他们隐秘的关系或许尽人皆知，但在没有确凿的把柄之前，谁都不能正当地奈何他们。所以，当事者对自己的行为，总是格外怕留下人证物证，授人以柄。何况，当时我们跟苏联的关系，虽然很紧张，甚至实际上已经敌对，但毕竟还没有撕破脸皮，没有公开交恶。这种情况下，我们试图破译他们政府的行政密码（非军事密码），哪怕只是一个想法，一旦败露，对我们必然会造成各方面都极为不利的局面，影响我们在国际事务上的主动和声誉，或许还会成为他们发动战争的借口。说到底，这事情绝不能败露，说得难听一点，即使要败露，也不能败露在我手上，否则我这辈子就完蛋了。正是基于这种考虑和担心，我在出来前，专门慎重地请有关技术人员做了高级隐形处理，在书面上刷了一层白色的隐形粉。一般我们行动局才会这么干，因为他们要出境，空中，地下，水上，随时都可能有国外军警、海关人员或明或暗地搜查他们的行李和身体，所以有必要作这种处理。但我觉得，我此行的处境一点也不比出境轻松，我身上等于藏着一个国家的阴谋：要对苏联老大哥非礼呢。这个阴谋具有强烈的新闻效果，一旦泄露，很容易不胫而走。我这样想着，防备工作自然做得格外扎实，扎实得似乎颇有多事之嫌。不过，这就是我。我说过，我是个过度谨慎的人。因为长期过度的谨慎，我甚至已变得非常的沉默寡言，给人的感觉有点阴冷，吃不透。因此，下面人背后常喊我“地雷局长”。

隐形粉在消氧水的化学作用下，会化成白烟消失，如同雪在阳光下会消融一样。伪装退去，我的秘密任务成了白纸黑字，醒目而庄严地看着书记同志，看得书记神情陡然变得庄重十分。完了，他问我要多少人。我伸出一个指头：

“就一个。”

“就一个？那么……”他疑惑地问我，“有什么具体要求吗？”

“首先，”我说，“必须是一个在数学科研活动中有突出建树的专家。”

他掏出笔来记录，一边喃喃着：“必须是个数学家，这是一。”

“那么二，”我接着他话说，“必须懂俄文，最好是在那边留过学的。”

“要懂俄文，最好留过学……”

“三，政治上要绝对可靠。”

“这是三，四呢？”

“年龄不要太大，最好是中青年，单身汉更好。”

“这是四,五呢？”

“没有了。”我说。

他问：“就这些？”

我说：“就这些。”

他说：“总共四条，只要一个人。”

我说：“是的，但我希望你能多提供一些候选人。”

他问：“大致要多少？”

我说：“难道你有很多吗？”

他说：“十几个还是有的。”

我说：“那让我都见见他们吧。”

他问：“什么时候？”

我说：“尽快。”

他说：“最快也要明天了。”

我说：“你就按最快的去落实吧。”

也许是我过于严肃了，也许是他过于紧张了，我们的谈话充满公事公办的味道，没有废话，没有幽默，没有轻松，没有客套，以致他走的时候，我们连个再见都没有道。

04

第二天早上，我吃完早饭，从楼下餐厅上来，看到隔壁保安的房间里走出来两个人,一个是王书记,另一个没见过。书记同志给我们作过介绍,我知道他就是来应试的,是个数理博士,去年才从苏联回来。他是我接触的第一个候选人。然后,陆续有人出入我房间,到第二天下午,我已与十二人(其中两名女性)进行了面晤。这些人中,只有三位同志在我房间逗留的时间超过五分钟。就是说,来人中多数人在我房间停留的时间是短暂的,比如刚才那位留苏博士,事后书记说,他以为这是最可能被我入选的,所以安排他第一个来,还亲自带来。但事实上,他跟我进房间后,我们连一句话都没说,仅仅是被我明里暗里地多看了几眼,我就请他走了。

为什么?

书记不解地问我。

是这样的,我告诉他,当时我们进房间后,我有意摆出一言不发、傲慢的样子。我这其实是在测试他的心理素质。他也许不知道,看我一言不发、目中无人的样子,脸上始终坚强地挂着殷勤而空洞的笑容,对我小心翼翼的,我想抽烟,他马上冲上来给我点烟,还主动给我泡茶什么的。我想,他这样也许更适合去从事与人周旋的工作,而不是去干在沉默中沉默的破译工作。破译密码是跟死人打交道,不要你察言观色,不要你小心翼翼,而是要你想方设法去听到死人的心跳声。

是的,破译密码是听死人的心跳声!

死人怎么会有心跳?这是个悖论,而破译密码的事情本身就是个坚硬而巨大的悖论。为什么说破译工作是世上最残酷又荒唐的职业?就因为在正常情况下,所有密码在它有限的保险期内是不可能被破译的,破译不了是正常的，破译了才是不正常的。天机不可破，但你的职业却是要去破，你的命运由此而变得残酷又荒唐。这就意味着，我们的破译员必须具备绝对沉着——在绝对残酷又荒唐面前绝对沉着——的良好的心理素质，如果面对一个刻意装弄出来的傲慢，你就乱了方寸，忘记了自己身份，低三下四去取悦他，迎合他，这类人的内心可想有多么懦弱，怎么可能让我看到光明的未来？要知道，我们求索的那束光明原本就像游丝一样纤细，而且还在风驰电闪中，也许我们只有像一个死人一样沉着，处乱不惊，处惊不变，这样地日复一日，夜复一夜，才可能有幸“不期而遇”。

当然，密码技术作为一门数学科学，尖锐而深邃的数学能力，跟良好的心理素质是一样必要又重要的，两者犹如一对飞翔的翅膀，缺一不可。从某种意义上说，我不敢肯定自己对他们数学能力高低优劣的判断标准是绝对科学而合情理的，或许存在着某些褊狭和蛮横，但我敢肯定对他们心理素质上的直觉，自己是不会错的。我固执地按照我的要求选拔人，首先从十二人中选出了三名重点候选人。第二天下午，我把三人的名单报给王书记，要求调他们的档案看。不用说，正常的话，我要的人必在他们中产生。我明显地感觉得到，书记同志对我选拔的结果有点失望，也许是因为他重点推荐的四个人，我一个都没看中的缘故吧。但这是没办法的，萝卜青菜各有所爱，我不能以他的胃口来确定我的菜单，就像晚上他设宴款待我，三番五次劝我喝酒都被我坚决拒绝一样。

出门滴酒不沾，这是我多年养成的习惯。

所谓设宴，只不过是多了几个陪我吃饭的人而已，都是所里的领导和名人。人多了，话就多，吃饭的时间被无聊地拉长。用完餐，我们从餐厅出来，经过大厅往外走时，我突然注意到，在临时会客的沙发那边，坐着几个人，其中有个女人一直目不转睛地看着我，目光大胆又热烈，有点风骚女子的味道。她的年纪也许有三十来岁，也许还要大一点，嘴唇涂得红红的，穿着一件黑白细条纹相间的连衣裙，头发用一块白手绢扎起，很洋派的样子，有点电影上女特务的时髦和妖艳。有那么一会儿，我觉得她好像冲我暧昧地笑了一下，我不敢相信这是真的，宁愿相信这是幻觉。但即使是幻觉，我也感觉到一种像被火烫着的害怕，吓得我不敢再侧目去看她。

事情从此变得有些荒唐起来。

不一会儿，我送走书记他们，回来时，见女子正立在我房间门口，见了我，还是刚才梦幻似的一个甜甜的笑容。我心里有些虚实不定的无措，为掩饰这种无措，我带点儿指责口气地对她说：

"你在这干什么？"

她脱口而出："找你啊。"

她的声音和笑容一样甜美。

"找我干什么？"我问。

"你不是在招人嘛，我想来了解了解，不欢迎吗？"她理直气壮地说。

"你是干什么的？"我冷淡地问，告诉她我并不欢迎。

她把头天真地一歪："你猜呢？"

我很粗暴地顶回去："我不想猜。"

她略显尴尬，但很快又露出笑颜，说："看你这么凶巴巴的，好像我是国民党的残留分子似的。”哈哈一笑，又说，“我不是国民党的女特务，我是爱国知识分子，从美国回来报效祖国的教授，周总理还接见过我呢！”

我听着，云里雾里的，一时愣在那里。

她敲敲我房门，落落大方地要求我：“开门吧，请我进屋吧。”

我手已经伸进口袋，去掏钥匙，但临时又放弃了。我问自己，对她一无所知，贸然请她进屋是不是合适？答案是否定的。于是，我请她去楼下大厅里坐。她似乎不乐意我在大厅里接待她，到楼下，她要带我去专家楼，说那里有个咖啡屋，是专门招待外宾的。

我说：“我又不是外宾。”

她说：“我可以装成外宾。”接着流利地说了一串外文，也不知说的是哪国语。

我还在犹豫去不去，她掏出一张十元钞票说：“小姐请先生，你好意思拒绝？”

我心里想，这人怎么好像不是真的，跟书里的人似的，说话酸溜溜的，做作得简直叫人烦。最后，我还是跟她走了，路上，我对自己说，她身上有种惹是生非的东西，你最好离她远一点儿，见机就撤。她似乎看见我心里想的，用一种宽慰我的口气说：

“不要用老掉牙的眼光来看我，那样你会觉得我是个怪物，其实我不怪，只是有些特立独行而已。在这里，他们都是一个样，千篇一律，我是唯一的，与众不同，所以也是值得你认识的。”

黑暗中，我觉得她的声音也是做作的，常常夹杂着一些外文单字，叫我听着一阵阵地起鸡皮疙瘩。我疑问着，她到底是个什么人物？

05

她叫黄依依，正如她自己说的，是个爱国知识分子，归国前曾在世界著名数学家冯·诺伊曼手下工作过，算得上是个小有名气的数学家。而她与诺伊曼博士的缘分，似乎很多人都知道，是得益于她打得一手举世无双的好算盘。

黄依依打算盘的绝活是祖传的，在广东英德县大源镇的黄家祠堂里，至今还挂着慈禧太后的御笔：两广第一算盘，说的是她爷爷。老人家晚年曾追随孙中山先生，当过一阵子临时国民政府的收支总管，后人将此演绎成他是孙先生的账房先生。黄依依从三岁就开始跟爷爷练习珠算，到十五岁赴广州读中学时，算盘打得之快已经与年迈的老祖父相差无几。老祖父临终前，将他一生视为宝贝的价值千金的象牙金珠算盘赠予她，引得黄家几十个嫡传后裔们无不眼红心绿。

老祖父遗传下来的这算盘实为稀世之宝，其大小只有一只烟盒子一般大，犹如块玉佩似的，可以合掌护爱，而奇特的用料和工艺更是令人惊叹，整个算盘由一枚野生象牙浑然雕刻而成，手艺和功夫大有盖世绝伦之高超，而且上面一百零一个算珠子个个着有纯黄金粉，看上去金光闪闪，拿在手上凉手称心，可谓美不胜收，举世无双。

算盘小巧又珍贵到这般地步，与其说是个算盘，还不如说是件珍宝，只有观赏性，而无使用性。因为算珠子太小，小得跟一粒绿豆似的，常人已根本无法使用，要想使用，只能用指甲尖尖来点拨。然而，黄依依却可以拿它来跟所有珠算高手比试算速，开头几年用的是真指甲，十指尖尖的，后来改用假指甲，跟弹琵琶似的，却依然得心应手，挥洒自如，将细小的算珠子点拨得骤风暴雨地快，飞沙走石地响，那感觉如同你看艺人踩着高跷，依然健步如飞。这是她的手艺，也是她的骄傲，不论何时何地，她总是随身带着这宝器，高兴或不高兴时，需要或不需要时，都拿出来热热手，有时候是展示，是炫耀，是露一手，更多时候是习惯，是无意，是下意识。靠着这门绝活，她到哪里都能引人注目，叫人铭记。

1946 年，黄依依以优异成绩被国民政府教育部保荐到美国麻省理工学院攻读数理学博士。有一次，著名数学家冯·诺伊曼来给他们开讲座，也许是有意想引起这位大数学家的注意吧，中间休课时，她从身上摸出算盘，戴上纤巧、朱红的假指甲，噼噼啪啪地击打起来，一下把这位数学巨人吸引过来，看得如醉如痴的。一年后，在博士答辩会上，她再次见到这位大数学家，后者对她说：我有一个助手刚离开我，如果你今天的答辩依然像你的算盘术一样打动我，我将热烈欢迎你来做我的助手。后来，她果真做了冯·诺伊曼的助手，于是转眼成了国际数学界人所共知的人物。新中国成立之初，国家人事部、外交部、教育部、中科院等六部院联合发表公开书，欢迎海外爱国之士归国建设新中国。该公开书由周总理签发，上面具体点到了二十一位人名，其中就有黄依依的名字。她就这样回到祖国，成了当时中科院最年轻的研究员，也是全国最年轻的女研究员，年仅二十六岁。后来，她又去莫斯科做访问学者八个月，带回来一个苏式绰号：伏尔加的鱼。至于有何寓意，少有人知晓。

这一切，我当然是在后来才逐渐了解到的。那天晚上，我们到咖啡屋后，并没有好好坐就分手了，是我溜走的。咖啡屋不大，是以前的一个教室改成的，老板是个中年妇女，长得像新疆人，其实是个哈萨克族，苏联人。据说，她丈夫曾经是最早来这里工作的苏联专家，她开这爿咖啡屋，本来是为那些苏联专家服务的，如今专家走掉了一大半，她丈夫也走了，而她却留了下来。听黄依依说，她现在跟这里的哪个人好着，留下来就是舍不得他——不是舍不得咖啡屋。在大批专家撤走后，咖啡屋的生意已经日渐惨淡，我们进去时，只有一个客人，国籍不明，但肯定是个外国人，留着满脸大胡子，跟马克思似的，正如醉如痴地听着电唱机里放的《友谊地久天长》的曲子。音乐一遍放完后，他用蹩脚的中文要求老板娘再放一遍。因为没什么客人，屋里空敞得很，也许就因为空敞吧，等音乐再起时，黄依依心血来潮地邀请我起舞。我当然不从。我说我不会跳。她说不会她教我，坚决要求我跳。我坚决不从。我简直觉得荒唐，在咖啡馆跳舞，还跟个陌生女人。这种事我想一想都不敢，更别说做了。但黄依依像中了邪似的，看我死活不肯，不知是想报复我还是怎么的，掉头即去找那个大胡子跳。大胡子欣然起身，还对我说了声谢谢，好像是我恩赐给他这个机会似的。在起舞前，黄依依对老板娘说了一句俄语，老板娘听了，笑嘻嘻地从柜台里出来，陪我坐下。老板娘的中文说得不错，除了腔调难听外，意思基本上能清楚表达。她问我是不是“卡门”的男朋友。我问卡门是谁，她指着黄依依说，就是她。我说她不是叫黄依依吗？老板娘笑，说看来我不是卡门的男朋友。然后她对我解释说，黄依依是她的名字，卡门是她的昵称，这里人都这样喊她。我问为什么要叫她卡门，老板娘反问我：你不觉得她很可爱吗，像卡门一样可爱？说真的，当时我还不知道卡门是个文学形象，但说到可不可爱，我是知道的：不！一点也不！

我想，这也叫可爱？

这叫神经病！十三点！疯子！

看着两个人恶心得像苍蝇一样在我身边转着，我浑身都觉得不舒服，所以，很快就抽身走掉了。

第二天上午，我去找书记要三名候选人的档案看，顺便问起黄依依这人。书记将她的情况大致向我作了介绍，总的说，我感到书记对她的才学和科研精神是推崇有加的，目前所里进行的两个被国际上看好的研究课题，其中就有由她主持的"数字微分和质量划分"这个课题，只是对她"放任自由的性情"略有微词：

"我认为她属于那种典型的大脑发达、小脑不发达的人，智商很高，但自控能力较差，管不住自己的思想和行为，平时说话行事太任性，太无拘无束，放任自由。所以，也容易遭人非议，有人就批评她身上资产阶级的东西太多。"

"不过，"书记又说，"世上哪有十全十美的人？人总是有缺点的。她本来就在美国生活多年，思想上难免不受影响，我们一方面要改造她，另方面也要理解她。我是理解她的，所以经常劝她要入乡随俗。她的问题，说到底一句话：没有入乡随俗，或者说还没有很好地入乡随俗。但我相信慢慢地，她会的。"

我想，既然她业务那么强，为什么又不把她推荐给我？我这么问书记，他哈哈笑道：

“你不是已经跟她有一面之交，你觉得合适吗？她这样子，用你的话说，疯疯癫癫的。”

我想也是，我们怎么能要她？她充其量不过是一只“有思想的苍蝇”而已。

06

走出书记办公室，我想把黄依依也从脑海里甩出去，但似乎不那么容易，她的形象、声音、话语、舞姿等，老是像苍蝇一样，在我眼前飞来舞去。说真的，书记对她不错的口碑引起了我对她的好奇，我以为像这种人在单位里肯定是叫领导头痛的，没想到还这么好，这说明她在业务上可能真有过人之处。看上去疯疯癫癫的，实际上才学满腹；我觉得可恶，有人觉得可爱（老板娘）……看来，她并不是个简单的疯女人，不能等闲视之。我甚至想再见识见识她，但又想昨天晚上我无疑是给了她难堪，若再见面，她会不会回敬，也还我以难堪？再想，她这样子到我们那确实也不大合适，毕竟我们是个特别单位，纪律性强，思想作风要过硬。这样一想，心里也就淡了她。

我夹着三个候选人的档案回招待所，开门进房间时，看地上躺着两只信封。我不想也知道，这一定是他们交来的答卷。昨天下午，我给三位候选人出了两道数学迷宫题，我将根据他们三人解题的情况（对错、快慢、简繁等），最后来裁定录取谁。现在已有两人交答卷来了，我坐下看，发现两人的答案都是正确的，心里一下子很高兴。刚才我还在想，如果三人都不能及时交来答案，或交来了都是错的，最后还不知怎么来作裁定呢。现在看，起码有两人可供我选择。从答题的思路看，虽然两人各自有别，但从感觉和简繁程度看，几乎都不相上下，难分高低优劣。这就是说，我几乎可以在两人中任意选一个，最后选谁主要取决于档案材料了。于是，我准备好好研究一下他俩的档案，从中来明确我的抉择。就这时候，我听到有人敲门，开门看，是黄依依，她立在门口，见了我，还是昨天那种梦幻似的笑容。

“有事吗？”我问。

“当然。”她说，“但不是请你跳舞，放心好了。”

“什么事？”

“可以让我进去说吗？”不等我作答，她人已经进来，一边说道，“我是来应试的，你不会不准我进来吧？”

“应什么试？”我有意装糊涂。

“你不是在招揽人才吗？”她瞪大了眼。

“是。”我说，“但我已经招揽到了，所以这工作就结束了。”

“啊，这么说我来迟了。”

她跟我说话时，一直在房间里转悠着，像是来查房的。我说过，我的房间是个套间，外间是会客室，我住进来后，对外间的布置作了一些调整，主要是把两张沙发分开了，一张移到了窗前，由我坐；另一张移到了对面，由来面试者坐。而在原来放沙发位置的墙上，我挂了一块小黑板，是跟面试者交流用的。黄依依转到黑板前，立停不动，看着那黑板上写着两道“数学迷宫题”。这就是我为三名候选人准备的决赛题。

看一回，她回头问我：“你这是在做什么？”

我说：“不是我做，是我要的人做。”

她问：“这就是你选人的考试题？”

我说：“是的。”

她说：“那我要是将题破了呢？”

我说：“就看时间，如果你明天才交来答案，我也许已经不在这了。”

她说：“要这么久吗？明天……这是一道数学游戏题……题面有意复杂化……出题的人肯定是心理变态狂……”

她像进入了无人之地，自语自语地，一边跟梦游似的，飘飘然地踱到沙发前，呆呆地立了一会儿，接着又飘飘然地跌坐在沙发上，右手轻轻点击着沙发扶手，完全是一副半梦半醒的样子。我惊诧于她这种突然的变化，从刚才喜笑颜开的样子，到现在恍若隔世的样子，中间似乎没有任何过渡，没有起承，没有接口，像她身体里有个神秘的开关，可以自便地转换她的状态。在沙发上迷迷糊糊地坐了一会儿，她突然又醒过来似的，对我说：

“我需要一点时间。”

“要多久？”

“不会久的。”她说，“你去里面抽根烟吧，也许就一根烟的工夫。”

谁也想不到，我仅仅在里间抽了两支烟，她就把第一道题破了。简直不可思议！她这么快地破题，弄得我反倒心里不舒服，怀疑她是不是事先已听说过答案。但仔细一想，这又怎么可能呢？

确实是不可能的。虽然候选人手上有题，但自他们接题后，我便将他们封闭起来，就在这招待所里，每人一个房间，有专人看守，并负责他们的日常所需。这样做的目的，是为保证他们答题的独立性。封闭时间是到中午十二点为止。就是说，他们现在还在封闭中，不可能和黄依依发生联系的。再说，从答题的思路看，黄依依和他们的思路完全不一样，孰优孰劣一时还不好说，但足以肯定，这答案是黄依依自己的。

那么，有没有可能她以前在什么书上做过类似的题？这也不可能。因为，这两道题其实是由两部已经破译的密码做出来的，除了 701 少有的几个破译人员见识过外，没有人，也不可能有人见识过。这就是说，黄依依破掉那一道题，等于是破掉了一部密码！

当然不是太难的密码，属于准中级密码。

07

现在我把密码的基本情况作个简单介绍。密码大致可以分为三类：

第一类是简易密码，又称替位密码。这是一种最原始、初级的密码，主要玩的是数字和文字的游戏，比如将偶数当奇数用，把炮弹说成香蕉、进攻说成回家等等，诸如此类，玩的名堂比较简易，有点暗语性质。这种密码没有什么学术价值，也不体现智慧，只有一点小聪明，作用也只是防君子不防小偷的，所以一般都是在小范围内使用，临时性很强，风险也很大。早在二战前，这种密码几乎已被淘汰，即使有些局部战役偶尔用一下，也是因为情况紧急，迫不得已。

第二类是专业密码，又称中级密码，或数学密码，主要奥妙在数学的运用上。这种密码一般都是由专业的数学人才参与设计，玩的是数学的游戏，不是数字的。二战中后期，大部分国家和军队开始用这种密码。因为设置的程序相当复杂，人已无法单纯用头脑记清它的转换方式和程序，所以出现了专业的密码机。这类密码是用数学造出来的陷阱，所以，每部密码几乎都可以演变出一道或者几道超难的数学题。

第三类是高级密码，又称语言密码。研制这样一部密码，相当于创造发明一门语言，也许该说是疯子的语言，破坏语言的语言，研制难度相当大，破译难度也很大。二战后，有少许国家开始尝试性地用，保密性很好，但之后并没有如人们所想的一样普及开来，原因是研制这样一部密码，耗资巨大，且使用难度极大，难以普及。这是一种密码中的密码，即使在少数发达国家，一般只在高层联络中使用，很难全面铺开。

以前，我们 701 主要在负责破译 X 国军方的中级密码，虽然我们知道他们已经在使用一部高级密码，但由于使用范围很小，加上破译难度很大，我们基本上没再管它。再说，想管也管不了。从战略意义上讲，反正我们不想主动去打他们，劳民伤财地去破译一部高级密码，价值并不大。当然，这样就要求我们尽可能破译他们的中级密码。只要破掉对方大部分中级密码，我方基本上可以得到应有的军事情报，从而掌握对方军队的大致动向，做到防备有序。

然而，我此行的任务，前面说过，却是为破译苏联乌字一号高级密码来的。这是上面给我们新下达的任务。特殊而重要的任务。之前，由于两国一直友好的关系，我们是从不破译他们密码的。那么上面为什么突然要我们破译这部密码？原因是很显然的，因为当时两国外交关系很不正常，有点命悬一线的意味，随时都可能崩溃，当然也可能化干戈为玉帛，重归于好。我们该作何准备？是准备崩溃？还是准备重归于好？答案就藏在乌密中。就是说，乌密并非军方密码，而是他们外交活动的密码。把一部几乎是当时最高级的密码交给外交部使用，而不是军队，这本身说明他们在外交事务中藏着见不得人的鬼把戏。有时候，外交官手里的刀远比士兵手头的刀更险恶。杀人不见血的险恶。而上面那么想破译这部密码，一方面说明我们很在乎跟他们的外交关系，另方面也说明即使外交上交恶，就当时形势看，双方的战争一时是不会发生的。

然而，要破译乌密又谈何容易。首先，作为一部高级密码，破译的难度本身就是昭然若揭的；其次，既然以前我们没有破过他们密码，就意味着我们毫无破译他们密码的经验或教训可谈，一切要从零开始。这感觉有如要你在寸草不长的沙漠上一下培育出一棵参天大树，除非你有天大本事，否则就是天方夜谭。正是在这种情形下，进退无路，严峻的情形下，我们向上面要求到中科院来选拔人才。我就是这样来这里的。说真的，虽然上面赋予我足够的权力——只要我看中的，任何人都可以带走。但问题是有没有“这个人”，此人是男是女，是老是少，是有是无，是多是少，只有天知道。天知地知，还有我自己知。一路上，我都在为这个未名的人苦恼着，梦想着，担心着，害怕着，祈祷着。现在，这个人似乎找到了，而且似乎一下找到了三个——第三个是黄依依，不是那个还没有交来答案的候选人。就是说，当黄依衣轻易地将那道题破解之后，我也轻易地将她列入了候选录取的名单中。所以，我希望她接着破第二道题。考虑到时间已快到中午，我决定给她开个房间，要求她下午两点半之前给我交答案。

她说："用不着了。"

我说："怎么用不着？既然你来应试，就必须按我要求，完成所有测试内容。"

她说："那你告诉我，你要人去是干什么的？"

我说："这你不必问，你要被录用了，自然会知道，否则永远知道不了。"

她说："这不公平嘛，我去干什么都不知道，又怎么能知道我愿不愿意去呢？"

我说："这没办法。事实上，这也是测试的内容之一，就是你必须有一种把国家利益看得至高无上、不管去干什么都心甘情愿的革命精神。"

她说："看来我暂时还没有这种崇高的革命精神。"

我说："那你只有放弃了。"我拿起刚才两个候选人交来的答卷，对她晃了晃，"告诉你吧，已经有两名同志把两道题都解了，现在你只完成一道题，如果我就这样来选拔你，把你作为他们的竞争者，那对他们是一种不公平。"

她问这两人是谁，我想作为候选人，她有这个知情权，就告诉了她。然后她又问我要人去是做什么工作的——

"我不是要问工种，"她解释说，"而是问具体工作的性质，是搞研究，还是应用的，搞研究需要耐力，应用更需要爆发力。"

我想，破译密码既是研究，也是应用，不好笼统概括的。我一时无语。

她又解释说："我是想帮你当个参谋，因为这两个人我都很了解，如果你告诉我具体工作，我就能告诉你谁更合适。比如，如果你准备让他们去独当一面，干石破天惊的事，那么我可以明确告诉你，此人肯定不合适。”

我问为什么，她说：“这人我太了解了，钻研精神十足，做研究特别细心扎实，属于那种典型的耐力极好的人，但就是缺乏创造力。如果你要搞个什么课题研究，他是最好的合作伙伴，你只要把大的想法告诉他，他会一步一步给你求证得漂漂亮亮，无可挑剔，比你期望的还要好。但你如果想让他单独开创一个东西，他就不灵光了，他缺少的就是这种平地拔楼的勇气和本领。”

我问她：“你们合作过？”

她卖起了关子：“你是问什么合作？是工作上的，还是其他的？告诉你吧，我跟他什么合作都有，工作上他现在跟我是一个课题组的，其他的合作则是我的隐私了，是什么你自己去想吧。”说着，露出一脸坏笑。

我很反感她这种作态，冷漠地指出：“我对你们的其他合作不感兴趣，我感兴趣的是你为什么要在我面前说他坏话。”

她很不以为然地：“你没听到我夸他吗？我说的都是实话！”

我说：“但是你想过没有？你这么说的结果有可能影响我录用他。不过，我想这恐怕也正是你的目的，因为你需要他，所以怕我把他挖走。”

她哈哈大笑：“你这是以己之心度我之腹，太小视我了！说实话，我希望他走，免得……嗯，跟你直说了吧，我们曾经好过，但现在不好了，就是这样的。你应该想得到，一对好过的人不好之后会怎么样，即使不反目成仇嘛，总是有些解不开的疙瘩，谁愿意跟谁每天搅在一起，低头不见抬头见的？你要喜欢他，让他跟你走吧，最好；如果你是请他去做你或谁的副手的，那就更好，他是最好不过的搭档，做事兢兢业业，任劳任怨。

不过，如果你想让他一个人去开天辟地，就难为他了，他真的没这本领，这我可以说是看透了他的。”她看看时间，站起身来，“行了，告辞了，反正你也不会请我吃午饭。”

我提醒她:“那你还想不想应试了呢？想就把题带走，我给你三个小时，三个小时内你解掉了它就来找我，否则我不会考虑你的。”

她笑笑说：“免了吧。”说着，往外走，走到门口，又回过头来，嬉笑着对我说，“你知道我为什么那么看透他吗？因为他连在床上都没有想象力，这种人怎么可能有开天辟地的创造力呢？”

她随着一串咯咯咯的笑声和鞋跟声，舍我而去，我心里不知怎么的，憋出四个字：

婊子养的！

我自己知道，这不是骂，仅仅是一种由刺激和惊叹引起的无言之言。她惹了我，她打击了我，她迷乱了我，我要发泄，要还击她，要降服她——婊子养的！

08

三名候选人，其中两人事实上在他们交来答案之时即可解除禁闭，只是因为被黄依依缠住，无暇顾及，致使他们不能及时解禁。所以，黄依依一走，我即去了两人的房间，并邀请他们共进午餐，算是我对耽误他们的弥补。然而，在餐桌上，我自己都奇怪，我与他们的交流几乎都在说黄依依，好像我心里装满了她，如鲠在喉，不吐不快一样。可以想见，黄依依已经以她的“放任自由的方式”引起了我强烈的兴趣和好奇，我与他们谈论她，事实上是在向他们打探她的真实！而两位对黄的评价，给我一个印象就是：我看到的黄依依是真实的，在真实的基础上又是不全面的、不充分的。平时生活中的黄比我看到的要更天才、更乖张、更无耻、更邪乎、更诡秘，用她前相好的话说：她身上既有天使的一面，又有魔鬼的一面，总体说就是个半人半鬼的怪物——一半是天使，一半是魔鬼。

应该说，我也有类似的感觉，他们不过是替我证实了我的感觉。这感觉不寻常啊。这感觉刺激我啊。我分明感觉到，两位闪闪烁烁的说法和各种举证，非但不能平息我对黄的好奇心，反而如火上浇油，更添了黄在我心目中挤拥的感觉。而当我将他们与黄依依放在一起看时，我感到，后者身上明显要多一些邪气和野性，感觉他们是家养的，黄依依是野生的。是的，我真有这种感觉，而且很强烈，强烈得我要一吐为快。事情到这时，其实我心里已经很明白，我要的人不是他们，而是黄依依！因为，在密码界，谁都知道，密码是反科学、反人性的。反科学也是科学，所以，研制和破译密码都需要智慧、知识、技术、经验、天才。但同时更需要一颗“恶毒的心”（不管是研制还是破译密码），因为它是反人性的。密码，说到底，玩的是欺骗，是躲藏，是暗算。兵不厌诈，密码是兵器，是兵器中的暗器，是人间最大的诈。在这个充满奸诈、阴险、邪恶、惨无人性的世界里，一个桀骜不驯、带点儿邪气和野性的人，或许要更容易生存下来……想到这里，我抓起电话，通知书记同志，下午我要见他。

下午，我去找书记。

书记的办公室在三楼，我上楼的时候，在楼梯上，恰好和一个女同志劈面相逢。我为什么记得她？是因为我们擦肩而过时，我看到她在掩面而泣，一只手捂着嘴巴，一只手捂着胸口，头低低垂着，是一种很悲伤、很无奈的样子。后来，从书记那里又知道，我看到的哭女人正是刚从他办公室里走，所以情绪不是太好，见了我不像前几次那么客气。他问我有什么事，我直截了当说：我想看看黄依依的档案。

“黄依依？你怎么想要她？你……”书记沉吟着，脸上堆满了惊疑和不屑（不是原先的谨慎和不安），“你不会被我说她的一些好话迷惑了吧？”

我摇摇头。

书记接着说：“老实讲，当时你没说要她，所以我都是拣了些好话来说。但你如果想要她，我可以说，我的态度很明确，不合适的，绝对不合适。”

看我不语，他又说：“当然，她有她的优点，人聪明，见识广，业务能力强，专业上有建树，工作上可以独当一面。但……有些话我不好说的，不过你相信我，她这人有问题，不合适的。”

我问有什么问题，书记说这是她本人的隐私，不便说的。我说，在我们 701 面前，是没有任何隐私的。确实，跟我们谈什么隐私是不聪明的，甚至是不尊重我们的，因为我们本身就是最大的隐私。再说，对我们谁还有什么是隐私的？个人？还是国家？我们为探寻他人隐私而活，我们自己也成了他人的隐私。我们不喜欢这种感觉，我们要平淡这种感觉，最好的办法就是，让隐私这个词从我们面前消失掉。扣掉。像扣掉一粒恶心的粉刺一样扣掉。

书记看我态度有些硬，笑了笑说：“我可以跟你说，但仅限你知道。”

又笑了笑，说，“就像你的事，仅限我知道一样。”

我没有答话，等着他往下说。

书记说：“其实，你要早来几分钟，就会看到她的问题，黄（依依）同志的问题。就在你进门之前一分钟，一个女同志刚从我这里哭着走。”

“我在楼梯上碰见了，”我说，“是不是一个中年妇女，穿一件白衬衣的？”

“是的，”书记说，“就是她。”

“我看见她在哭。”我问，“她为什么哭？”

“那你去问黄同志是最清楚的。”书记说，看了看我，接着说，“她把她男人勾引了。”

我脑海里一下浮现出黄依依撩人的目光和笑容、笑声，嘴上却问了一个愚蠢的问题：“你调查过吗？是谁勾引谁？”

书记说：“那还用调查，肯定是她勾引人家丈夫。”

我说：“没有调查，你怎么能这么肯定？”

书记丧气地说：“你不了解，我是太了解了。”说着，从抽屉里翻出几封信件，我一看，发现都是告状信，有匿名的，也有署名的，说的都是一个内容：黄依依思想腐化，乱搞男女关系。有的还指名道姓的，跟某某某，什么时候，在哪里。我一边看着，一边问书记这些是什么人。书记说，什么人都有，有的是所里的，有的是外边的。

我越看越怀疑：“怎么有这么多人？不可能吧。”

书记摇着头说：“应该是不可能，可到了她身上，就成了可能。不瞒你说，这些人我大多都找她问过，我倒希望听到她否认甚至是狡辩也好，可就是听不到啊，听不到。”叹一口气，接着说，“说真的，影响很坏啊，反应很大啊，现在所里开领导会，每一次都有人提出来，要处分她，开除她。幸亏她手上还有把尚方宝剑，是周总理点名要回来的，否则早有人把她拱走了。这个黄依依啊，黄依依，人家说到什么山唱什么歌，可她回到中国后，还在唱西方那边的歌，这怎么行嘛，完全不同的伦理嘛，能这样乱来吗？”

“她有家吗？”我问道。

“哪个男的能接受她？”书记笑道。

我说：“也许结婚就好了。”

书记说：“你以为她没结过婚？结过两次呢，都离了。”

我问：“这是以前还是现在的事？”

书记说：“有以前的，也有现在的。据说她在美国就有过婚姻，丈夫是个化学家，老家是福建的，回国前两人离了。回来后不久，她跟电影厂一个摄影师好上了，结婚后不久又离了，就因为她在外面有男人。”

我又问：“那男人呢，她离婚后，没跟她结婚？”

书记说：“结婚？她这样子谁愿意跟她结婚？她自己都跟我说过，现在她对婚姻已经不抱希望，因为没人真正想娶她的，那些人都跟她逢场作戏而已。所以，她也索性自暴自弃，更加放任自流了。”

看我一时不语，书记又说：“说实在的，我们这毕竟是个学术单位，人的思想相对要开放一点，很多人也是有在国外生活的经历，所以多少还能迁就她，要在其他单位，她还能有今天？早就当毒草铲除掉了。你说这样的人你能要？我劝你还是别想她的好，关键是没这必要，我可以负责地说，那三个人专业上不比她差，她能干的事，他们都干得了。这几个人的思想和生活作风都没问题，去了会给你踏踏实实干事的，她去了，说不定事还没干出来，尾巴就露出来了。尾巴一露出来，你们这种单位能不处理她？到那时，她想干事都没机会了，这不是害人害己嘛，何必呢？”

书记说的“情况”，其实我有一定预想，只是没想到会这么严重。严重是严重，可我并不准备放弃。我甚至还有些暗喜，心想，这么说她的野性比我想的还要大。色胆包天啊！罪大恶极啊！这样的人，人们还能容忍，不铲除，说明她必有非凡的一面，如果光以一个“学术单位思想开放”的理由显然说服不了人的。我还想，虽然 701 人的思想没这边开放，但只要她能破译乌密，有什么不能容忍的。所以，书记说得苦口婆心，我却是无动于衷，依然“贼心不死”，要求把她的档案调给我看。

书记绝望了：“你真要她？”

我安慰他说：“那要看过档案才能决定。”

但其实，我心里已作决定：只要没其他问题，我要的就是她！

09

从书记那里回来，刚进房间，我就听有人敲门。开门看，门口又立着黄依依，她换掉了连衣裙，穿的是一套衬衣裙子，裙子是藏青色的，衬衣是白色的，开口很低，露出胸前一大片白生生的肉，甚至还可以隐隐看到一线乳沟。我的目光无意地碰了一下她胸前的白肉，便触电似的闪开了。

我说：“我正找你呢。”

她说："我都来第二次了。"

我问："你找我有什么事？"

她递上来一页纸，说："给你交卷啊。"

原来，她嘴上说是"免了"，其实已把题目默记在心，带回去做了。我当场看她解答的程序和结果，完全正确无误，心里一下子生出满满的喜悦，嘴上怪怪地喊了她一声"黄博士"。

她打断我："你别这么喊，现在我是你的学生，在被你考试呢。"

我说："那你觉得你考得怎么样？"

她说："错不了的。"

我说："不愧是博士。"

她又打断我："说过的，不准喊我博士，什么博士，你知道我是怎么看博士的？"

"怎么看？"

"白天博士，晚上不是。"

"什么意思？"

"就这意思，博士也是人，到了晚上，照样要寻欢作乐。"

说着，自顾自哈哈大笑起来，笑得身子都弓起了。在她弓下身子时，我无意中又看见她胸脯，满满的，像要从衣服里膨胀出来，诱人得很。我想，看来书记说得没错，我带她走合适吗？这念头刚闪现，又被我掐了。我想，这不是合不合适的问题，而是去哪里找像她这样我打着灯笼都找不到的人。

笑完了，她一本正经地问我："你刚才不是说在找我吗，什么事？"

我也是一本正经地说：“想问你几个问题，希望你如实回答。”

“别太难的。”她作出发嗲的样子。

“不难，”我说，“但你必须说真话。”

“这没问题，”她爽快地答应道，“问吧，什么问题。”

“第一个问题，你以前有没有接触过破译密码的工作？”

“没有。”

“听说过吗？”

“听说过。”

“愿意去从事这样的工作吗？”

“不愿意。”

“为什么？”

“不为什么，我就喜欢待在这里。”

“那你知道我的身份吗？”

“知道一点，好像是保密单位的，是吗？”

“是的，你愿意去吗？”

“不愿意。保密单位就更不愿意了。”

“为什么保密单位就更不愿意？”

“那哪是我这种人待的地方？”

“你是什么人？”

“生性自由，生活浪漫，最害怕受纪律约束，最喜欢无拘无束。”

我想了想，责问她：“那你干吗还来应试？”

她哈哈大笑道：“你以为我来应试是真想去你们单位？你们是什么单

位我都不了解，怎么可能呢？”笑完了，正了正神色，又说，“说真的，我来应试是想来见识见识你，这几天同事们都在说你这个那个的，我很好奇，就来了。”

我又生气，又暗喜。生气是觉得她这人太玩世不恭，喜的是，我想，既然这样说明我看到的她是真实的，不会做作出来的。她本是无心，我也本是无意，无心无意中产生出来的东西往往是真实的，经得起检验的。好，这样好。我这样想着，立起身，明确告诉她：

“现在我正式通知你，你已经被我录取，我们马上将给你办理调动手续。”

“你在跟我开玩笑吧？”她笑吟吟地问我。

“不是玩笑，”我说，“是真的，我们需要你这样的人才。”

“不。”她提高了声音，“你需要我，可我不需要你们！”

我说：“有话好好说，别冲动。”

她试图让自己平静下来，走到窗前，背着我，静静地说：“不，我不会跟你走的。你不了解我，我是个坏人……”

“我了解你。”我说，“我相信，你去我们单位会干出一番大事业的。”

“可我不想！”她又冲动起来，大声叫道，“我不会跟你走的。”

我平静地说：“已经不行了。”

她呼地冲到我面前：“那不是听你的！”说着要走。

我问：“你去哪里？”

她说：“我找所领导去，我要跟他们说，我不走！”

我说：“他们也要听我的。”

她盯着我好一会儿，突然咬牙切齿地："你到底是什么人？我讨厌你！"

我劝她坐下后，说："看来你对我还真不了解，那么你想不想了解我？我想，反正我已决定要带走你，所以我可以跟你说实话，我是特别单位701破译局局长，我现在手上有至高无上的权力，只要是我看中的人，谁都不能拒绝的，只能跟我走。"

"我要不走呢？"

"没有这种可能。"

"我恳求你。"

"我不同意。"

沉默一会儿，我开始做她工作。我说："小黄同志，你自己说过，我也知道，你是爱国知识分子，如果国家的安全需要你，我想你总不会拒绝吧，而你将要去从事的工作就是直接关系到我们国家安全的，很神圣的。我希望你不要有抵触情绪，调整一下心情，我给你一天的准备时间，后天就跟我走。"

她问："你们要我去做什么工作？"

我说："破译乌字一号高级密码。"

10

小伙子，你觉得我说的行吗？

可我不行了，我累了，明天再说吧……

11

先别急着叫我说，还是先来看看这几张照片吧。

这是我年轻时的照片，你看，这一张，很清楚的。年轻时我就这个样，还是比较英俊的吧。有人说我鼻子长得很好，鼻梁坚挺，鼻翼收紧，是个可信赖的男人；有人说我嘴巴长得很好，嘴唇厚实，棱角分明，是个沉得住气的男人;有人说我额头长得很好，方正，印堂发亮，是个有出息的男人。再看这一张，我高大着呢，有人说我这身板是个真正男子汉的身板。人们说，女人都喜欢我这样的男人，沉默，稳重，坚忍，英俊，有前途，有魄力。但说真的，年轻时没有哪个女人喜欢过我，我谈对象谈得很困难，谈了三个都不成功，最后还是组织出面解决的。当时，就是见到黄依依时，我已经是四十好几的人，而且是有妇之夫，有子之父，对女人早已经没有愿望，没有秘密，甚至连一闪而过的念头都没了。所以，当黄依依对我说出喜欢我的话时，我既没有激动，也没有慌乱，只是一笑了之。

事情出在火车上。

那时候火车车次不像现在这么多，而且，我们701驻地仅仅是个偏僻的小县城，弹丸之地，在我们单位入驻之前，这里甚至还没设火车站，火车每天从它身边喧嚣而过，却从来不肯停下来。火车不是汽车，火车傲慢着呢，不是见人就停的。当然，也要看是什么人，对我们701人来说，火车向来是跟着我们走，跟着我们停的，没有铁路，铺过来，没有月台，造起来。就这样，这个弹丸之地，由于我们的到来，就有火车乖乖地停下来。但从首都北京过去的火车，每天只有一趟车次停靠，而且时间很短，只停三分钟。这趟火车的发车时间是中午十一点整。由于黄依依不愿意跟我走，走得有情绪，老是刁难我，一会儿要办这个事，一会儿又要见那个人的，把时间全耽误了，本来我预计是办完手续后第二天就回的，结果不得不拖了一天。拖了一天也不行，十一点钟的火车，十一点钟时我们才冲进站台。我还要说，火车不是汽车，可以叫得停的。火车傻得很，任凭我叫着，依然傻乎乎地开着，不停下来。我几乎眼看着一节一节装满黑压压人头的车厢，从我跟前缓缓驶过，然后驶出站台，把我气得恨不得把铁轨给掀了！

错失了它，正常情况下，我们只有改天再走。就是说，我已经耽误了一天，现在还要再耽误一天。关键这不仅仅是个时间问题，还有安全问题。我的安全是有一条线在为我负责的，我不知道他们是怎么负责的，但我知道他们一定在负责，有时候在我身边，有时候离我远远的，有时候到处都在。从某种意义上讲，他们对我的行踪比我自己还了解，我还没来，他们就知道我什么时候要来，我还没走，他们也知道我什么时候将走。然后，我有理由相信，到这天的十一点钟，看我搭乘的火车哐当着驶离站台，他们可能都大功告成地回家了，心里不再有我这个人了。这样想着，我身上禁不住起鸡皮疙瘩。人心里一慌，不免会做出一些过激行为。我私自找到火车站治安大队，亮出我的证件，要求他们替我接通某个电话。我不完全知道这是个什么电话，只知道万一我有事需要紧急处理，可以打这个电话。我在电话上只说了几句话，还没把事情完全说清楚，电话那边的人就对我下了两条命令：

一、原地不动待着；

二、有人会马上安排我走。

十分钟后，火车站站长出现在我面前。

半个小时后，站长又亲自把我们送上一列特快列车的一间上等的软卧包厢里。站长告诉我：这趟火车将专门为我们两个人在那个弹丸之地停靠半分钟。我受宠若惊，一下想到那个神秘的电话。我确实不知道那是什么电话，至今也不知。但我直觉，并且有理由相信，那一定是一个很权威的电话，也许在中南海里面，也许在更秘密的地方。

不用说，这个电话不但免除了我可能有的担惊受怕的等待，而且还让我享尽了旅途的舒适和安静。我以前坐过软卧包间，但都是夹杂在生人中间的，像这样，包间里无一外人，还是第一次。包间里只有我和黄依依，感觉像是从701切出来的一片空间，我们可以无忌讳地谈701的事情，如果要谈情，也是可以的，无须夹尾巴，躲躲闪闪。正是这种独特的条件，促使黄依依开始放肆地对我“吐露衷肠”。

黄依依说：“你这样强迫地调我去你们单位，总不会是因为看上我，想弄我去跟你培养感情的吧？”

老实说，几天来，我对她这种我行我素的谈话，包括行为方式已深有领教，不会再有唐突和惊乱。所以，我平静地回敬道：“你以为我还是光棍汉，我儿子都十几岁了。”

她说：“有妻有子照样可以培养感情啊。”

我说：“那叫什么，不成了搞腐化？”

她说：“不叫腐化，叫浪漫，难道你从来没有浪漫过吗？”

我说：“在艰苦卓绝的战争岁月里，我们就是靠革命浪漫主义的乐观精神，战胜各种艰难险阻，取得一个又一个的胜利。”

“最终解放全中国，”她接过我话头说，“让我们这些流亡海外的爱国知识分子，有了自己的国、自己的家。”

“对。”我说。

“可我至今还没有家。”

“会有的。”

“是安慰我吗？”

“不。”

“可我感到很绝望。”

“为什么？”

“因为我喜欢的人并不喜欢我。”

“你喜欢谁？”

“你！”

接着她告诉我，她为什么来招待所找我，是因为那天下午，她从操场走过时，不经意抬头看见我站在窗前，凝视着窗外。虽然隔得有点远，但她还是被我英俊和凝重的样子深深吸引。

“我相信你也在看我。”她说。

“不可能，”我说，“我第一次见你是在餐厅里。”

“我对你笑？”

“是的。”

“是什么感觉？”

“有点与众不同。”

“没有暗生欲念吗？”

“没有。”

“你不喜欢我吗？”

“是。”

“你是不敢喜欢我。”

“也许吧。”

“你是个胆小鬼，枉有一副男子汉身材。”

“也许吧。”

“可我还是喜欢你，握住我的手好吗？”

我理所当然拒绝了她。

但问题不在这里，问题是一件常人难以启唇的事，她竟可以如此轻松，这般堂皇，没有窘迫，没有顾虑，光明磊落，直截了当，如同一个平常问候，一个正当要求一样，随便吞吐于唇齿间，这是令我惊诧又惊诧的。以前只是听说，现在算是亲身经历了，感觉有点晕眩和紧张，像如临深渊。由此，我真切地感受到，她确实是个“魔鬼附身的天使”。是的，不论怎么说，她确有天使的一面，她有天生丽质的容貌，同时她的智识和身份、地位与其漂亮的容貌一样过人，一样耀眼。这种女人是尤物，亦梦亦幻，可遇不可求。然而，我又觉得她身上有一种妖精的气质，热艳，妖冶，痴迷，大胆，辛辣，放浪，自私，无忌，无法无天，无羞无耻，像个多情的魔女。

尤物——魔女——漂亮——多情——智慧——放浪——哐当——哐当——火车越驶近701，我心里越发担心，我带回去的不是一个破译乌密的数学家，而是一棵饱受西方资产阶级思想侵害的大毒草！

12

我找来的人，从一定意义上说，就成了我的一部分，她将来好，有我的一部分，她将来孬，也有我的一部分。出于我一贯的谨慎，加上对黄依依已有的出格之言行的忧虑，我回单位后，没有在首长面前过分显摆她的神奇性，包括她对破译乌密具有的种种有利条件，比如当过冯·诺伊曼的助手，还在莫斯科待过等，只是笼统地说她是个数学家，生性开放，甚至有点野性子，应该是比较适宜搞破译工作的。这是我的心计，开始不要让人产生过多过高的期望，保守一点，低调一点，这样等出成果时，就更有一份意外，有出奇制胜的效果，成果将被人放大地看，放大地说，放大地庆贺，从而放大地感激我慧眼识珠。

破译工作是701的核心，要求破译者政治思想要绝对过硬。为此，所有到701来从事破译工作的人，无一例外，都要去二号山谷的集训中心去集训一段时间，其间要完成三项训教任务：

一、思想教育

二、保密教育

三、业务训练

思想教育和保密教育是基础课，通过教育，主要是要让你思想中可能有的杂念私心绝对封存起来，绝对树立起一种为国家利益无私奉献的崇高革命精神，并在任何情形都能做到守口如瓶，即使在无意识中也不能泄露自己作为特别单位701破译员的特殊身份。业务训练是专业课，具体又分两大块：一块是熟悉密码情况，比如密码是怎么回事，破译有什么规则和特点，还有一些破译案例介绍和一些模拟破译；另一块是你将来要去破译的密码的这个国家的基本国情和具体系统内部的详情，像黄依依，主要就是要熟悉苏联外交事务的现状、方针、策略等情况。集训时间一般为三个月，结束时组织上将对你进行考评，考评合格者方可转入破译局正式开展工作。

我把黄依依送进集训中心时，心里已经作好三个月后，中心可能对她作出的某种不利的评定，比如在平时作风纪律养成上，我担心她很可能要露出马脚，不服管教，甚至出现男女关系问题，让中心抓住辫子，在思想品质一栏里写下危言耸听的评语。对一般人来说，作为破译局局长，我有权因为中心的几句模棱两可的评语而取消此人转正的资格。不过，对黄依依，我已经想好，如果仅仅是这些问题，我将另眼相看。

但是，三个月结束时，中心对她各方面的评语都出奇的好，无片言微词和中性词，说的都是高度肯定的话，政治上积极要求上进（已向党组织递交入党申请书），业务训练刻苦（考核成绩全优），保密观念强，平时作风养成良好等，一堆可圈可点的褒奖之词，看得我倍感欣慰。就这样，黄依依顺顺利利地进了四号山谷：一个被朱红色围墙围得严严密密的幽秘之院。森严之院。绝密之地。

破译局下设五个业务处，黄依依被分到欧洲处。欧洲处是我的娘家，我从那里出来，很熟悉那里的业务和人员情况，当时处长是一个叫陈二湖的老同志。说是老同志，其实也才三十四五岁，但他到701的时间很早，差不多是破译局的元老级人物。他性格比较内向，不爱搭理人，平时除了工作几乎没任何其他爱好和特长。我与他共事四年多，给我印象最深的是，他没有朋友，似乎也不需要。他属于那种种瓜得瓜，种豆得豆的人，虽然才情上弱了些，但通过悬梁刺股的苦心钻研，同样抵达了胜利彼岸。可以说，在701破译史上，那么多人，他是付出最多，也是得到最多的人，他破译的密码比谁都多，得到的荣誉和付出的心血也比任何人多。他是701的最宝贵的人，也是我最崇敬的人。不过，在当时，1960年，他的宝贵性还没有完全显露出来，只单独破译过X国的一部中级密码，另外与人合作破译过K国一部中级密码，算得上是不错的，但不是最优秀的。总的说，他有点大器晚成，到七十年代中后期才大放光彩，成了701破译局最耀眼的明星。

那天，是我亲自带车把黄依依从集训中心接出来，然后又送到欧洲处去的。我们破译局在四号山谷，集训中心在二号，中间隔着一个机关大院和两座山。我先去中心接人，中途又在机关办了点事，回来时已经到吃午饭时间，人都陆续在往食堂走去。但凭着我对老陈（陈二湖处长）的了解，我还是喊司机去欧洲处办公地。

欧洲处的办公地是一个坐落在山坡上的独立四合院，四边都是用条石垒砌的平房，都是一个式样的，一排九间，除去一间作门洞用，总共有三十五间，围成四方形，中间的院落足有两亩地大，种了一些松树、杉树，树林间有路，可以散步，还有石凳石桌，可以休闲、看书、冥想。门口二十四小时有把门的。我车子的牌照门卫是认识的，所以车子一在门口停下，门卫就迎上来。我问陈处长在不在，答复是在的。

果不其然吧。

其实，我知道，老陈是向来不吃午饭的，不是因为有胃病的问题，而是因为要保持脑子清醒。人在饥饿中，大脑的思维能力比较活跃，饱了容易瞌睡，古人说弱食强脑，大概指的就是这意思。这就是老陈，陈二湖，把职业当作性命看的，为了再破译一部密码，经常把自己弄得苦海无边的。对黄依依，我就希望她有这种精神。换句话说，我是担心她没有这种精神，破釜沉舟的精神。上帝在造人时似乎总是公平的，聪明的人往往缺勤奋，智慧的人往往爱出世，爆发力好的人往往没耐力。像爱因斯坦这样的人，是上帝开小差的结果，上帝让他什么都有了，却让自身的公平没有了。黄依依给我的感觉是天资极好，悟性极高，数学上又有非凡的能力。这种人天生是密码的克星，但她性情中有玩世不恭的东西，这又是人要做大事成大事的大毛病。

13

和老陈见面，是在老陈的办公室里。老陈还有专门的破译室，在办公室的南边。我们先是去办公室，看没人才去了破译室。听到敲门声，老陈出来，看见黄依依，跟见了鬼似的马上关闭了破译室门，带我们去办公室。听说老陈这人很迷信，从不允许女人进他的破译室，至于为什么会有这迷信，只有他自己知道了。搞破泽的人都有些莫名的禁忌，因为破译工作除了必要的知识、经验、智慧和才情外，似乎更需要远在星辰之外的运气。运气是个神乎其神的东西，要抓住它，似乎需要我们也变得神神秘秘的。

进办公室后，我把黄依依介绍给老陈，两人握了握手后，老陈说：

“听说你是个数学家？”

黄依依说：“算是吧。”

我说：“不是算，是真资格的。”

老陈说：“真也好，假也好，反正以后你不是当数学家，而是当破译员，任务是破译乌密。你的破译室我们已经安排好了，在那边，南楼，左首起第三间，设施都是齐备的，等一会儿你可以去看看。如果还需要什么，”指着墙上的一帧照片说，“可以找他，他是我们处里的行政参谋。”接着，老陈又指着后面很多人的照片说，“这些是我们处的破译员，总共有××人。既然首长们已经决定，要求把破译乌密作为本处的头号任务来抓，那么按照规定，你可以从这些人中任意挑选一至两名同志，做你的副手。”顿了顿，指着一个戴眼镜的老同志说，“但这个人除外。”

黄依依好奇地问：“为什么他要除外？”

老陈示意我来回答，我就告诉她：这位老同志现在身体不好，无法正常工作。其实，他是患了精神分裂症，疯了。

不料，黄依依一语道破：“他是不是疯了？”

我问：“你怎么知道？”

她说："猜的，你看他的目光，多么神经质，这种人离疯狂往往只有一步之遥。"

我说："他曾经是这里最了不起的破译家。"

她说："这种人离圣人也只有一步之遥。"

我说："他是因为破译密码疯的，用脑过度，脑筋像琴弦一样绷断了。"

她说："像纳什。"

我问："谁？"

她说："世界著名数学家，博弈论大师约翰·纳什，他也是被密码逼疯的。"

这时，老陈突然插话："其实你也疯了。"顿了顿，又说，"我们都疯了。"

一句话把黄依依弄得稀里糊涂的。

其实，我知道老陈想说什么，在关于破译乌密的问题上，老陈始终保留着自己独立的看法，他认为，我们决定破译乌密是武断的，毫无理智可言，荒唐透顶，是异想天开，是疯子的决定。至于理由，他曾在大会小会上都说过，现在他又准备对黄依依说一遍。

老陈说："首先，谁都知道，乌字一号密码是一部目前欧洲少有的高级密码，保险期限至少在十年以上。这就是说，十年之内，正常情况下任何人都难以破译它，而我们决定破译它的根本原因是什么？是想在目前紧张的外交关系上取得主动权。那么，这种紧张关系究竟会延续多久？一年？两年？还是十年二十年？我想顶多就是一两年，然后要么是完蛋了，要么就又好了。不管是完蛋，还是又重新好，到那时，我们破译这部密码的价值就会大大削弱，甚至变得毫无价值。这就是说，我们要使这部密码具有理想的破译价值，就要求我们在短时间内破译它，顶多就是一两年，而一两年时间我们也许连破译它的门都还摸不到。你们现在信誓旦旦的样子，老实说，我的感觉就是你们疯了，痴了。是痴人说梦，疯人做傻事，不信走着瞧……”

老陈这人就是这样，平时不说话，但一说都是实打实的，不会拐弯，不会躲藏，不会变通，经常把人和事逼入绝地，让人尴尬为难。其实，他说的道理我们不是不明白，但这是上面的决定，我们除了服从又能怎样？我这么一说，老陈又跟我顶上了。

他说：“是上面的决定不错，但既然我们明知这是个错误的决定，我们又何必认真，这么兴师动众地执行，还专门找一个数学家来呢？当然，数学家来，我们欢迎，但要我说，好钢要用在刀刃上，我们应该安排她去破其他密码，至于乌密，随便叫两个人破译，给上面做个样子看看就行了。”

这哪像处长说的话？上面首长要听了，还不撤他职！不过，我知道，他也不稀罕这个职务。破译局作为一个业务单位，业务强就是最大的职务。无冕之王。

老陈的那套说法，我听过不止一遍，所以也懒得跟他去辩解，不料黄依依却跟他较真上了。黄依依说：“听你这话的意思，好像我是肯定破译不了乌密的。”

老陈说：“起码在短时间内吧。”

“那也不一定，”黄依依简直是抢着往枪口扑，坚定又坚决地说，“所有的密码不就是几道深奥的数学题而已，有那么可怕吗？”

说得我和老陈一时都愣在那儿，许久老陈才回敬道："行，那就看你的。"

黄依依毫不示弱："你等着吧。"

14

夸海口的事，我见得多了，一般说来，我不欣赏这套，不就是嘴上说说而已，谁不会？但黄依依初来乍到就夸下海口，却让我暗生窃喜。这里面有我主观因素，也有客观原因，客观原因是什么？是集训中心王主任对黄依依的评价，那是他代表组织的名义对我说的，是公对公的，硬碰硬的，没有理由可以质疑的。王主任说：我在中心接触过那么多搞破译的，还没见过第二个像黄依依这样对密码有感觉的人，她对密码有种常人不能想象的敏感和直觉，可以见面就熟，可以无师自通。我们中心准备的几部教研密码，以前还没有哪个人在集训期间就把它们破解的，而她到这里后，没有一个月把它们都破解掉了不说，而且她还能将每部密码的共异性，包括造密者在设计中留下的优劣性，都说得头头是道，好像她曾经参与这些密码的设计似的。总的讲，王主任说，这人少见！

确实，头次见面就跟顶头上司叫板，夸海口，下豪言，这种人难道多吗？不多！她身上好像明显要比我们多一个开关，有时候又少了。不管是多或少，她肯定不是个一般人。对一个不是一般人的人，我们容易对她生出幻想。

但容我幻想的时间太短！

也就是半个多月吧，老陈到我办公室来跟我谈事，谈到黄依依，他露出一脸不屑："你恐怕不知道吧。"我问什么事，他说跟集训中心王主任的事。我问他俩有什么事，他欲言又止。

我说："什么事，你说啊。"

他说："你真不知道？"

我说："知道还问你。"

他说："那你还是去问别人吧，我不便说的。"

我一下火了，骂他："你放屁！你处里的事情，我不问你去问谁？"

他只好说："还能有什么事，好着呢。"顿了顿，又说，"听人说，她现在晚上经常往中心去，到天亮才回来。"

从破译局到集训中心，要翻两座山岭，走公路得有七八公里，抄小路也有四五公里，得走上一个多小时。按规定，破译局的人可以出入集训中心，而集训中心的人是不能出入破译局的。就是说，如果他们俩真要干个什么，也真只有黄依依去找他。但我还是有点不相信，一个中心王主任是有妇之夫，谅他也不敢；二个黄依依不是夸了海口要破译乌密，哪有精力这样折腾？

口说无凭，猜想也作不了数，要获得真相，最好办法是把王主任喊来问一问。

王主任虽然是副局级的，可也是一方诸侯，我虽然挂着副院长的名，但实际上也只是一个诸侯而已，机关的事情管不了的。所以，要审问王主任，还必须请首长们出面。大首长当时不在家，在医院，最后我找的是党委书记，二号首长。书记一听我汇报，比我还吃惊，当即打电话把王主任叫到办公室。没想到，个狗日的王主任一听首长问这事，连狡辩都不狡辩一下，就一五一十地都招了！

原来，两人从见面起没几天就好上了，现在都好几个月了，我们居然还皮毛不知。

事情一败露，当初中心给黄依依出的评语为什么都是好话，也就可想而知了。个狗日的姓王的真是狗胆包天！敢玩女人（还不是一般的女人，是我们当宝贝挖来的，要给组织上干大事情的），还敢欺骗组织，书记同志简直火冒三丈，根本不同情他这个那个的讨饶，把事情跟院长和总部都汇报了，并建议作严肃处理。很快，总部发下来一个文件，发到处以上单位和部门，说的就是王主任的处理情况：撤销主任职务，开除党籍（公职还保留），押送去灵山劳教所（属于系统内部）劳动教养。

当天晚上，黄依依找到我，见面就责问我：为什么要这样处理王主任？我正不知怎样来发泄对她的火气，不想她自己找上门来，还神气活现的，一下激起了我火暴脾气，我大声呵斥她：

“你还有脸来见我！”

她说：“我怎么了？”

我骂：“你自己心里知道！”

她说：“我不知道！”声音有点要跟我一比高低似的，“文件上没说明你们为什么要处理他，只是说他‘道德品质恶劣，影响极坏’，这是指什么？我不知道，如果是指我跟他的事情，那我告诉你，这跟他无关，是我要跟他好的，你们要处理就处理我，别处理他。”

我说：“你以为我们就听你的？”

她说：“不是听我的，而是听事实，你处理人总要根据事实吧，事实就是这样的。”

我说：“事实是我们花了九牛二虎之力把你招来，不是要你来给我们惹是生非的，而是希望你来挑起重担，建功立业！”

她撇着嘴说：“我早跟你说过，我是个坏人……”

我骂她：“我说你真糊涂！他是有妇之夫，跟他搅对你有什么好处？”

她冷笑：“什么好处？就是有男人的好处呗。”

我说：“男人多的是，你就不能好好找一个？”

她反问我：“你说我去找谁？我明年就四十了，你们谁愿意跟我谈对象？”顿了顿，又说，“谈不了对象，又不找男人，这日子是人过的吗？”

我说：“只要你把乌密破了，我来给你找对象！”

她盯着我看一会儿，突然放低声音说：“如果你们还希望我来破译乌密，我就希望你们不要处理他。”

我说：“你的意思是如果处理他，你就不破了？”

她说：“我破不了。”

我气得一下站起来，指着她鼻子，声色俱厉地警告她：“黄依依，你别跟我玩文字游戏，现在我可以老实告诉你，处理老王就是因为跟你的事。之所以不处理你，是考虑到你在破译乌密，如果你因此不想破了，那好，”我拿起处理老王的文件，丢在她面前，“我马上去找首长，再一模一样地签发一份文件，只要把名字改一下，改成黄依依，然后你就跟他一道去灵山劳教所吧。”我越说越气，把文件揉成一团，朝她脸上丢过去，“你是什么人，上班才几天，701的东南西北都还分不清，就想耍大爷脾气，这种人我没见过，也不想见，你走吧！”

她不走，也不跟我认错，只是沉默地坐着。我去外面转一圈回来，她还是没走，老地方坐着，甚至连姿势都没变一下。我心里气还没消，见了人，嘴里又是骂腔骂调的："喊你走不走，是想跟我闹静坐？还要绝食吗？"

她突然流出两行泪，但说话的声音依然没有一点哭腔，还是字正腔圆的。她说："确实是我的错，是我……主动的，你跟组织上说一说，不要处理他好不好，我求你啦。"

看着她缓缓滑下的两行泪，我的气开始消退，低声问她："你真想救他？"

她认真地点点头："他确实是无辜的。"

我说："现在说无辜已经没有用，说救他还有办法。"

她一下来劲地问："什么办法？"

我跟她卖关子："就看你的。"

她很聪明，马上破了我的关子，说："看我能不能破译乌密？"

我说："对，只要你能在短时间内破掉乌密，你就是盖世英雄，然后你想把他怎么样都行，这我可以承诺的。"

她问："这个短时间是指多少时间？"

我说："在两国关系还是像现在这样紧张、这样微妙、这样前途未卜之前。"

她听了，自言自语道："这个之前？半年？不大可能，两年？太长了……"接着咬了咬牙，抬起头，决然地对我说，"我争取用一年时间把它破了！"

说完，扬长而去。

15

我真是个很容易冲动的人，冲动的人往往也是容易轻听轻信的。听着她丢下的话，看着她扬长而去的背影，我心里反倒有种欣然，想如果这样把她逼一逼，她全身心地投入到破译乌密中，遥远的运气也许就会降临到她头上。我说过，搞破译的人也是都知道的，破译密码，除了必要的知识、经验和天才的精神外，更需要远在星辰之外的运气。运气是神秘的东西，但对黄依依来说，也许就在她的勤奋中，她的天资肯定是过人的，她的技术、她的数学上的才能肯定也是无人可比的。这种人只要一门心思扎进乌密去，肯定要比谁都扎得深，扎得远。运气其实就在最深远处。对扎不到深远的人来说，运气天马行空地游荡在一片炫目的黑暗中，想抓住它当然需要靠运气，需要老辈子的坟地冒出缕缕青烟。但对可以扎到深远处的人来说，运气远在天边，却又近在眼前，在你身边游荡着，飞舞着，你不去抓它，说不定它还会自己撞上你。我们经常说，运气来了推不开，躲不掉，说的就是这个意思。乌密是很高级，但黄依依也非等闲之辈，她曾经是冯·诺伊曼的助手，是掌握世界顶尖级数学奥秘的人。她还在莫斯科待过，其间和那边的数学家有过非常广泛又深入的接触，说不定还与研制乌密的数学家一起跳过舞，一起罗曼蒂克过呢。

这一些，别人不知道，但我知道。

这也是我之所以在老陈等人对破译乌密不敢奢望的情况下，依然对黄依依寄予如此厚望的资本。应该说，是秘密的资本，因为我从没有把她的这些诱人之处告诉过组织。我说过的，这是我的心计。不用说，我比 701 任何人都希望她破译乌密，我甚至想，只要她适时破译乌密，下一步我说不定还能当上 701 的最高首长。没有人知道，但我知道，我在总部机关工作的老乡私下告诉过我，我们现任院长首长已在医院里查出身体有大问题，据说是肺癌，需要留在北京作长期治疗。是癌啊，难道还可能再当院长？肯定当不了了。那么，为什么要封锁这消息？我分析是因为上面一时还没有找到合适的人选，在伺机物色人选呢。这种情况下，如果黄依依能顺利破译乌密，真是天助我也。

这是我的秘密，也是我的命运。

我的命运并不完全在我手上，而是在黄依依手上呢。

但是，从欧洲处传来的有关黄依依的消息实在令我悲观，先是说她跟助手不好了，助手不愿做她助手，自己走掉了。确凿的原因不明确，但私底下有人又在说，是因为她想跟助手好，助手不愿意，两人便龃龉不断，最后只好分道扬镳。这种说法似乎印证了已有的有关她跟王主任的绯闻，从而使得其他同志都“谈她色变”，对她敬而远之，不愿当她助手。没有一个熟悉情况的老同志配合她，这怎么行？为此我亲自做人工作，给她安排了一个女同志当助手。这人是我一手培养起来的，对我一直忠心耿耿的，有她在，我很容易了解到黄依依的情况——她几乎每天都给我打电话。可说的都不是我想听的。从助手嘴里，我了解到，黄依依每天在破译室里待的时间还没有人家一半，即使待在破译室里，也经常不说正事，老跟她说闲话，谈男人，谈是非，谈梦想，说东道西，天南海北，无所不谈。我问助手，她不在破译室里又在哪里？助手说满山谷跑，看闲书，捉小动物，摘野果子，反正跟个孩子似的，见了好玩的就玩，见了好吃的就摘，见了好看的就捡，带回来收藏起来。

这还是开始，似乎只是说明她工作上不用功的一方面例证，后来她还沾染上了下棋的恶习。搞破译的人业余时间下下棋是无可厚非的，从理论上说，棋类游戏也是数学游戏，搞破译的人不免会喜欢这种游戏。但游戏终归游戏，不能当饭吃的，而助手告诉我，黄依依现在经常把大块大块的时间虚掷在棋盘上，见棋就要下，什么时间都下，有时候上班时间也在偷偷地下。她的棋术很好，什么棋都会下，什么棋都下得好，经常赢得人心服口服的。随着她棋术的好名声不断出去，必然地引来更多对手，他们经常悄悄找她对弈，而她总是有求必应。别人是用业余来跟她下的，但她却要把什么时间都拿出来，因为找她的人太多。她是个人，别人是大家，就是这样的。

年底，破译局开年终总结表彰大会，台上台下坐满了人，我当然是坐在台上的，所以看下面看得一清二楚。我注意到，黄依依和前座一个人，看起来都正襟危坐的，但两个人的嘴皮子老是像一唱一和的在动，可能还发出声音，引得旁人经常顾看他们。我不知她们在搞什么名堂，后来有人喊我出去接个电话，回来时我有意绕到她们背后站了一会儿，发现两个人原来是在下盲棋！

会后，我找她谈话，狠狠批评了她，最后说了一句很难听的话：“如果你这个样子能破译乌密，我就在手板心里煎鱼给你吃！”

是的，我是这么说的：如果你能破译乌密，我就在手板心里煎鱼给你吃！话是说得很难听，但是我不后悔。为什么？因为我静心想想，觉得我这话说得并不过分，无须后悔。我前面说过，要想在短时间内破译乌密，正常情况下是不可能的，是痴心狂想，是痴人说梦。现在，看黄依依这种表现，给人的感觉，实在太不像干大事的样。俗话说，天将降大任于斯人也，必先苦其心志，劳其筋骨，像她这样整天玩世不恭，不思进取，冥顽不化的样子，要在短时间内破译乌密，别说行不行，想一想都觉得可笑。所以，我这话气人是气人，但道出的是事实，是真言，是实话，而不是咒语，用不着后悔的。我真的一点也不后悔。

但是，结果我真的不得不后悔，因为——她破掉了乌密！

想不到吧。

谁想得到？

谁都想不到！

16

事情说来跟假的似的。

那是春节过后不久的事情，有天下午，我正在办公室跟下面一位处长谈事，黄依依的助手，就是我安排的那位助手，突然冲进办公室，上气不接下气地说，黄依依心脏病突发，正在医院里，要我赶紧去看看。听她这话，再看她急的样子，我以为病情已到了难以抢救的地步，要我去是告别的。但助手又说，抢救是已经抢救过来了，听医生说目前不会有事的，只是需要好生休养一段时间。既然这样，我想有必要这么急切地去看她，跟救火似的？完全可以改个时间嘛。我这样想了，也这么说了，喊助手先回去，我改时间去医院看她。可助手说黄依依有要紧事跟我谈，要求我现在就去。我问什么事，她说不知道。不过，助手强调道，她说事情很重要，你应该放下所有事情，马上去见她。

我心想，去见鬼！

到医院看，黄依依虽然躺在病房里，医生正在给她输液，但总的感觉不像重病在身的样子，见我还笑得咯咯地响。医生说，刚才以为是突发性心脏病，大家很紧张，其实只是一般性的昏厥，可能是太疲劳引起的，现在没事了，也不会有事的。

我接着医生的话，对黄依依说："听见了没有，只是一般性昏迷，用不着这么紧张，把我跟救火似的喊来。"

她笑着说："我当然要喊你来，我有事要跟你说嘛。"

我不客气地说："你有事应该到我办公室去说。"

她说："我不在输液吗，怎么去？"

我说："那就等输完液再去。"

她说："不，我要现在说。"

我说："说吧，我听着，什么事。"

她说："你把耳朵给我。"

荒唐！当着医生护士的面，要跟我说悄悄话，这叫哪门子事？我很生气，指责她："你有事就说，否则我走了。"

她还振振有词地："是工作上的事，我能这样跟你说吗？要不你请他们走开。"

医生护士听了这话，很知趣地出去了。我什么都不说，不开腔，只冷冷地看着她，等着看她要搞什么鬼名堂。确实是鬼名堂，她要我伸出手来。我当然不伸，我怎么可能被下属当猴耍？我沉下脸，厉声厉色地警告她："有事快说，我没那么多闲心！"

她也沉下脸，回敬我："我要吃你用手板心煎出来的鱼！"

事情真的跟假的一样。

但真的就是真的，哪怕跟假的一样。

是破译乌密后的第八十七天，上面下来了一份绝密红头文件，开头部分说的是：伟大的领袖毛主席已经高瞻远瞩地指出，"苏修"已经不可挽救，两国正常外交已经彻底走到头，中国人民要勇敢地与"苏修"决裂……一个月后，《人民日报》发表社论：《关于共产主义运动总路线的建议》，公开向苏修论战，从而拉开了"九评苏共"的序幕。至此，全世界都知道，已经风雨飘摇多年的中苏关系彻底决裂。为什么飘摇多年而未决裂的中苏关系，到这时突然果断地决裂？据当时有关权威人士说，这就是黄依依的功劳，她干的事无异于让我们的国家领导人瞅见了赫鲁晓夫的底牌。对方底牌暴露了，我们的底线随之也破掉了。

破译乌密，等于是让黄依依鸡变了凤凰。荣誉自然是不要说的，反正只要是我们 701 人占得到的荣誉，都无不成了她的囊中物，胸前头上的挂戴满了，她不要也是她的。她要什么，开口就是她的，不便开口，有一定的暗示也行。人到这份上就成了人上人，也可以说不是人，而是神，是灵，呼风唤雨，遮天蔽日，上天入地，无所不能。所以说，人要变起来也是说变就变的，从昨天那个玩世不恭、令人满腹疑虑的人，到今天这个璀璨夺目的样，她似乎并没有经受什么特别考验和折磨，而只是短暂地昏迷了一会儿而已。现在的她，像明月一样当空挂着，人们无不仰望她，崇敬她——黄依依！

17

我等着她来找我“还愿”。

我曾先后理智不理智地向她许过三个愿，第一个是关于集训中心王主任的，第二个关于她对象问题的，第三个就是“手板煎鱼”的事。第三个显然是还不了的，或者说只能以我被人落个笑柄的方式来还，但前两个我有决心给她一一兑现。所以，乌密一破后，我就开始等她来找我，同时私下也在有意做些铺垫和准备工作，以便她来向我开口之时，我即可豪爽地应允她。可她却一直不来找我，最后还是我主动找她的。

我说：“老王的事情，我是有言在先的，你看需要我怎么办？”

她像陷入了沉思一样沉默着，很久才抬起头，说：“现在我有一件比老王的事情更需要组织上解决的事情。”

我问是什么事情，她说是通讯处张国庆的事情。

说起张国庆，也是个 701 众人皆知的人物，他以前是我们监听局机要处的机要员，负责译电工作，701 内部所有的机密文件，都要从他手头过。

他妻子是我们医院的内科护士，是个胶东人，长得人高马大的，脾气也很大。据说，张国庆很怕她，两人一旦吵嘴，女人经常大打出手，打起来，手里抓到什么，都敢往男人身上甩去，有一次甩过去的是一把医院里用的手术剪子，闪着银光飞过去，一下插在了张国庆的肩膀上。张国庆怕老婆的事情，大概就是从此名声在外的。不过，又听说，女人是很爱丈夫的，张国庆在家里什么事都不要做，女人还给他洗脚，剪指甲。她在外面总是说张国庆怎么怎么好，她是怎么怎么爱他，离不开他，以致他不在家时她连觉都睡不着，等等。但是，张国庆总是要离开她的，因为他的工作决定他经常要去总部出差。三年前的一天，张国庆去总部出差回来，以往他总是先回单位，把随身带的文件锁进文件柜后再回家。但是，那天的火车晚点好几个小时，到 701 时已经是深夜十二点多，如果又去单位（在四号山谷），再回家（在一号山谷），起码又要折腾个把小时。他不想折腾，于是直接回了家，根本没想到这会给他带来不堪设想的后果。退一步说，如果第二天他早点起床去单位，事情也是不会出的。但是，张国庆要起床时，老婆提醒他，今天是星期日，意思是你可以多睡一会儿。这一睡就是一个大懒觉。这个大懒觉可睡出了大问题！等他醒来，已是十点多钟，家里空荡荡的，妻子和孩子都不在家。妻子不在家是想得到的，因为这是星期天，院子里的家属一般都要跟单位的班车去镇上采购东西，一周仅此一回，过了这村没这店的，错过了，下周的菜蔬、柴米油盐都可能要成问题。一般妻子是不带孩子走的，反正张国庆在家，有人带。但是，这天，张国庆妻子也许想让丈夫睡个安稳觉，把孩子带走了。孩子是男的，只有七岁，刚上小学，以往父亲每次回来，都会有点东西送他。这次，父亲深夜回来，他不知要送什么东西，当然要翻翻父亲的包。母亲去食堂里买馒头走了，父亲还在睡觉，屋子里等于没有人，于是他及时拉开父亲的皮包，并且马上找到一份属于他的礼物：一小袋纸包糖和一盒小饼干。他先剥了粒糖吃，一边吃着，一边继续翻找。于是翻到一个文件袋，里面都是机要文件。对文件孩子是不感兴趣的，他感兴趣的是这些纸张，这么白花花，亮光光的，他见了忍不住用手去摸，一摸，又硬又滑的，哪像是纸，简直是叠飞机的上好材料。到这时候，张国庆命运中的劫数开始作怪了，孩子看袋子里这样的纸有厚厚的一沓，装订成一份又一份的，有十几份呢，他想抽掉一份，谁知道呢？于是他“聪明地”抽出一份，转移到自己的书包里。吃过早饭，母亲喊他一起走，他想出去正好可以叠飞机玩，便把书包挎在了肩膀上。母亲说，这不是去上学，是去镇上买东西，你背书包干什么？他说，我要做作业——到时，你去买东西，我在车上做作业。母亲听了，简直为儿子的懂事有点感动。两个小时后，张国庆起床来，马上注意到包的拉链开着。他是个机要员，十多年养成的职业敏感使他格外关心里面的文件，真是不看不知道，一看吓一跳：少了一份！他几乎笃定是年仅七岁的儿子干的坏事，急忙出门去找儿子。院子都找了，左邻右舍都问了，不见孩子的影，有人说可能是跟她妈去镇上了。这个可能的事实让他吓坏了，因为如果文件确实在他孩子手上，出不出院门这一点是至关重要的，是要改变性质的。事后，也正是这一点，把张国庆全家都毁了！

长话短讲，当张国庆在半路上见到孩子时（他赶出去，儿子正返回），看孩子手上正捏着用文件的半页纸叠的飞机。据孩子事后说，因为文件纸较大（十六开），他是对开来用的，这样一页纸可以叠两架飞机。在母亲去街上买东西时，他没有跟去，而是以做作业的名义，留在停车站里，与院里同来的另一个孩子一道叠飞机玩。文件共有四页，按每页两架计，他们应该可以叠出八架飞机。事实也是如此。但现在他们手头只有每人一架，两人就是两架，其余几架，有的飞上屋顶，有的坠入人流，有的当场被镇上其他孩子抢走。后来返回停车场去找，总算又找回来四架，应该说还算不错的。但是，丢失的两架，造成的损失，似乎不亚于丢失了两架真飞机，整个701上下都在为之惊心，都在危言耸听地谈论。处分是免不了的，而且一定不会轻。最后，张国庆老婆被开除公职，带着孩子回了老家。张国庆因为两个有利因素一定程度地保护了他。一个他是党员，有种说法，开除党籍可以抵三年罪。就是说，开除他党籍，等于是判了他三年徒刑。二个他是机要员，身上有高等级的密度，不便流入社会，可以说他的公职不是想开除就能开除的。所以，最后他的公职还是保住了，只是离开了机要处——他不配！行政级别由二十一级降到了最低的二十四级。国家干部制度上其实是没有二十四级这一说的，最低也是二十三级，所谓二十四级，其实是下面单位自己搞的名堂，一般是提干第一年，或者学校毕业第一年，都按二十四级来看待，有点预备党员的意思，一年内如果不犯错误，即可转正。

有人说，对张国庆妻子的处理有些过重，其实，正是因为不能正常地处理张国庆，才这么重地处理她的。她是替丈夫和孩子受过，理所当然，合情合理，没什么可冤屈的。没有冤屈，组织上是不会来给她翻案的，谁想到黄依依不知怎么的要来行这个好。我问她为什么要这样做，她说得很含糊，只是说一个人七岁时犯下的错误，要让一家三口都付出一生的代价，挺冤枉，也挺可怜的。

我说："老王在灵山劳教所里也挺可怜的。"

我其实是希望她把老王"赎"出来，一来老王的下场毕竟跟她有关，二来这也是我对她有过的承诺。可是，她巧妙地给了我一"将军"。

她说："你的意思是把老王的事情和张国庆的事情一并解决了，那当然是最好不过的。"

我说："我的意思是先把老王的事情解决了。"

她说："不，如果两个事情只能先解决一个，那么先解决张国庆的。"

我问："为什么？"

她说："没有为什么。"

应该说，她为什么要搭救老王，大家是心照不宣的，可为什么要施恩张国庆，这事情很叫我费解。既然费解，我不免要去底下打探打探，结果又探到一个"大地雷"——两人原来相好着呢。就是说，张国庆的情况，其实跟老王的情况如出一辙，不同的是，他俩相好的事外界所知不多。这得益于两人在一个单位，客观条件比较好，行动上具有一定的隐蔽性，不像老王，在不同单位，做起事来动作大，跑来跑去的，容易被人觉察。再说，两人当时一个是孤男，一个是寡女，可能这种现状人们相对要容易给予一定的谅解，所以流言蜚语的辐射力也不是太强。

我没有像对待老王一样，把张国庆叫来"审一审"，而是择日又找到黄依依。我想让她明白这样一个道理：现在她与张国庆的关系可能只有少数人知道，但如果组织上根据她的要求，把张国庆老婆孩子的问题解决了，可能她与张国庆的事情全701都会知道，这是要破坏她目前已有的光辉形象的。

"再说，"我提醒她，"你也不能老是这么单身下去。"

“怎么会呢？”她跟我半真半假地，“你不是说一定要给我找对象嘛。”

我也是跟她半开玩笑地：“我还以为你有了张国庆就不要对象了。”

她认真地说：“这不现实，不可能的。我知道他（张国庆），要他离婚简直等于要他的命，他没这个胆，也没这个命。”

我说：“我想也是，否则你不会帮他把老婆孩子弄到这来的。”

她说：“是啊，这不自找麻烦嘛。”

我说：“但是，即使不这样，你也不能帮这个忙。”

她问为什么，我告诉她，她现在条件很好，组织上已经在出面给她物色对象，这时候来办这些事，等于是把她跟张国庆的事情张扬出去，对她找对象是很不利的。总之，一句话，我认为，她不该管张国庆的问题，不是管不了，而是管不得，管了，就是哪壶不开提哪壶，对她有害无利。我说的是实话，也是事实，也引起了她深思。但是，她作出决定还是叫我失望。

她说：“我答应过他（张），我不能食言。再说，谁要在乎我这种事，他也做不了我丈夫，做了也是散的。”

我说：“谁不在乎，是男人都在乎。”

她说：“那我只有单身的命了。”

我说：“组织上不是正在努力嘛，所以才需要你配合，别把跟张国庆的事捅出去。”

她说：“包得住一时，还能包得住一世？行了，别扯那么多了，张国庆的事情我是管定了，至于其他事听天由命吧，我才没这份理智和耐心，做一件鸟事想八辈子远。现在我什么都不想，就想帮张国庆这个忙，一个这是我答应过他的，再一个，张国庆这人你不是不了解，一个老实透顶的人，除了老实就是老实，我不帮他，他还能靠谁？靠他的老实能解决问题吗？可这个问题不解决，他下半辈子能幸福吗？所以，张国庆的事我还是要管，你不爱管可以，我去找其他人管就是。”

话说到这份上，我只有管。老实说，这个时候，她绝对是个神，可以呼风唤雨，可以点石成金，可以做到说一不二。就是说，即便我不当这个好人，自有人来当。但如果让别人当了这个好人，等于是我得罪了她，进一步说，也等于是我在通往院长的路上自己替自己找了麻烦。那时候，上面首长来，哪一个不要见见她？都要见她！她借机奏你一本，或者美言你几句，对她那是顺手牵羊的事，而对你就是改变命运的事。什么叫一言九鼎？那时候她说的就是一言九鼎。我可没这么傻，好好地去得罪她，让别人来白捡一个便宜。所以，我看她执意要解决张国庆的事，同时又表示：如果能一起解决老王的事，是最好不过的，我就索性给她来了一个“最好不过的”，专程跑了一趟总部，把两个人的问题一并解决了。

说真的，当时组织上对她提出的任何要求，都会慎重考虑，尽量满足她。而像张国庆和老王这种问题，都是单位内部可以解决的问题，只要她出面了，要求了，也就解决了，不会有什么难度的。

18

我们701总的来说是个很封闭的单位，正因为封闭，与外界无关，内部有什么事，所以都传得飞快。像张国庆和老王，在701本来就是无人不晓的著名人物，黄依依保救他俩，等于是在新闻上面又制造新闻，转眼就在人嘴里吐进吐出，风靡一时，无人不知。喊黄依依叫什么“天使”“有问题的天使”，其实就是从这时候开始的。想想看也真是，什么人能把他俩从地狱里搭救出来？没有人，只有天使！然后，再想想，什么人能这么神奇地破译乌密？也只有天使！天使的称谓对黄依依来说，似乎是双重的贴切，所以一喊就喊开了。

随着天使之名流开的同时，有关她跟张国庆的私情也开始秘密传播开来。这在我意料之中，不奇怪的，好事者都会这样去猜想，去探听，去证实，去传说。这样，如果让张国庆老婆回来，重新安置在701医院里，隔墙有耳，总有一天要事发。所以，出于“保密”需要，我们特意将张国庆老婆安排到镇子上，还是在医院里，县人民医院，还是当护士。老王是他自己要求不回培训中心的，他大概是觉得回来面子上太过不去，所以选择了远走高飞，去了我们701在外地的一个分局，离这边很远。这也意味着今后他与黄依依难能有直接或深刻的交往。

但张国庆老婆不一样，虽然单位在镇上，家还在701这边，每天都回来。她叫什么？张国庆老婆，我一直在想，好像在嘴边，可就是说不出口。我为什么想要她的名字，是因为下面的故事跟她有关，没有名字不好说的。但确实想不起来，可能也只有这样说了。她，就是张国庆老婆，以前在701也好，现在去地方也好，我跟她本是一点关系都没有的，也不需要她，完全可以无视她的存在。但是，由于黄依依跟她男人的关系，她回来之后，我心里老是有她的影子，担心她知道真情，闹出事情来。我听医院的人说，她有点泼。俗话说，世间有两种人最可恶：泼的女人，谄的男人。这里的烦是指是非多，容易惹是生非。现在，是非已经明摆在那儿，我确实担心她一旦得知实情，大肆泼辣，闹得鸡犬不宁，影响黄依依的名誉和破译工作。外人不知道，但我们知道，乌密破译后，上级对我们欧洲处的破译任务已经有新的指示，要求我们今后重点破译苏联军事密码。因为黄依依对苏联情况比较了解，此时的欧洲处处长一职，谁都没她称职，非她莫属。就这样，黄依依走马上任，成了该处历史上第五任处长。

一个人，如果情感和生活上生出是非，后院起火，肯定要影响工作。有些人的工作影响就影响了，不怕，起码用不着我怕，但黄依依的我怕，她现在是一处之长，整个监听局的核心人物，也是 701 的典型，出了事，就是全局的事，就是我当局长的事，所以我当然要重点保护。而说到保护，什么安全啊、身体啊、饮食啊等等，都容易，难就难在张国庆老婆那边，就怕她知情闹事。这我是有心而无力，不知如何去着手防预，万一闹起来又不知如何收场。总之，这事情想来很头痛，似乎只能听天由命。

张国庆老婆来了。

一个月过去了。

两个月过去了。

张国庆老婆那边安静得很，无任何不祥不妙的声响或迹象。就是说，我担心中的事没有出现，而我盼望中的事倒是如期而来：黄依依在不到半年时间里，已牵头破掉三部苏联军事方面的中级密码。这真正叫报喜不报忧！而且，仔细想一想，这是最好不过的兆头。因为，不管是张国庆老婆那边，还是破译密码这边，开头几个月是最重要的，说过去就过去了，说过不去就过不去。万事开头难，这话放在什么事上都合适！看过去的半年，我感觉自己仿佛有神灵保佑，事事如意，心里别提有多喜悦了。只是，万万想不到，第三个月，麻烦就来了。

如果说有什么不顺心的话，就是给黄依依找对象的事，开展得很不理想，组织上单方面拟定的几个合适人选，私下征求意见，都婉言拒绝了组织的好意。这是想得到的，当时单位里到处都在传黄依依与张国庆的事，传得风声四起的，似乎除张国庆老婆不知外，大家都知道了。这时候，要在单位内部落实人选本身就是荒唐的，毕竟人都是要面子的。所以，后来组织上改变了策略，到外面去联系。但要给此时的黄依依找一个双方如意之人，又谈何容易，首先年龄合适的人就少，然后又要有文化、有自信，这样的人就更少了。为什么说要有自信？因为，我们遇到过两个，说的时候还是很起劲的，但一见面，看黄依依长得那么好，又听说还有那么多荣誉，就蔫了，不敢来劲了，似乎已料到自己落败的下场，索性先投降了。后来有一个，是附近部队的一个副团长，双方感觉都还行，谈了一个多月，见了三次面，但就不来第四次了。我们的人追去问原因，副团长说，这女人太不自重了，才见三次面，八字还没一撇，就主动要跟我搂搂抱抱，还是大白天呢，像什么话。看来，他是被黄依依的大方或什么吓倒了。有的，对方虽然积极，但黄依依本人不满意。总之，找了那么多人，真正双方如意的，只有一个人，他是省城的一个大学教授，前几年被打成右派，老婆跟他离了。双方年龄相当，教授以前也在国外留过学，有不少互相欣赏的基础，两人几乎是一见钟情。教授的胆子也大，来的第二次就留下来跟黄依依过了夜。这样来去几个星期，黄依依跑来对我说：就是他了。喊我给他们办手续。结果，一办手续把两人的好事办没了。怎么回事？原来，教授的父亲是一名国民党高级官员，兄弟姐妹七八人，有的在台湾，有的在香港，有的在美国。而我们 701 人，因为保密需要，是严禁跟有境外亲友关系的人通婚的。这几乎是我们系统内部的一个法律性质的东西，谁都不敢以身试法，总部首长都不敢，更别说我们下面了。就这样，教授被拒之门外，黄依依的婚姻又陷入了茫茫人海中。

据我所知，在张国庆老婆刚回来的头半年，黄依依基本上没跟张国庆来往，但后来不知怎么的，也许是因为对象找得不顺利吧，两人好像又开始来往了。有一次，我亲眼看见，大清早的，张国庆从黄依依屋子里出来，看得我心惊肉跳。我想，都在一个院子里住，这样下去迟早要败露。于是，我亲自去找镇上领导，请政府出面让医院给张国庆老婆分了一套房子。这样，他们把家安在镇上，张国庆老婆几乎不来山上，彼此天各一方，穿帮的可能性小多了。大部分时间，张国庆上完班都下山回家，但有时也会被黄依依留在山上过夜。为此，我又几次去张国庆家做慰问，跟他老婆说张国庆现在任务重，有时回不了家，希望她支持什么的。总之，为了保证他们的事情不败露，我是用了心思，也用了权力，做了不少荒唐事，用黄依依的话说，我成了他们相好的同谋。从某种角度讲，整个 701 都是他们同谋。不是我夸张，到后来，说真的，他俩的事在山上连只狗都知道了，但他老婆始终就不知，可见风声之紧，紧得几乎不可思议，靠的就是大家心领神会，积极配合。

当然，我知道，这不是根本之计，根本之计还是在茫茫人海中找一个“他”，让黄依依有个家，有个名正言顺的身份。所以，一边是极力捂，一边我们又四面八方地帮黄依依找如意人。难啊。但难也得找。因为，这不是黄依依的个人问题，而是 701 的组织问题、政治问题。就是这样的。

19

是一天下午，黄依依突然来到我办公室，进门就说："我要跟张国庆结婚！"

我一下愣住了，不知道说什么好，很久才接她话，而说的只是一句废话。

我说："什么意思？"

她说："就这意思，我要跟张国庆结婚。"

我说："你这不是在跟我开玩笑吧？"

她说："不是。"

我说："那就怪了，你怎么突然有这想法？"

她说："我受不了他天天回去陪老婆。"

我说："就为这个？那我跟张国庆说说，让他少回家不就行了，何必结婚呢？"

她说："不，我要结婚。"说得既平静，又坚决，显然是经过深思的。

我责怪她："早知现在，何必当初？还把他一家人都弄过来……"

她打断我："现在是现在，当初是当初，反正我要跟他结婚，你叫他离婚吧。"

说罢掉头就走，我喊都喊不住。

她走后，我就坐在办公桌前发呆，好像是被这突然的事吓傻了似的。事情说来是有点荒唐，她要结婚，不跟张国庆去说，却跑来跟我说，好像这是我下给她的任务似的。还有，她早不想，迟不想，怎么就突然动了这根筋？简直是损人害己，让我们白忙乎了那么多事！但荒唐归荒唐，我还不能不管，虽说这不是我什么工作，但归根到底，就是工作。因为，我知道她这人的脾气，你不顺着她来，她什么事都干得出来，要来个不吃不喝，压上三天床板，我急得要跳起来。她是天使，我是凡人，没办法的，只有顺着她来。就这样，我找到张国庆，把事情先问了，然后又说了，最后要他表个态。

张国庆倒说得干脆：听组织的。

听组织的就离。

就这样离了。

其实，不听组织的也得离，事情就这样的，没有回旋余地。余地都在天使那边。天使正在用不停地破译一部部密码这不争的事实告诉我们：她越发像个天使，我们只有越发地跟着她跑，而且坚信跟着她跑，不会吃亏的。

那边才离，这边就结了，心情之急，做事之不讲究、不避讳，像是两个不谙世事的小年轻。婚礼很简单，他们处里的人，加上我，聚在一起，在单位食堂摆了两桌，完了又去新房坐了坐，吃了点糖果，道了点祝愿，算闹了洞房，天地做证了。就在闹洞房之际，黄依依几次啊啊的干咳不止，让所有过来人都看在眼里，明在心里：她已有身孕！

至此，黄依依为什么这么着急地要同张国庆结婚，不言而喻。但无人想得到，在这个表面明白的原因之下，其实还藏着一个巨大的、神秘莫测的谜。原来，黄依依虽然结过两次婚，而与她有过云雨之事的男人肯定更是多。但是，这么多男人，这么长时间，黄依依却从未有过喜——或者有过忧。这是她第一次怀孕！连黄依依自己都感到神秘，这么多男人，唯独张国庆才为她“开天辟地”，而且似乎还不是开始就灵验，而是经过了一定时间的磨合、等待，好像她的生育机制里上着一把神秘的锁，只有张国庆才能慢慢打开。

这确实叫人觉得神秘，神秘得似乎只有用缘分来理解，来接受。既然这是缘分，是天地之约，是独一无二，是别无选择，还有什么好犹疑的？所以，她才这么坚决、霸道地要同张国庆结婚——张国庆仿佛天定是她的！

找到了天定之郎，现在又有了身孕，好上加好，按理我应该为黄依依感到高兴。可我想到她要由此放下工作，虽然是暂时的，我还是不情愿。这哪是她黄依依生儿育女的时间？什么事都是有时间地点之区别的，同样的事，在不同的时间或地点，性质和效果完全是不一样的，甚至有天壤之别。可是，我又怎么开得了这个口？这是天地之约的果实，而且黄依依年近四十的年龄，哪是可以随便折腾的？就这样，一边是国家利益，一边是天地之约，都是神圣而不可侵犯，把我夹在中间，如何是好？我犯难着呢。

但是，最后我还是站在“国家利益”这边，对黄依依提出了非分之想。遭拒绝是想得到的，结果却是想不到的。有一天，张国庆来跟我要车，说黄依依身体不舒服，要去医院。医院在一号山谷，以前黄依依跟老王好时，经常一个人徒步来回，只是如今不但没了这份心情，似乎也没了这个身体。车子来回当然快，没有两个小时，黄依依从医院回来，径自来到我办公室，见面就莫名其妙地甩给我一句：

“这下你高兴了。”

原来，去医院看病，确诊是一般的感冒，医生明知什么药可以快速治她的病，却颗粒不给，理由是这药对孩子不好。黄依依掐指一算，自有身孕之后，她至少两次并多日服用过此药。医生把药拿来，把说明书上的“孕妇忌服”几个字指给她看，并加以口头说明，说得她后悔莫及。

医生总是危言耸听的。母亲对孩子总是小心谨慎的，不论是对身体外，还是身体内的。权衡再三，黄依依作出了“让我高兴”的决定。

我确实感到高兴，却浑然不知，这份意外的高兴中，已可怕又不可避免地夹杂着黄依依死亡的阴影。几天后，我在医院看见黄依依硬冷的身体时，突然双膝一软，差点跪倒在她遗体前。当时，我心里直想骂那个危言耸听的医生。因为，是她首先敲响了黄依依死亡的丧钟！

20

不是死在手术中，是死在手术后。

也不是死在病房里，而是死在厕所里。

我后来去看过那个厕所，有两个用木板隔开的厕位，门是弹簧门，里外都可以推拉。但是有个厕位已经停用，门上贴着“下水道堵塞，禁止使用”的字条。据说，这个厕位安的是坐便器，是专为病人准备的，另一个是一般的蹲便池。又据说，两个厕位的门上的弹簧其实早已不顶事，门能开不能关，却一直没人管，直到一个多月前，因为上级要下来检查，才终于有人来管，换了新弹簧。现在的门，开关都没问题，就是因为弹簧是新的，劲道很足，拉开门，人进去后，不要用手带门，门自己会朝着你屁股直扑上来，啪地打你一下，有点吓人兮兮的。

这说的不是701医院，是县人民医院。701医院是没有妇产科的，有关妇科病或大小生产的事，都是到县医院来看治的。为此，我们机关还跟这边妇产科建立了联谊关系，目的就是让我们的妇女同志来这里看个什么有个优待。黄依依来，机关专门安排了一位跟这边有良好关系的同志陪同，所以优待是不用说的，来了就有人接待，手术室是最雅静的，医生是最有经验的，手术也是很成功的。做完手术，还安排她到单人病房休息，还给她泡糖水喝。等等这些，都是无可挑剔，只有夸奖的。也许是上帝为了在她走之前，有意给她留下一点人间的美好吧。

休息了约有一刻多钟，钻心的疼痛消散了，身上的力气随之回来了，这时在十一点钟左右。黄依依看时候不早，要张国庆收拾东西，准备走，自己则去了厕所。这一去竟再也不回来，张国庆觉得蹊跷，进厕所去看她时，看到她半躺半坐在厕所里，昏迷不醒。开始以为只是一般性的昏迷，但脉搏却越来越弱，可见不是一般的昏迷。事实上，这时的她已经无救了。

是颅内出血！

她摔倒时，后脑勺刚好磕在墙角下水管的接口上，致使颅内出血。

医生说，这种伤势，除非是在北京上海的大医院里，有医生及时给她做开颅手术，才可能有救。但这里没有这样的人力和设备，人们眼睁睁看着她脸色越来越苍白，脉搏越来越微弱，身体越来越安静越来越冷……所有人都企图想阻止这种状态，临时采取一些可以想到的措施，手忙脚乱的，结果都以无济于事而告终。这是大医院的病，这里的人连确诊的一点常识都没有，更不要说抢救了。事实上，包括颅内出血的伤势，也是事后才确诊的。说来也怪，说是把人都磕死了，但黄依依的后脑勺既没有磕破，也没有磕出什么包块，只是表皮有一点擦伤，有一点泛红的血丝而已，加上又是埋在头发丛里的，不特别在意根本发现不了。它使人容易引起奇想，好像黄依依的头皮是铁打的，但颅内是豆腐做的。

一个为 701 破译事业作出杰出贡献的破译天使就这样离开了我们。

黄依依的死让我们感到无比的震惊，无比的悲痛，无比的惋惜。我曾不止一次地想，如果她的死是由于某个人的错误造成的，那么不管怎样，我一定会把这个人撕成碎片，还要用脚在碎尸上发狠地踩踏，踩得它粉碎，血肉模糊。但似乎没有这样一个人，事实上，那天上午，所有与她见过面、打过交道的人，几乎无一都是有恩情于她的，他们把她当大首长一样，客气地对待她，殷勤地关照她，小心翼翼地做手术，出事后又及时抢救她，至于抢救技术上的遗憾，那是怪不得人的。如果一定要找一个怪罪的人，只能是院方领导，可以怪罪他们没有及时把坐便器修理好。想一想，黄依依为什么会昏迷在厕所里？因为她以前就有容易昏迷的毛病，加上刚做了手术，身体很虚弱，蹲着上厕所对她是种考验，站起来时一下天昏地暗，人就摔倒了。就是这样的，错不了。

黄依依的死，无疑给我们的破译事业带来了难以想见的困难和压力。自跟张国庆的关系公开后，人们当面都爱喊她“天使”，背后经常在“天使”前面加个定语——“有问题的天使”。但是，说真的，在破译密码的事情上，她是没有一点问题的，是真正的天使，是深悉密码秘密的天使。在我看来，把 701 历史上的所有破译员都捆绑在一起，都抵不过她一个黄依依。我是说能力，破译密码的能力和才情，至于贡献，后来还是有超过她的，像陈二湖等。她毕竟从职的时间太短，一年多，不到两年。不过，从某种角度讲，她的贡献也是最大的，因为由于她的出现，她神奇的表现，她留下的闪光的足印，让 701 后来的破译者都不敢称雄，不敢怠慢，只有咬紧牙关地去搏杀。她有如一束神秘的骤烈的强光，闪了一下后消失了，却永久留在了后人的脑海里，言谈中，记忆里，生生不息，广为流传，成了一支参天的标杆，激励着后人往更高更远的黑暗深处发奋扑去。

破译密码啊，就是在黑暗中挣扎啊，就是在死人身上听心跳声啊。

21

人死了不能复活。

但黄依依的死让张国庆和他前妻的婚姻复活了。

说到这里，我心里的仇恨也复活了。我不想多谈这两个人，尤其是张国庆老婆——这个泼妇！这个天杀的！我简直恨不得把她撕成碎片！

告诉你吧，就是她，把黄依依害死的！

我真的不想多一个字地谈到她，只想把事实告诉你。事情是这样的，因为当时没人想到黄依依的死会有凶手，人们都以为这是一起事故，所以没开展任何调查工作。于是，这个天杀的泼妇轻松地逃脱了罪名，并幸福地过上了破镜重圆的好日子。就这样，过去了一年又一年，到第三年秋天的时候，不知怎么的，家属区里突然冒出一种骇人听闻的说法，讲黄依依是被张国庆老婆弄死的，有说是她利用职务之便，偷偷地给黄依依打了一支毒针，有说是她躲在厕所用纱布把黄依依活活闷死的，也有说是用木棍打死的。总之，说法很多，行凶的方式五花八门，稀奇古怪，听起来有点混乱和可笑。我听到这些后，基本上断定这纯属胡言乱语，因为黄依依和张国庆老婆的特殊关系是谁都知道的，然后她恨黄依依也是谁都可以想见的，这些说法只不过是有人基于这种事实，想当然地编造出来的而已。

但是，有一天下午，张国庆在楼道里碰到我，神色慌张的样子，像见了鬼，一下让我有些疑虑。回头，我喊办公室主任把张国庆叫来，叫来干什么，我心里其实没个准的。哪想到，张国庆一进我办公室，就吓得哭哭啼啼起来，一边可怜兮兮地哭诉道：

“局长，把她抓起来吧，是她把黄依依害死的……”

后来，我们审问那狗日的女人——张国庆老婆，才知道，那天黄依依进厕所时，她正蹲在里面，听到有人进来，她还主动招呼了声，外面的黄依依也客气地回应了声。两人虽然见过面，认识，但声音是不熟悉的，尤其就这么随便招呼一下，更不可能辨识对方。可以想见，如果黄依依当时听出是她，一定会拔腿就走。走掉了，就躲过了劫难。但这只是假设，事实是黄依依没走，于是，两人狭路相逢。听那狗日的自己说，当时她上完厕所出来，看见外面站的是黄依依，心里头就冒出鬼火，嘴上就不干不净地骂了一句。黄依依没有骂她，只是叫她嘴巴放干净点，然后就往厕所里钻，显然是不想跟她吵。但她没有就此罢休，还是站在门口，用身体把门挡住，继续说一些难听话。两个人，客观地说，黄依依是肇事者，对方是受害者，心里窝着火，见面骂几句可以理解的。所以，黄依依还是比较克制，不回嘴，只是做出侧目不屑的神情，后来甚至闭了眼，任凭她胡说八道，只当没听见。骂她不听，骂着也没趣，所以她准备走掉算了。听她狗日的自己说，她在决定走时，看黄依依紧闭双眼的样子，心里很想甩她两个巴掌，但想想，还是不敢，怕激化事态。她本想就这样走掉的，但抽身时，弹簧门推她的力度让她想到，可以借门自动回去的力量打她一下，来解解心头之恨。于是，她特意把门拉到底，让弹簧的回力处于最大，然后她突然把手一松，门跟着就劲头十足地弹回去。当时黄依依是闭着眼的，哪知道躲闪，被门撞了个正着，身体一下失去重心，往后倒去，后脑勺正好碰在下水管凸出的接口上，惊叫一声，坐倒在地上……狗日的看黄依依被撞翻，感觉是占了便宜，得意地走了，哪知道黄依依已经被她推落生死崖，生命正在飞速地往尽头冲去。同时，她自己也跌落了悬崖，只是在坠落的过程中，侥幸得像被一棵树钩住，得以苟活了三个年头。为此，她又付出了死不瞑目的代价：张国庆受牵连坐了牢，未成年孩子由此变得无爹无娘，无依无靠。

无疑，如果她不苟活这三年，张国庆肯定是不会被牵连进去的，那样她孩子起码还有个爹。但这仅仅是假设，事实是她苟活了三年，待事发后，张国庆的形象已变得人不人鬼不鬼的，虽然可以排除他作为元凶的嫌疑，却不能排除他包庇凶手的嫌疑。

张国庆是个可怜的人。

客观地说，他老婆也是个可怜虫。只是我无法可怜她，她毁掉了黄依依，差点也毁掉了我的前程。好在后来陈二湖一下顶上来，把黄依依未竟的事都更好地完成了，从而替我化险为夷，我也只是有惊无险。说来也怪，以前老陈在破译上并不拔尖，但自黄依依死后，他像得了死者的仙气，一下变得出类拔萃，频频干出惊人之举。老陈还健在吗？他身子骨可没我硬……

陈二湖的影子

老陈已不健在，他是1997年春天去世的，至今已告别我们七个年头。一般的人，在去世这么多年后，肯定已经有缘登上701近年来一年一度的解密名单。但老陈不是一般人，他是破译局从无到有、从小到大、从里到外的见证人，曾先后在几个处当过处长，有的处还几上几下，破译局的大大小小、里里外外、真真假假的内情和机密，都在他漫长而丰富的经历中、史料里。可以不夸张地说，他的解密，意味着大半破译局的秘密将被掏空。也许，正因如此，解密名单公布了一次又一次，他都“名落孙山”。因为没有解密，我有关他的“明访暗察”工作，只能陷入僵局。

僵局却在701去年的解密日——2002年10月25日，不期而破。这一天，我有幸见证了解密日这个奇特的日子的“样子”：从上午八点半钟开始，陆陆续续有人来到701档案室窗台前，向值班同志出示一份通知单，然后领了东西就走，整个感觉似乎跟到邮局提取包裹没什么不同，稍有不同的无非就是在这里的交接过程中，双方的态度要亲善、友好一些，但也仅此而已。在零星的来人中，我注意到一个拄拐杖的人。他显得很年轻，四十来岁，按说正当是干事业的大好年纪。但是两年前，他不幸患上了严重的眼疾，一夜间世界在他眼前变成漆黑一片，如今虽经多方治疗，依然是白茫茫一片，走路还需要拐杖帮助，更别说什么工作。他就这样离开了——白茫茫地离开——701。说是离开，其实离开的还没留下的多，比如他的青春、才干、友情、恩爱等，还有他在此十二年间所有的收发信件、日记、资料什么的，都留在这里了。有的是永远留下了，有的也许是暂时的，比如那些信件日记资料什么的，今天他就可以如数带走。因为，他上了解密名单。

后来我知道，他曾经是陈二湖的徒弟，名叫施国光。更令我振奋的是，我在他那天领取的解密件中，发现了不少与陈二湖直接相关的书信和日记。由此，我们不难设想，老陈的解密日，也许已指日可待。不过，在指日可待的“这一天”尚未真实降临之前，我们只能凭借这些恰巧涉及陈二湖事情的解密文档，来间接地认识陈二湖。

不用说，由此我们看到的肯定不是全部和真实的陈二湖，也许只是他的一个飘忽的影子而已。本章标题——陈二湖的影子，指的就是这意思。这几乎是我“捡来”的一章，在此，我特别感谢陈二湖徒弟施国光的慷慨支持，并衷心祝愿他早日康复。

下面就是施国光提供的解密文档，请看——

一　几则日记

3月25日[①]
宿舍。夜。雨。

今天，我接到一个电话，是我师傅的儿子打来的。开始我听电话里声音幽幽的，以为是个女的，问是谁，他说是陈思兵。我想了一圈也没想起陈思兵是谁，他才说是陈二湖儿子。

陈二湖就是我师傅。

师傅儿子的来电，多少有些令我吃惊。一是这电话本身，来得唐突，去得也唐突，只说他给我寄了一封信，问我收到没有。我说没有，他就想挂电话了。我以为是他那边打长话不方便，就问他电话号码，说我给他打过去。他说不用了，明天再跟我联系，就挂了电话。二是听他电话里的声音，我感觉他好像情绪很不对头似的，加上他又说给我来了一封信，就更叫我觉得蹊跷，有种不知深浅的隐隐虚弱的感觉。说真的，虽然我同他父亲包括跟他家里的关系一度是很亲密的，但跟他本人却一向不太熟悉。他是在城里外婆家长大的，很少到山谷里（一号山谷）来，直到上大学后，在寒暑假里，我有时会在排球场上看到他。他个子有点高，弹跳又好，球场上特别引人注目。因为他父亲的关系，我们见面时总是客客气气的，有时间也站下来聊聊天。他非常健谈，而且说话喜欢一边比画动作，一会儿耸肩，

---

① 系1997年3月25日。下同。

一会儿摊手的，跟个老外似的，而站立的姿态总是那么稍稍倾斜的，重心落在一只脚上，让人感到他是那么自在，满不在乎。我很容易从他的言谈举止中看出他跟他父亲的不同，这是一个热情、乐观、身上集合了诸多现代人气息的年轻人，而他父亲则是一个沉默寡言、性格又冷又硬的孤独老头。父子俩表面上的不同曾经令我感到惊讶，但仔细想想又觉得没什么好奇怪的，因为父子相异就跟父子相似一样其实都是正常的。不过，总的来说我对他是不熟悉的，我以前连他名字叫什么都不知道，只记得那时我们都喊他阿兵。这自然是小名儿，今天我才知道他大名叫陈思兵。他来信要跟我说什么事？我告诉自己：不要去想它，等明天看信吧。

3月26日
办公室。夜。还在下雨。

难道是因为连续的下雨影响信的正常传递了？今天还是没收到信，阿兵的电话倒是又来了。他一定是有很急的事要问我，但我没收到信又似乎无法问。听声音，今天他情绪要比昨天好，说的也比昨天多，包括工作单位、联系电话都跟我说了。现在我知道，他已读完研究生，分在南方×市的出版社工作，想必是当编辑。我不清楚，他在电话里没说起。不过，从出版社的工作性质和他学的专业看，我想很可能是在当编辑。他是研究欧洲当代文学的，让他去出版社工作，不当编辑又能当什么呢？我想不出来。

那个城市我去过一次，是一个很美的城市，街上种满了花，很抒情的。花以优雅素白的樱花居多，城市的几条主干道两侧几乎都排列着或大或小、或土或洋的樱花树。眼下，春意飘飘，正是樱花盛开之际，我可以想象现在那个城市的基本姿态：满街的樱花灿烂如霞，像雪花凌空，像白云悠悠，空气里弥漫着樱花绽放出来的袭人的香气。此刻，我甚至都闻见了樱花缥缈的香气。

关于那个城市，我还有一点认识，是从历史书上捞来的。据说，一个世纪前，那城市曾闹过一次大地震，死者不计其数，也许有好几十万。而五十年前，又有一场著名的战役在那里打得不可开交，阵亡者书上又说是“不计其数”。因此，我常常想，那儿地底下埋葬的尸骨一定有好几吨。这和樱花本是不可以相提并论的，可我不知怎么就将它们想到了一块。想就想吧，反正意识太多不算错误。意识太多是一种病，但决不是错误。既然不是错误，扯远一点也没关系吧，我想。事实上，我知道，我想这些都是为了摆脱一点什么，因为我觉得心里乱乱的，乱七八糟的。

3 月 27 日
宿舍。夜。晴。

今天终于收到阿兵的信了。尽管这两天我一直在想阿兵信上可能要跟我说的事，但就没想到居然会是我师傅去世的噩耗！师傅是 3 月 2 日去世的，都快一个月了。信上说，师傅临死前很想见我，老王局长给我单位挂电话，我却正回老家休假，怎么联系也联系不上。没办法，最后师傅给我留了遗言，并再三嘱咐他一定要转交给我。他这回便是把父亲的遗书给我寄过来了。

遗言是师傅亲笔写在一张十六开的信纸上的，字比个孩童写得还要差，歪歪扭扭的，大的大，小的小，横不平，竖不直的。我是熟悉师傅的字体的，从这些变得不成样的字中，我可以想象他当时有多么虚弱，手握不住笔，气喘不上来——看着这些歪歪斜斜的字，我仿佛见到了师傅奄奄一息的样子，心情陡然变得沉重，手忍不住地发抖……我还是第一次接受死者的遗书，没想到它会如此震撼我的心灵。看着这遗书，我简直感到害怕，一个个醒目的字，杀气腾腾的，犹如一把把直逼我心脏的刀子。我就这样哭了，泪水滴落在遗书上。

遗书是这样写的：

> 小施，看来我是要走了，走前我要再一次告诫你：那件事——你要相信它对我的重要，不管怎样都要替我保守这秘密，永不外传。陈二湖。1997年3月1日立言。

遗言中说的“那件事”是什么？

这一定非常叫人寻思，一定也引起了阿兵的深思深想。今天，他又打电话来了，知道我已收到信，就问我这是什么事。他不停给我打电话，就是想问我这个。他说既然父亲这么重视这事，作为他的儿子，他本能地想知道，希望我能告诉他。我完全理解他的心情，只是他也该理解我，因为白纸黑字的遗书清清楚楚叮嘱我，要我“保守秘密，永不外传”。这里没有指明儿子或什么人可以除外。没有人除外，所有的人都是我保密、缄口不语的对象。这是死者对我的最后愿望，也是我对死者的最后承诺。

其实，即使没有死者遗嘱，我也是不可能跟他说的，因为这牵涉到国家机密。作为一个特别单位，我们701可以说整个都是秘密的，秘密是它的形象，它的任务，它的生命，它的过去、现在、未来，是它所有的一切。而我师傅——陈思兵父亲——陈二湖，他的工作是我们701的心脏，是秘密中的秘密，我怎么能跟一个外边人说呢？不行的。儿子也不行，天皇老子都不行的。事实上，我理解遗书上说的“不外传”，指的不是像阿兵这样的外人，而是指我们破译局的内部人。是的，是内部人，是指我老单位的同仁们。没有人知道，只有我知道，“那件事”不是破译局的什么秘密，而是我师傅个人的秘密，是他对组织、对破译局、对701的秘密。就是这样的。师傅在701不是个平常人，而是响当当的，一生获得的荣誉也许比701所有人加起来还要多。这些荣誉把他披挂得光彩夺目的，即使死了701照样不会忘记他，照样会怀念他，崇敬他。我相信，师傅的追悼会一定是隆重又隆重的，701人追悼他的泪也一定是流了又流的，而所有这一切，起码有一半是建立在人们不知道“那件事”的基础上的。现在，我是“那件事”唯一的知情人，师傅为什么临死了还这么郑重地嘱咐我，也就可以理解了。其实，他曾以各种形式多次这样嘱咐过我。这就是说，即使没这遗书，我照样不会跟任何人说的，包括他儿子。老实说，陈思兵还没这资格——让我说的资格。

当然我想得到，我这样拒绝后阿兵心里一定会难受的，是硌一块异物似的难受。也许从今以后，他，还有师傅的其他亲属，都将被我手头这神秘的遗书乱了心思，心存顾虑，耿耿于怀的。遗言叫他们笼罩了一团雾气、一片阴影，他们不理解也不允许死者和他们相依为命一辈子，到头来却给一个外人留下这莫名其妙又似乎至关重要的遗言。这中间藏着什么秘密，死者生前有什么不是之处，会不会给他们留下隐患，带来麻烦？等等，等等，有疑问，有担忧，有期待，有恐惧，我几乎肯定他们一定会这样那样地想不开的。我想，虽然遗言只有寥寥几行字，但他们一定是反复咀嚼了又咀嚼的，他们一边咀嚼一边琢磨着里头的名堂，猜想着可能有的事情。他们一定思想了很多，也很远；他们恨不得一口将这散布着神秘气息的遗书咬个血淋淋，咬出它深藏的秘密。当一切都变得徒劳时，他们不免会对我产生顾虑，防范我，揣度我，怀疑我，甚至敌视我。我忽然觉得自己没能和师傅作别真是天大的憾事。千不该万不该啊。我想，如果我跟师傅临终能见上个面，这遗书必将属于我个人，可是现在它左传右转的，到最后才落到我手上。虽然给了我，但他们心里是不情愿的，阿兵的请求是最说明这点的，父亲明明有言在先，不能外传，他居然还明知故犯，心存侥幸，这不是荒唐就是厚脸皮了。而且，我有种预感，这几天，我还会收到一封信或者电话，那里面还会有类似的要求，荒唐的，或者是厚脸皮的。对阿兵，我可以没什么犹豫地拒绝，但对那封信或电话，也许就不会这么简单了。那封信或电话，那封未知的信或者电话，我敢说一定将出自他姐姐。

说真的，我情愿面对的是信，而不是电话。

3月28日
宿舍。夜。有风。

担心中的电话或信都没来。这不说明是没这事了，我知道，事情肯定是跑不脱的。从阿兵接连不断的电话，还有昨天电话里的口气看，他不会就这么死心的。他不死心，就一定会把姐姐搬出来的。他姐姐叫陈思思。

陈思思人长得高高的，下巴上有颗黑痣，将她白白的肤色衬托得更加白。在我家乡，对人长痣是有说法的，说“男要朗，女要藏”，意思是说男人的痣要长得醒目，越醒目越有福气，而女人则相反。这么说来，陈思思的痣是长错了地方，或者说这颗痣意味着她不是个有福之人。

福气是个神秘的东西，很难说谁有谁没有的。对陈思思，我不能说不了解，总的来说，她像她父亲，是个生活在内心世界的人，不爱说话，沉默寡言的，脸上经常挂着谦逊得几近羞涩的笑容。说真的，那时候她默默无语又腼腆的样子非常打动我，以致她父亲都看出我对他女儿的喜欢。作为师傅，老陈对我的好是超乎寻常的，从某种意义上说我也是他的儿子，他军龄比我年龄还要长，他待我就像对自己儿女一样亲。有一天，师傅问我谈女朋友没有，我说没有，他说我给你介绍一个吧。他介绍的就是陈思思。我们谈恋爱从时间上说有半年，但就内容而言只是看了两场电影，逛了一次公园而已。就是逛公园那次，她表示希望我们的关系还是回到过去那样。我们确实也这样做了。我是说我们没有因为爱不成就怎么的，没有，我们还是跟过去一样，围绕着她父亲运转着，直到我离开那里。

我是 1993 年夏天离开总部，然后来到这里的。这里是破译局的一个分局，因为它重要——越来越重要，也有人说是破译局的第二局。我为什么要到这里来，一方面是工作需要，另一方面也是自己需要。所谓自己需要，是指当时我已经结婚，而这里离我爱人所在的城市要比总部近一半路程。所以，在很多人都不太情愿来这里的情况下，我是少有主动要求来的人之一，理由就是离家近。我记得，在我离开山谷的前天夜里，师傅送了我一本作纪念的笔记本，扉页有他的赠言，是这样写的：

你我都生活在秘密中，有些秘密需要我们极力去破解，有些秘密又需要我们极力去保守。我们的事业需要运气。衷心希望你事业有成！

从那以后，师傅一直以笔记本的形式和我在一起。我相信师傅之所以送我笔记本并留下这些话，目的之一就是在提醒我要保守“那件事”的秘密。换句话说，这是师傅对我远走他方后而苦心作出的一种特殊告诫，和直白的遗言相比，这当然要婉转一些。不过直白也好，婉转也好，我都感到“那件事”对师傅的压力。那件事给师傅带来了巨大荣誉，也给他留下了沉重的顾虑，他总怕我有意无意地将它大白于天下。在这种情况下，他一再以各种机会和形式告诫我，我是可以理解的。但就留遗书这事，我认为师傅是失策的。首先他对我的告诫已足够多，无须再作强调；其次这种强调方式——遗书——实在是极不恰当的，有“此地无银”之嫌。说真的，本来完全是我们俩的事，无人知道，也无人问津的，这下好了，以后会拥出多少个陈思兵？遗书其实是把原来包在秘密之外的那层保护壳剥开了，这对我保守秘密显然不利。我不知道到底有多少人看过遗书，但我知道凡是看过的人，有多少人看过，就会有成倍的人像陈思兵一样来挖我深藏的秘密，来考验我对师傅的忠心。眼下，我最担心的是陈思思，我相信她一定会做陈思兵第二，对我提出无理的要求。我在等她的电话或信，就像等一个难逃的劫一样。

4 月 2 日
宿舍。夜。晴。

陈思思的信没像我想的一样很快来，但还是来了，拿在手上沉甸甸的，摸着就知道不是封通常的信，里面也许堆满了用来深挖我秘密的铁镐、铁铲什么的。我捏着它，久久地捏着它，甚至有些不敢拆封。当然，信是不可能不看的，只是我需要做好足够的心理准备。为了给自己增添经受考验的信心和防卫的力度，我居然把师傅的照片和遗书一齐放在案头，让我在看信的同时随时可以看到师傅临死的嘱咐。

我就是这样开始阅读我曾经的恋人陈思思的信的。等读完信，我才发现自己种种的担心是多余的，整封信，从头到尾，有关遗书上的事提都没提，好像是知道我怕她提，所以有意不提的。这使我怀疑师傅给我留遗书的事她可能并不知道，给阿兵打电话问，果然是这样。阿兵说，给我留遗书的事他父亲要求他不能跟任何人提起，包括他姐姐思思。这也成了我彻底拒绝阿兵——他希望我告诉他“那件事”呢——的最好理由，我对他说，师傅这样做，就是因为考虑到我和你姐姐过去有的关系，担心我经不起她盘问，所以才特意对她隐瞒这事。阿兵听我这么一说，似乎才有所领悟，感叹着说了一句“原来是这样”，然后挂了电话。我相信，阿兵以后再不会来找我问这事了。这样很好。真的很好。

我没想到的是，思思会把信写得那么长，十六开的信纸，总共写了十八页，每一页的字都满当当的，长得简直不像一封信。从变化的字体和断断续续的格式看，这信起码是分几天时间才写完的，最后署的时间是 3 月 25 日——这也是我第一次接到阿兵电话的时间。从信的内容看，与其说这是封信，倒不如说是份小说手稿，里面有感情，有故事，读起来扣人心弦，令人欲罢不能。

二　一封来信[①]

第一天

……红色的围墙，高高的，上面还拉着铁丝网，两扇黑色的大铁门从来都是关着的，开的只是一扇窗户一样的小铁门，荷枪实弹的哨兵在门口走来走去的，见了人就要看证件。小时候，我曾多次跟院里的孩子一道偷偷翻过山去，站在铁门外，看各自家的大人一个个跨进小铁门，便消失了。我们偷着想溜进院子去看看，但没有谁是进去了的，也不知道为什么不让我们进去。长大了，我才知道，父亲从事的是秘密工作，所以红墙里头也是秘密的，没有证件，任何人都是进不去的。

因为保密，我们到现在也不清楚父亲具体工作的性质和内容，但从组织上对父亲的重视程度看，我相信父亲的事业一定是很神圣崇高的，同时可能也是很艰巨的，需要他竭尽全力地投入进去。母亲在世的时候经常唠叨，要父亲早点退休，因为她看父亲老待在红墙里，身体眼看着一年比一年差下来，人一年比一年衰老了。所以，以前我常常想，什么时候父亲才可以不工作，从红墙里解脱出来，做个平常的人，过平常人的生活。你调

---

① 本信略有删节。其时间序列根据行文感觉所加，不一定属实。

走后第二年[①]，父亲终于有了这样一天。他已经六十五岁，早该退休了。

想到父亲这下终于可以轻轻松松地过一个正常老人的生活，享享清福，我们简直别提有多高兴了。你也许不知道，父亲虽然一直忙于工作，很少顾念家庭，对我们的关心也少，但我们对父亲的感情依然是很深很真的，我们从不埋怨父亲给我们太少，相反，我们理解他，支持他，敬重他。我们相信父亲的晚年一定会过得十分幸福的，因为我们都觉得父亲的生活太需要弥补了，他应该也必须有一个称心如意的晚年。为了让父亲退下来后有事情做，我们专门在家里种了花草，养了鱼鸟，一到节假日，就带他去走亲戚，逛公园。那阵子，阿兵还没去读研究生，也没谈女朋友，我要他没事多陪陪父亲。他也这么做了，一有空闲就围转在父亲身边，和他说话，陪他散步。阿兵小时候是在外婆家长大的，后来又一直在外地上学，跟父亲的感情有些疏淡。起初，我还担心他们不能太好地交流，后来发现我的担心是多余的，他们相处得很好，比我想象的还要好。我想，也许正是因为他们以前一直没有太好地交流，现在交流起来，常常有说不完的话，两人就像两个久违的好朋友，坐下来总有感兴趣的话题冒出来。就这样，父亲休息后的开头一段时间还是过得比较充实而快乐的，这让我们都感到由衷的高兴。

但你简直想不到，没过多久，也许有一个月吧，父亲便对这些开始腻味不耐烦了，看花不顺心，看鸟不入眼，和阿兵的话似乎也说光了，脾气似乎也变了，变得粗暴了，常常没个缘故地发牢骚，怨这怪那的，好像家里的一切都使他困顿、烦躁、不安。这时候，我们说什么做什么

① 根据推算，应该是指 1994 年。

都可能会叫他不高兴，甚至一见我们挨近他，他就会不高兴，挥着手喊我们走开。有那么一段时间，父亲简直活得太难受，每天都闷在房间里，像个影子似的，东转转，西转转，使我们感到心慌意乱。应该说，父亲不是那种喜怒无常、变化莫测的人，他对我们向来不挑剔，对生活也没什么过分要求，可这下子他似乎完全变了，变得挑剔、苛刻、专横、粗暴、不近人情。有一天，我不知说了句什么话，父亲竟然气愤地冲上阳台，把笼里的鸟放飞了，把几盆花一盆一盆地都打个粉碎。这些东西一个月前他还很喜欢的，现在说不喜欢就不喜欢了。父亲对玩物是那么容易厌倦，像个孩子一样，可他又哪像个孩子？每天老早起床，却是哪里也不去，什么事也不做，什么话也不说，从早到晚都在灰心、叹气、生气、发呆，好像受尽虐待似的。

有一天，我看见他在阳台上呆呆地立了小半天，我几次过去请他出去散散步，都被他蛮横地拒绝。我问他在想什么，有什么不高兴，需要我们做什么，他也不吱声，光闷闷地站在那里，一动不动，像个木头人，冬天的阳光静静地照在他身上，照得他满头银发又白又亮地发着光。我透过窗玻璃看出去，几乎很容易就可以想象出他此刻的神情，那是一种我最熟悉不过的神情：绷紧的脸上有深刻的额纹，两只眼睛痴痴的，是不会转动的，嵌在松弛的眼眶里，仿佛随时都会滚出来，无声地落地。但是注视这张面具一样的面孔，透过表面的那层死气，你又可以发现底下藏着的是迷乱，是不安，是期望，是绝望。父亲的这种神情，陌生又似曾相识，常常使我陷入困顿。起初，我们看父亲不愿去老人俱乐部，以为是那里的气氛不好，于是我们就专门去请了一些父亲的老战友上家来会他。可他仍旧爱搭不理的，和他们亲热不起来，常常几句话、几个眼色，就把人家冷淡走了。真的，父亲是没什么朋友的，在他临终前，我注意到来看望他的人，除了红墙里头的几位首长和我们家个别亲戚外，就没有别的人，你是他临终前唯一想见的人，可能也是他唯一的朋友。父亲在单位里的人缘会这么差，这是我怎么也想不到的，是什么——荣誉？性格？还是工作？让他变得这么孤独，薄情寡义，缺朋少友，你能告诉我吗？算了，还是别告诉我的好，还是让我来告诉你，父亲为什么不能像其他老人一样安心又愉快地欢度晚年。

有一天，天都黑了，父亲还没有回家来吃晚饭，我们几个人到处找，最后终于在红墙那边找到他，他寂寞地坐在大铁门前，身边落满了烟灰和烟蒂。听哨兵说，他已在这里待了一个下午了，他已交出了证件，知道哨兵不会放他进去，所以就在门口坐着，似乎就这样坐坐、看看也叫他心安似的。他是丢不下红墙！丢不下那里面的工作！我想，这就是他无法安心休息的答案。你知道，父亲从二十一岁跨进红墙大门，前后四十余年，一直专心致志于他神秘又秘密的工作，心无二用，毫无保留，其认真程度几近痴迷。他沉醉在红墙里面，心早已和外界隔离，加上特殊的职业需要他离群索居，封闭禁锢，年复一年的，外面的世界，外面的人其实早已在他心目中模糊了，消失了。当他告别那世界，突然从红墙里走出来，看到听到和感到的一切都让他觉得与己无关，恍若隔世，所以就感到无聊，虚空，枯燥，不可容忍，无法亲近。这是一个职业狂人对生活的态度，在他们眼里，日常生活总是琐碎的、多余的、死气沉沉的。我记得巴顿将军曾说过这样一句话：一个真正的军人应该被世上的最后一场战争的最后一颗子弹打死。父亲的悲哀大概在于他没倒在红墙里，没有给那颗子弹击毙。

哦，父亲，你哪有什么幸福的晚年，今天当我决定要把你晚年的生活情形告诉你唯一的朋友时，我突然觉得这是一件多么痛苦的事。现在我才说了个开头，可我已经感到说不出的难受，心痛欲泣。我真想把一切都忘了，我的感情经不起对你的回忆，可作为你的女儿，我又希望你的朋友了解你，认识你，真正地了解和认识你。只有真正了解了你的晚年，才能真正认识你的一生。你的晚年真苦……

第二天

自腻味了养花弄草后，有将近两个月时间，父亲一直无所事事、郁郁寡欢的，时常一个人坐在沙发里，佝偻着腰，一边吸着烟，一边咳嗽着。不知怎么回事，那段时间里，父亲的健康状况特别不佳，老毛病高血压常常犯，而且越升越高，最高时竟达到 280，平时都在 200 左右，真急死人。同时又新犯了气管炎，咳嗽咳得地动山摇的。这一定与他当时抽烟太多有关。父亲的烟瘾原本就凶，天天两包烟还不够的，那阵子因为无聊，抽烟就更多了，一条烟一眨眼便没了。我们劝他少抽点，他说他抽的是自己的钱，不是我们的，简直叫我们无话可说。听说他曾几次找到部队首长，要求重新回红墙里去工作，但都没有得到同意。我想父亲经常去要求一定是叫领导烦了，有一天老王局长还找到我，要我们多想想办法，尽量安顿好父亲的生活。我们又何尝不想呢？我们是想了又想，努力又努力，只是都无济于事而已。

到了冬天，有一天晚上，父亲吃罢夜饭，照例坐在沙发上吸烟。烟雾从父亲的嘴巴和鼻孔里吐出来，像是父亲心中叹出的气流，弥漫在屋子里，成为一种沉重气氛，笼罩着我们，令我们心情紧张，唯恐稍有不是，惹了父亲一触即发的脾气。阿兵打开电视，希望有父亲爱看的节目，打开来一看，是围棋讲座，黑黑白白的棋子像甲壳虫一般错乱地散布在一方白墙上，一男一女一边讲解一边演示着，不懂的人看着一定会觉得莫名其妙。阿兵是有围棋瘾的，见了这东西就下意识地看起来，我虽然也爱看（是被阿兵熏陶出来的），可一想父亲怎么会喜欢这玩意儿呢，就叫阿兵换频道。阿兵看看父亲，父亲眯着眼，百无聊赖地看着，问他看不看，他也不搭理。等阿兵换了频道，他却说要看刚才的，好像刚才他没听见阿兵问话似的。阿兵换过频道，父亲看一会儿问这是什么棋。阿兵告诉他，并简单介绍了围棋的一般知识。父亲听了也没有什么表示，只是看着讲座，一直看到完为止。

第二天同一时间，父亲又看起了讲座，而且好像看出了什么滋味一样，神情专注，若有所思的。我问父亲看懂了没有，父亲却说我们下一盘吧，听得我很久才反应过来。我的水平很一般，但对付似懂非懂的父亲应该还是绰绰有余的。我们下棋时，阿兵一直站在父亲一边，准备随时指点他。开始，父亲还乐意让阿兵指点，不过听他指点了十几着棋后，父亲已经不听他的，说要自己下。下得虽然很慢，每一步棋都深思熟虑的，但下来的棋似乎总是有点离谱，缺乏连贯性，感觉是溃不成军的。但到中盘时，我和阿兵都愣了，刚刚还是没气没势的棋面，转眼间变得灵活起来，变出很怪异的阵势，开始压制我，捣乱我，弄得我也不得不放慢节奏，子子计较起来。很快我又发现，我要想挽回主动已经很难，父亲步步为营，几乎毫无破绽，逼得我经常不知如何落子。父亲一方面极力压制我的棋路，咬紧我，切割我，围堵我，我虽然吃力、被动，却坚定不移，顽强不屈；另一方面父亲似乎自身有一套预定的计划在展开、落实，意图隐蔽，设置巧妙，弄得我们危机四伏的。局势不断演化，黑白棋子互相交错着，棋面上越来越形成一个特殊的图案，我们争抢优势的用心也越来越良苦，出手越来越顾虑重重。收官时，父亲的优势是明摆着的，但也许求胜心切，父亲想吃我一目棋，结果白白让我吃掉几目子。后来，父亲虽然机关算尽，东敲西击，极力想扳回局面，力挽狂澜，到底没有回天之力。第一盘就这样告终，父亲输了三目子给我。

但第二盘父亲就赢了我。

接着，我们又下三盘，父亲连连赢我，而且愈赢愈轻松，到最后一盘，我甚至下不到中盘就败下阵来。然后阿兵上阵，两人连下七盘，结果跟我一样，阿兵只赢了第一盘，后面六盘又是连输。想想看，父亲几天前甚至连围棋是方是圆都还懵懂不清的，转眼间却杀得我们两人都稀里糊涂的，父亲在围棋桌上的表现使我和阿兵都感到十分惊讶。

第二天，阿兵去他们单位请来了一位围棋手，棋下得比阿兵要高很多，平时阿兵和他切磋一般他都让两个子，这样下起来才有个较量。那是一个雪后初晴的日子，冬天的第一场大雪来得仓促去得也匆忙，而世界却突然被简化得只剩下温柔和洁白。应该说，这真是个居室对弈的好日子。首盘，父亲开局不佳，没投出二十手，就收子认输了。我不清楚你懂不懂围棋，要懂的话应该明白开局认输绝不是平凡棋手的作风。古代有“九子定输赢”

的典故，说的是一位名叫赵乔的棋圣跋山涉水，周游全国，为的是寻找对手，杀个高低分明，终于在渭河岸边，凤山脚下，遇到一个长发女子，丈夫从军在外，家里无米下锅，便日日以摆棋摊谋生。两人依山傍水，坐地对弈。赵才投出九子，女子便收子认输，称自己必输一子。赵不相信，女子徐徐道来，整盘棋讲得头头是道，高山流水，滔滔不绝的，但怎么说都是一子的输赢。赵听罢，甘拜下风，认女子为师。就是说，父亲能从十几手中，看出输赢的结局，正说明他有深远的洞察力，善于通盘考虑。由此我怀疑来人今天必定要输给父亲，因为棋术的高低，说到底也就是个看棋远近的能力。果然后来五盘棋，父亲盘盘皆赢，来人简直不相信我们说的——父亲昨天晚上才学会下棋！

我可以说，父亲对围棋的敏感是神秘的，他也许从第一眼就被它吸引爱上了它，他们之间似乎有一种天然的默契。围棋的出现救了父亲，也帮了我们大忙，以后很长一段时间，父亲都迷醉在围棋中，看棋书，找人下棋，生活一下子得到了充实，精神也振作起来。人的事说不清，谁能想得到，我们费尽心思也解决不了的难题，却在一夜之间迎刃而解。

起初父亲主要和院子里的围棋爱好者下，经常出入单位俱乐部，那里基本上集合了单位里的大部分围棋手。他们的水平有高的，也有低的，父亲挨个跟他们下，见一个，下一个，下一个，赢一个，下到最后——也就是个把月吧，跟他下过棋的人中，没有哪一个是不服输的。当然，俱乐部不是什么藏高手的地方，那些真正的棋手一般是不到俱乐部下棋的。他们到俱乐部来干什么呢？他们倦于俱乐部的应酬，因而更喜欢安居家中，深藏不露的。一个月下来，父亲就成了这样一位棋手——不爱去俱乐部下棋的棋手。俱乐部锻炼了他，使他的棋路更为宽泛、精到，但这里的棋手水平都一般化，父亲已经寻不见一个可以与他平等搏杀的对手。没有对手的对弈有什么意思？父亲感到了胜利的无趣，就断了去俱乐部的念头。这时候，父亲开始走出去，和驻地镇上的棋手们接触、比试。但是不到夏天，驻地县城一带的高手也全做了父亲的手下败将。就这样，短短半年时间，父亲竟然由当初的不懂围棋，迅速成了当地众所公认的围棋高手，独占鳌头！

那以后，我和阿兵，还有我现在的爱人（你就喊他小吕吧），经常上市里去给父亲联系棋手，找到一个，邀请一个，安排他们来和父亲对弈，以解父亲的棋瘾。尽管这样找棋手是件劳力费神的麻烦事，但看父亲沉醉在棋盘上的痴迷模样，我们乐此不疲。起初，我们寻棋手寻得有些麻烦，主要是靠熟人介绍，找来的棋手水平常常良莠不齐的，有的虽然名声不小，却是井底之蛙，并无多少能耐，好不容易请来了，结果却是叫父亲生气。因为他们棋术太一般，根本无法跟父亲对阵。后来，阿兵通过朋友认识了一个人，他爸是体委主任，通过主任引荐，我们跟本市的围棋协会接上了头。从此，我们根据协会提供的棋手情况，按他们棋术的高低，由低到高，一个个去联络邀请。

围棋协会掌握了三四十名棋手，他们基本上代表了本市围棋的最高水平，其中有一位五段棋手，是本市的围棋冠军。这些人都身经百战的，下棋有招有式，身怀绝技，于无声处中暗藏着杀机，而父亲充其量是一个聪灵的新手而已。可想而知，开始父亲根本不是他们的对手，一比试，父亲就同鸡蛋碰石头一样。但是怪得很，简直不可思议！最好的棋手，只要和父亲一对上阵，他那截原本高出的优势，很快就会被父亲追上、吃掉，然后就是超过，远远超过。也就是说，面对一位高手，父亲起先也许会输几盘，但要不了多久父亲肯定会转败为胜，并成为他永远不可战胜的对手。父亲的棋艺似乎可以在一夜之间突飞猛进，同样一位棋手，昨天你还连连赢他，而第二天很可能就要连吃败仗。说真的，来了那么多位名人高手，几乎没有谁能与父亲对弈、相持一个礼拜以上的，他们来时盘盘皆赢，称王称霸的，但结果无一例外都成了父亲的手下败将。父亲完全是一个神秘的杀手，任何对手最终都将败在他手下。这对父亲来说简直是像定理一样不能例外！后来父亲经常说，他每次跟一位新棋手下棋，担心的不是输给对方，而是怕对方一下子输给他。父亲也知道我们寻一个棋手的不容易啊，好不容易请来一个如果上来就败，非但叫我们沮丧，父亲自己也会很懊恼的。父亲是渴望刺激的，他总喜欢有一个强敌立在面前，然后让他去冲杀，去征服，使出浑身解数的。他受不了那种没有搏杀、没有悬念的对弈，就像平常无奇的生活叫他厌倦一样。

我记得那是中秋节前后的一天下午，我坐在阳台上看书，客厅里父亲和市里那位五段冠军棋手在下棋，一盘接一盘的，从中午一直杀到下午的很晚时候。其间，我不时听到他们开始又结束、结束又开始的简单对话，从不多的话中，我听出父亲又是在连赢。偶尔我进去给他们添水，看父亲的神情，总是坦坦然然的，呷着盖碗茶，吸着香烟，一副怡然自得的样子，而那位冠军棋手则是烟不吸、茶不喝，两只眼睛死死盯着棋盘，显现出一种不屈、一种挣扎、一种咬紧牙关的劲道，偶尔举手落子，举起的手常常悬在空中，好像手里捏的不是一枚棋子，而是一枚炸弹，投不投或投向何处都是慎之又慎且犹豫不定的。他的沉思是一目了然的，脸上的肌肉绷紧、发硬，似乎思索是一种肉体的使劲。相比之下，父亲似乎更有一种举重若轻的感觉，平静、泰然、悠闲，好像思绪的一半已从棋盘上飞开，飞出了房间。后来，我又听见他们在收子的声音，接着是冠军棋手在说："我们再下一盘吧？"我听到，父亲回答的声音很断然，说：

"就这样吧，再下我就得让你子了，我是不下让子棋的。"

父亲总是这样不客气地拒绝所有手下败将，这多少使人接受不了，何况是一位众星捧月的冠军棋手。冠军棋手走之前对我丢下一句话，说我父亲是个围棋天才，他会杀败所有对手的。

听见了吧，他说，我父亲会杀败所有对手的。

然而，你想想看，在这个城市里，谁还能做父亲的对手？

没有了！

一个也没有了！

啊，说起这些，我总觉得父亲是那么陌生、神秘、深奥。也许你要问，这是真的吗？我说是的，这是真的，全是真的。然而，我自己也忍不住要怀疑它的真实，因为它太离奇了。

第三天

……

下午都过去一半了，而我的三位同事还没来上班。他们也许不会来了。天在下雨，这是他们不来的理由。这个理由说得出口，也行得通，起码在我们这儿。然而，我想起父亲——对父亲来说，什么是他不上班的理由？

在我的记忆中，我找不到父亲因为什么而一天不进红墙的日子，一天也没有。哪天我们要是说，爸爸，今天你请个假吧，妈妈需要你，或者家里有什么事，需要他一天或者半天留在家里。这时候父亲会收住已经迈出的脚步，站住默默地想一下。你虔诚地望着他，希望用目光争取把他留下来。但父亲总是不看你，他有意避开你的目光，看看手表或者天空，犹豫不决的，为走还是留为难着。每次你总以为这次父亲也许要留下来了，于是你上前去，接过他手中要戴还没戴上的通行证，准备去挂在衣帽钩上。就这时，父亲似乎突然有了决定，重新从你手中夺回通行证，坚决地对你说：

“不，我还是要去。”

总是这样的。

父亲要拒绝我们的理由总是简单，却十分有用，而我们要挽留他的理由虽然很多，却似乎没有一个有用的。就是母亲病得最严重，不久便要和他诀别的那几天，父亲也没有完整地陪过母亲一天。

我的母亲是病死的，你也许不知道，那是你来这里前一年[①]的事。母亲的病，现在想来其实很早就有症状了。我记得是那年春节，母亲便开始偶尔地肚子疼。当时我们没有多想，母亲自己也没把它当回事，以为是一般的胃病，疼起来就喝一碗糖开水，吞两片镇静剂什么的。疼过后就忘了，照常去上班。听说母亲开始是在省机关工作的，嫁给父亲后才调到这个单位，却不在总部，在另外一个处，有十几里路远，一天骑自行车来回两趟，

---

① 指1982年。

接送我们上下学，给我们做饭洗衣，十几年如一日的。说真的，在我印象里我们这个家从来是母亲一个人支撑着的，父亲对家里的事情从来是不管不顾的。你知道，家属院区离红墙顶多就是四五里路，走路也就是半个钟头，但父亲总是很少回家来，一个月顶多回来一次，而且总是晚上回来第二天早上就走的。我记得有一天晚上，是父亲很久没回来的一个晚上，当时我们都在饭厅吃饭，母亲的耳朵像长了眼睛似的，父亲还在屋子外头几十米远呢，我们什么都没觉察到，母亲却灵敏地听见了，对我们说：你们爸爸回来了。说着放下碗筷，进了厨房，去准备迎接父亲了。我们以为是母亲想爸爸想多了，出现了什么幻觉，但等母亲端着洗脸水从厨房里出来时，果然听到了父亲走来的沉重的脚步声……

在家里，父亲总是默默无言，冷脸冷色的，既不像丈夫，也不像父亲。他从来不会坐下来和我们谈什么，他对我们说什么总是命令式的，言简意赅、不容置疑的。所以，家里只要有了父亲，空气就会紧张起来，我们变得蹑手蹑脚，低声下气的，唯恐冒犯了父亲。只要我们惹了父亲，让他动气了，发火了，母亲就会跟着训斥我们。在我们与父亲之间，母亲从来都站在父亲一边，你说怪不怪？我可以说，作为丈夫，父亲比世上所有男人都要幸福，得到的都要多。母亲的整个生命都是父亲的，就像父亲把自己的一生都献给红墙里一样，母亲则把她的一生都献给了父亲，献给了她的迷醉在红墙里的丈夫！

我一直没能对生活，对周围的一切做出逻辑的理解，比方说母亲，她似乎天生是属于父亲的，然而母亲嫁给父亲既不是因为爱，也不是因为被爱，而仅仅是“革命的需要”。母亲说，以前父亲他们单位的人，找对象都是由组织出面找的，对方必须经过各种政治的、社会的、家庭的、现实的、历史的等等审查[①]。母亲嫁给父亲就是组织安排的，当时母亲才二十二岁，父亲却已经三十多了。母亲还说，她结婚前仅仅和父亲见过一次面，而且还没说上两句话。我可以想象父亲当时会多么窘迫，他也许连抬头看一眼母亲也不敢。这是一个走出红墙就不知所措的男人，他不是来自生活、来自人间，而是来自蒸馏器、来自世外、来自隐秘的角落，你把他推出红墙，放在正常的生活里，放在阳光下，就如水里的鱼上了岸，会如何尴尬和狼狈，我们是可以想得到的。想不到的是，一个月后母亲便和父亲结婚了。母亲是相信组织的，比相信自己父母亲还要相信。听说当初我外婆是不同意母亲嫁给父亲的，但我外公同意。我外公是个老红军，自小是个孤儿，十四岁参加革命，是党把他培养成人，受了教育，成了家，有了幸福的一生。他不但自己从心底里感谢党，还要求子女跟他一样，把党和组织看得比父母还亲。所以，母亲从小就特别信任组织，组织上说父亲怎么怎么好，她相信；组织上说父亲怎么怎么了不起，她也相信。总之，父亲和母亲的婚姻，与其说是爱情的需要，倒不如说是革命工作的需要。可以说，嫁给父亲，母亲是作为一项政治任务来完成的——我这样说母亲听见了是要生气的，那么好吧，我不说。

母亲的肚子疼，到了5月份（1982年）已经十分严重，常常疼得昏

---

① 这里说的和实际稍有出入，实际对象是可以自己找的，只有几种人是严格规定不允许找的：一是政治面貌不良者，比方说成分不大好的；二是社会关系复杂者，比方说有海外关系的；三是对方本人组织纪律观念淡薄者。但是，对本人相中的人，能不能发展关系，最后必须由组织审查后才能决定。如果有些同志因为什么原因找不到对象，希望或者愿意让组织找，那么组织倒是有这项义务的。

迷不醒，虚汗直冒。那时阿兵正在外地上大学，我呢刚好在乡下搞锻炼，虽然不远，就在邻县，来回不足一百公里，但是很少回家，一个月回来一趟，第二天就走，对母亲的病情缺乏了解。父亲就更不可能了解了，不要说母亲病倒他不知道，就是自己有病他也不知道，何况母亲还要对他隐瞒呢。你看看，母亲关心我们一辈子，可是她要我们关心的时候，我们全都失职了。而母亲自己，忙于顾念这个家，顾念我们三个，忙里忙外的，哪有时间关心自己？她的心中装我们装得太重太满了，满得已经无法装下她自己。这个从小在老红军身边长大的人，从小把党和组织看得比亲生父母还要亲的人，我的母亲，她让我们饱尝父母之爱，人间之爱，却从来没有爱过自己。啊，母亲，你是怎样地疲倦于我们这个不正常的家！你重病在身却硬是瞒着我们，跟我们撒谎；你生了病，内心就像做了一件对不起我们的错事一样歉疚。啊，母亲，现在我知道了，你和父亲其实是一种人，你们都是一种不要自己的人，你们沉浸在各自的信念和理想中，让血一滴一滴地流出、流出，流光了，你们也满意了。可是你们不知道——谁也不知道——我们内心的无穷的悔恨和愧疚！

母亲的病最后还是我发现的，那天晚上，我从乡下回来，夜已很深，家里没有亮灯，黑乎乎的。我拉开灯，看见母亲的房门开着，却不见母亲像往常一样出来迎接我。我喊了一声，没有回音，只是听见房间里有动静。我走进房间去，打开灯，看见母亲蹲在地上，头靠在床沿上，因为痛苦而扭曲的脸上，流着两串长长的泪水，蓬乱的头发像一团乱麻。我冲上去，母亲一把抓住我，顿时像孩子似的哭起来。我问母亲怎么了，母亲呜咽着说她不行了，喊我送她去医院，泪水和汗水在灯光下明晃晃地耀眼。我从没见过母亲这样痛哭流涕的样子，她佝偻的身体像遭霜打过的菜叶一样蔫巴巴的，在昏暗的灯光下，就像一团揉皱的衣服。第二天，医生告诉我母亲患的是肝癌，已经晚期，绝不可能救治了。

说真的，写这些让我感到伤心，太伤心了！我本是不愿意讲的，但是讲了我又感到要轻松一些。我想，无论如何母亲是父亲的一部分，好像红墙这边的家属区是这整个大院的一部分一样。母亲是父亲的妻子，也是战友，以身相许的战友，让我在祭奠父亲的同时，也给母亲的亡灵点上一根香火，痛哭一声吧……

第四天

黑暗已经把整个院子笼罩了，可是还要把它的气息和声音从窗户的铁栅中塞进屋来。灯光柔和地照亮着稿纸，也照亮了我的思绪。凝视稿纸，不知不觉中它已变成一张围棋谱，父亲的手时隐时现，恍恍惚惚的——我又看见父亲在下棋。

然而，谁还能同父亲下棋？

到了第二年[①]秋天，父亲的围棋已经彻底走入绝境，我们再也找不出一名棋手来满足父亲下棋的欲望。因为名声在外，偶尔有不速之客慕名而来，但正如我们预料的一样，他们的到来不但不能叫父亲高兴，而且常常叫父亲生气。不堪一击的生气。父亲是不愿意与那些棋艺平平的人下棋的，更讨厌下让子棋。然而，现在周围谁的棋艺又能被父亲视为不平常？没有。

---

① 指1995年。

父亲在一年多时间里一直潜心钻研围棋技术，已经洞悉了围棋的奥秘，加上经常和四面八方找来的行家里手比试、切磋，久经沙场，已使他的棋艺炉火纯青，登峰造极，起码在这个城市里。

找不到对手，没有棋下，父亲的生活再度落入无聊的怪圈，危机四伏。我们曾再次想在其他方面，诸如旅游、书法、绘画、气功、太极拳等方面培养父亲一些兴趣，但父亲对这些东西表现出来的冷淡和愚钝，简直令我们泄气。有一回，大院里来了一位气功师，组织大家学打太极拳，我硬拉着他去，天天拉、天天催，总算坚持了一个礼拜，结果三十几位老头老太都学会了，我偶尔去了几次，也都看在心上，打起来有模有样的。而父亲天天去，天天学，却连最基础的一套也打不好，打起来就别别扭扭的，记了前面忘了后头的，真正要气死人。他这些方面表现出来的愚笨，与在围棋运动中显露出来的深不可测的智商和聪敏相比简直判若两人。父亲似乎是个怪诞的人，一方面他是个超人，具有超常的天赋，而另一方面则冥顽不化，迟钝得不及一个常人。从某种意义上说，一个容易囿于某种单一思想而不能自拔的人，他用来局限自己的范围愈小，他在一定意义上就可能愈接近无限。我疑虑的是，父亲凭什么能够在围棋运动中有如此出色的表现？他真的是个天生好棋手吗？或者还有什么别的原因？

据我个人经验，我深感围棋是考验、挖掘人类智能的一门运动，它和象棋、军棋以及其他棋类都有着很大的区别。拿中国象棋和围棋比较，象棋游戏的成分更浓，而围棋则要复杂、深奥得多了。围棋的每一个子目杀伤力本身都没有高下大小之别，同样一个子，既可能当将军，也可以做士兵，只看你怎么投入、设置，一切都要看主人的机巧与否。而象棋则不同，车、马、炮，各有各的定式：车走一溜烟，炮打隔一位，马跳日，象走田，兵卒过河顶头牛。这种天生的差别、局限，导致象棋的棋术总的来说是比较简单的。而围棋的情形就大不一样了，如果说象棋对棋手的智力存在着限制，那么围棋恰恰具有对智力无限的挑战性，围棋每个子目本身都是无能的，它的力量在于它在棋盘上的位置，在一个特定的位置上，它的力量也是特定的。所以，围棋更需要你有组合、结构的能力，你必须给它们设置一个恰到好处的位置，努力连接它们，贯穿它们，连贯的过程也是壮大的过程，只有壮大了，才能生存下来。但围棋的组合方式又是无限的，没有定式的，或者说定式是无限的。这无限就是神秘，就是诱惑，就是想象，就是智能。围棋的胜负决不取决于任何刁钻的偶然性，它是下棋双方心智厮杀与对搏的游戏，是坚硬人格的较量和比试，它的桂冠只属于那些心智聪颖、性情冷硬专一的天才们。在他们身上，想象力、悟性、耐心，以及技巧，就像在数学家、诗人和音乐家身上一样地发挥作用，只不过组合方式的表现形式不同而已。父亲在围棋运动中表现出来的怪异才能，莫名其妙的出奇制胜的本领，以及他明显不甘应酬、不愿与手下败将对弈的孤傲和怪僻，不但令我们迷惑不解，就是那些鱼贯而来的棋手们，也同样感到神奇而不可理喻。

很显然，光用“偶然之说”来解释父亲的“围棋现象”是难以令人满意的，那么究竟是什么促使父亲对围棋有如此非常的才智？我自然想到了神秘的红墙世界。我要说，这是我见过的世上最神秘深奥的地方。这么多年来，每天每夜她都在我的眼皮底下，然而她却从来不看我一眼，也不准我看她一眼。她外面危墙高筑，森严可怖；里面秘不示人，深不可测。我不知道，也不可能知道，父亲在里面究竟干着什么样的秘密工作，但我感觉父亲的工作一定跟围棋有某种暗通之处。换句话说，围棋有可能是父亲从事的秘密职业的一部分，是父亲职业生涯中的一个宿命的东西，他不接触则罢，一旦接触了，必将陶醉其中，就像陶醉于他过去的职业一样，想不陶醉也不行。因为是职业病，是身不由己的……

第五天

父亲是个神秘的棋手，他的棋艺比愿望还长得快，到了第二年（1995年）秋天，他已找不到一个对手，可他还是常常坐在铺好棋布的桌子前，等待他梦想中的对手来挑战。他认为，在这个几十万人口的地区级城市里，总会有那么一些身怀绝技的黑道棋手，他们蛰伏在城市的某个角落，也许有一天会嗅到这个角落里藏着他这位神秘棋手，然后便赶来和他厮杀。可时间一个月接连一个月地过去，慕名而来的棋手来了一拨又一拨，可就是没有一个称得上对手的棋手出现，甚至他们赶来本身就不是准备来搏杀的，而是来讨教的，见了父亲无一不是谦虚谨慎的。

一般来了人，只要是不认识的，以前没交过手的，父亲总是喜滋滋的。但等下上一两盘后，父亲的脸色就越来越难看，并以他擅长的沉默表示不满。有时候对方水平实在太差，父亲还会训斥他们，气急败坏的样子，很叫人难堪。看着来的人都一个个不欢而散，我知道以后来的人只会越来越少，父亲要找到真正能对阵搏杀的棋手的可能性也将越来越小，在这个城市里，简直就没有这种可能。于是我跟阿兵商量，建议他考研究生，考到省城里去。我是这样想的，等阿兵考上研究生，我们就把家搬到省城，这样小吕也会高兴的，他父母就在省城。但说真的，我这不是为小吕着想，主要是考虑这样父亲就找得到下棋的人了，毕竟省城围棋下得好的人要多得多。事实上，阿兵就是这样才着手去考研究生的，可等到第二年春天，阿兵的研究生已经考过试了，父亲却似乎无须去省城了。

事情是这样的：有天下午，又有一人来找父亲下棋，连着下了五盘，父亲居然没有一盘赢的。这是父亲沾手围棋以来从没有过的事，开始我们以为这个人的棋下得很好，没太在意，甚至还庆幸，想父亲这下可以过上一阵子棋瘾了。但随后一段时间里，父亲接二连三地输给了好多来找他下棋的人，而且一输就是连输，下几局输几局，节节败退，毫无往日的风光。这些人去外面说他们赢了父亲，过去跟父亲下过棋的人都不相信，纷纷打电话来问有没有这些事。我们说有，他们就觉得奇怪了，因为他们了解这些人的棋其实下得都很一般。于是一时间找父亲来下棋的人又多了，他们无一不是父亲以前的败将，而现在父亲无一例外都输给了他们，甚至连我和阿兵他都会输，简直像是不能下棋了，昔日他神秘的“见棋就长”的棋艺，如今似乎在一夜间都神秘地消逝了，变成了“见人就输”。

这到底是怎么回事？

慢慢地，我们发现父亲现在下棋有个毛病，好像不相信自己的眼睛似的，常常是明摆着的好棋不下，非要下个莫名其妙的棋，弄得你哭笑不得，以致我们有时想故意让他赢一局都做不到。还有一怪是，父亲现在对输赢几乎也是无所谓的，不像以前输了要生气怎么的，现在输了他照样乐滋滋的，感觉好像是他赢了一样。我们觉得这有些不正常，但看他平时又好好的，甚至比以往什么时候都要开心，人也爽朗得多，所以没往坏的方面去想。直到有天晚上，阿兵回来，父亲居然把他当作你又喊又抱的，像傻了似的。我们一个劲地跟他解释阿兵不是你，可他就是不信，真正像傻了似的。我们这才突然警觉起来，决定带他去医院看看。有趣的是，等阿兵进房间去换了一套衣服出来后，父亲好像又醒过来了，不再把阿兵当你了。要说，这是我们第一次看到父亲发病。那种怪病，那种你简直不能想象的怪病。

去医院看，医生认为这只是一般的老年性糊涂，叫我们平时注意让父亲多休息，不要让他过分用脑费神什么的就是了。这样，我们基本上挡掉了来找父亲下棋的人，同时也给他配了一些缓解心力疲劳的药吃。没有棋下，我担心父亲一个人在家待着难受，想到阿兵读研究生的事基本已定，原单位对他也比较另眼相看，于是就让他请了一段时间假，专门在家里陪父亲。每天，我下班回家，总看见父子俩围着桌子在下棋。我问阿兵父亲赢了没有，每一次阿兵总是摇头说，父亲的棋现在下得越来越离谱了，你想输给他都不可能，就像以前你想赢他不可能一样。

围棋下不好，我就怀疑父亲的糊涂病还要发。果然，有一天清早，天才蒙蒙亮，我和阿兵还在睡觉呢，突然听到父亲在外头走动的声音。我先起来看，父亲竟把我当作了我妈，问我这是在哪里。我说这是在家里，他硬是不相信，要走。后来阿兵从房间里出来，父亲居然吓得浑身哆嗦起来，跟阿兵连连道歉，那意思好像是我们——他和我妈——进错了家门，要阿兵这个“陌生人”原谅似的。就这样，我们又把他送去医院，要求给父亲做住院治疗。结果当天晚上，父亲就从医院跑出来，你怎么劝也不行，拉也拉不住。父亲认为自己没病，医生给父亲做了各种检查，也认定父亲没什么病，神志很清醒，不会有什么精神错乱。

但我们知道，父亲的精神肯定是有了问题，只不过他的问题表现得有些怪异而已，好像他犯病不是在犯病，而是周围的事情在跟他捉迷藏似的。有一天晚上，我陪他去散步，走到楼道口，见地上丢着一个小孩子玩的红皮球，回来的时候皮球还在老地方放着，父亲认真地盯着皮球看了一会儿，掉头走了。我问他去哪里，他说回家。我说我们家不就在这里嘛，他居然指着皮球跟我说了一大堆道理，意思是说：这个皮球并不是我们家门口固有的东西，既然不是固有的，它出现在这里就可能是用来迷惑人的，而迷惑人的东西不可能是一成不变的，等等，等等，说得我简直云里雾里的。我看他这么在乎这个皮球，趁他不注意把皮球踢到黑暗里，然后父亲看皮球没了，就嘀嘀咕咕地回家了。那段时间他经常这么嘀嘀咕咕的，嘀咕的是什么，我和阿兵始终听不懂，感觉好像在背诵一首诗，又像在教训谁似的。但这天我终于听懂了这个嘀咕声，说的是这几句话：

你肯定不是你

我肯定不是我

桌子肯定不是桌子

黑板肯定不是黑板

白天肯定不是白天

晚上肯定不是晚上

……

这算什么？诗不像诗，歌不像歌的，说民谣都算不上，父亲怎么就老是念念不忘呢？我很奇怪，到了家里，就问父亲这是什么意思。父亲很茫然的样子，问我在说什么，我就把他刚才嘀咕的几句话复述了一遍，不料父亲顿时睁圆了眼睛，问我这是从哪儿听来的，好像这个是什么说不得的事一样。我如实说了，父亲更是大惊失色，再三要我把这事忘了，并一再申明他绝没有这样说过，好像这是个天大的秘密被他泄露了似的。看着父亲这么惶惶恐恐的样子，我马上敏感地想到，这一定是红墙里头的东西……

第六天

红墙！

红墙！

你里面到底藏着什么神秘？

你怎么老是弄得人紧紧张张、奇奇怪怪的？

我一直在想，父亲晚年古怪的才也好，病也罢，肯定跟他在红墙里头秘密的工作是有关的。换句话说，这些可能都是父亲的职业病，职业的后遗症。因为职业的神秘，以致职业病也是神神秘秘的，叫人看不懂，想不透。

解铃还得系铃人。我想，既然父亲的病可能是由他的职业引起的，那么红墙里的人也许会知道怎么对付它。就这样，有一天我找到老王局长，他来过我家几次，给我印象好像对父亲挺关心的。王局长听我说完父亲的病情后，久久没有吱声，既没有惊异也没有同情，只是有一种似乎很茫然的表情。他问我父亲现在在哪里，我说在家里，他就让秘书拿了两条烟，跟我回家来。来到家里，我看门开着，而父亲却不在家里，问守门的老大爷，老大爷说我父亲绝对不可能离开院子的，因为他半个小时前还看见过我父亲，就在院子里。但我们把整个院子都找遍了，也没见父亲的影子，好像父亲凌空飞走了似的。结果你想父亲在哪里？就在我家前面那栋楼的楼道里！我们找到他时，他正拿着我们家的钥匙，在反复开着人家的门，你说荒唐不荒唐？连自己家都认不得了！我们带他回家，可是一进家门，父亲又退出来，坚决说这不是我们家。我简直拿他没办法。可王局长似乎马上想到了办法，他让我带父亲先出去，过了一会儿，他又出门来喊我们回去。走进家时，我注意到家里发生了一些变化，比如沙发上的套子不见了，原来放在餐桌上的鲜花被移到了茶几上，还有一些小摆设也被挪动了位置，而父亲恰恰看了这些变动后，相信这就是我们家。你说奇怪不奇怪？太奇怪了！

这天，王局长在告别时，教了我一个对付父亲犯糊涂病的办法，说以后父亲要对什么一下犯了糊涂，我们不妨将父亲眼前的东西临时做一点改变，就像他刚才把房间里几件小东西挪了挪位置一样。说真的，开始我不相信，但试过几次后，发现这一招还真灵验，比如有时候他突然把我和阿兵当作另一个人时，我们只要换件衣服或者变换一下发型什么的，他也就跟梦醒似的又重新认识我们了。其他情形也是这样，反正只要我们“随机应变”，犯病的父亲就会“如梦初醒”。后来，我们还不经意发现了一个“绝招”，就是：只要家里开着电视机或者放着广播，他就不会犯“家不是家”的糊涂。这可能是因为电视画面和收音机里的声音随时都在变化的缘故吧。有了这个“发现”后，我们当然减少了一个大麻烦，起码让他回家是不成什么大问题了。但新的麻烦还是层出不穷的，比如今天他把某个人弄错了，明天又把某句话的意思听反了，反正一会儿这样一会儿又那样的，什么稀奇古怪的洋相都出尽了。你想想，他老是这样，红墙里的人也许能理解，不是红墙里的人会怎么想他？到后来，院子里很多家属都说父亲犯了神经病，躲着他。

你想想看，这样一个人，随时都可能犯病的人，谁还敢让他单独出门？不敢的，出了门谁知道会闹出什么事？什么事都可能闹出来！所以，后来父亲出门时我们总是跟着他，跟着他出门，跟着他回家，就像一个小孩子，一会儿不跟，我们就可能要到处去找才能把他找回来。当然，阿兵在家的时候，这似乎还不成问题，可到下半年，阿兵去省城上学了，读研究生了。我说过的，本来我们想借此把家搬去省城，为的是让父亲有下棋的对手，现在看一来不必要了，二来也不可能了。父亲这样子还能去哪里？只能待在这个院子里！这里的人大家都熟悉，父亲有个三长两短的，人们能够谅解，也安全，去了省城，人生地不熟，不出事才怪呢。可是阿兵走了，家里只有我一个人，我顾了工作就顾不了父亲，顾了父亲又顾不了工作，怎么办？我只好又去找王局长。王局长也没办法，想来想去只有一个办法：把父亲送到医院。

我知道，父亲是不愿去医院的，可王局长说这是组织的决定，不愿意也只有愿意了。对组织上的决定，父亲一向是不讲条件的。通过王局长的努力，父亲没有被可怕地送进精神病院，而是进了灵山疗养院。这个结果我是满意的，把父亲送到疗养院，我看那里的环境、条件、气氛，包括离家的路程，都比我想的要好，心头就更满意了。没想到，我满意还不到三天就又后悔了。深深地后悔了……

这一天，疗养院打来电话说，父亲出事了。我和王局长赶去“解决事情”，一到疗养院，站在父亲住的楼下，我就听到父亲声嘶力竭的喊叫声；冲上楼，看父亲的房间的门被一条临时找来的铁链锁着，父亲像个被冤枉的囚犯一样乱叫乱喊着。我问父亲怎么了，父亲说他也不知道，已经关了他几个小时，快四点钟了，连中午饭都还没给他吃。王局长带我去找院领导，本来还想控诉他们的，可听疗养院领导一说起事情原委，我们就无话可说了。原来院里有个护士姓施，很年轻，大家都喊她小施小施的，你知道家里人都喊我小思，可能就因为这个原因，引发了父亲的糊涂病，把小施当作了我，上午她来收拾房间，父亲突然对她有些过分的亲切，小施生了气就拂袖走了，结果父亲又追出来，又喊又追的，把小施吓得惊惊乍乍的。就这样，这里的人把父亲当作“流氓”关了起来。我们解释说这是怎么回事，这里的人照样振振有词地指责我们，说既然这样，我们就不应该把父亲送到他们这来，他们这是疗养院，不是精神病院。这话说得并不算错，因为确实是我们不对，让我气的是，当时有人居然提出要我们给那个小施道歉，还要赔偿精神损失费，那么我想，我父亲的精神都已经“损失”成这样了，我们又去找谁赔偿呢？

疗养院的事就这么结束了，满打满算父亲只待了三天，然后想待也待不成了，于是又回到了家里。人是回来了，但我心里还是很茫然的，我不知道怎样才能让父亲平平安安地把余生度过去，说幸福已经是想也不敢想了，只要平安，平平安安，我们就满足了。有人建议我把父亲送去精神病院，这我是坚决不同意的。这不等于是把父亲丢了？我想，我就是不要工作，也不能把父亲送去那里。这不是个道理问题，而是感情问题。我的感情不允许我做出这种选择。

然后是有一天，是父亲从疗养院回来后不久的一天，我下班回家，见父亲笑嘻嘻的，不等我开口问什么，就兴奋难抑地告诉我，说组织上又给他分配任务了，他又要工作了！

那一整天，父亲都处在这样的兴奋不已中。

说真的，我们以前盼啊望的，就希望父亲早一日走出红墙，想不到现在又要回去，我心里真觉得难过。真是不愿意啊。王局长征求我意见时，我就是这么说的，我说不行，我不忍心。我说我情愿把工作辞掉，待在家里侍候父亲，结果父亲把我骂了个狗血淋头。事后我想，这件事首先我是没有权力反对的，反对也是白反对，其次我就是辞了职，分分秒秒都守着父亲，那又能怎么的？父亲的病照样还是病，难受照样还是难受，我不可能给他带来快乐。父亲的快乐我们是给不了的，谁能给？事实就写在父亲那天的脸上。你无法想象，那天父亲是在怎样的一种兴奋中度过的，他跟阿兵打了两个小时长途电话，绕来绕去说的就是一句话：爸爸又有任务了，又要去工作了。

第二天，父亲就真的“又去工作了”——跟在阿兵的电话里说的一样。我清楚记得，那是1996年冬天的一个寒风料峭的日子，外面冷飕飕的，路上淌着夜里的雪水，我陪父亲走到院门口，把他送上去红墙那边的班车。

班车开走了，望着它远去的背影，我的脑海里马上浮现出父亲义无反顾地钻进红墙大铁门上的小铁门的影像。

啊，父亲！

啊，红墙！

就这样，父亲在他走出红墙八百二十七日后的一天，又重新回到了它怀抱里。

开始，我还老担心父亲在里面又犯糊涂病，又没人照顾的，说不准会闹出什么事情。还有，我也担心他的身子骨，毕竟歇了这么长时间，重新工作还能不能受得了？受不了又怎么办？总之，父亲这次重进红墙，把我的魂儿也给带进去了，我白天黑夜都心慌意乱的，睡不好觉，记不住事，整天恍恍惚惚的，老有种要出事的不祥感觉。但是一个星期过去了，又一个星期也过去了，然后一个月也过去了，什么事也没发生。非但没事，而且还好得很，每次回来，我看父亲脸上总是透着饱满的精神，看起来是那么健爽、那么称心、那么惬意、那么充实又满足。啊，你简直不能相信，父亲重返红墙后不但精神越来越好，而且连身子骨也越来越硬朗，那个古怪的毛病也不犯了，好了，就像从来没有过地好了。红墙就像一道巨大的有魔力的屏障，把父亲以前罪孽的日子全然隔开，断开了，用王局长的话说：父亲回到红墙里，就像鱼又回到了水里。

是的，父亲又鲜活了！

现在，我常常以忧郁的自负这样想，宇宙会变化，可父亲是不会的。父亲的命就是一个走不出红墙的命，他的心思早已深深扎在那里面，想拔也拔不出来，拔出来就会叫他枯，叫他死。神秘的红墙是父亲生命的土壤，也是他的葬身之地，他是终将要死在那里头的……啊，说起父亲的死，我的手就开始抖，我不相信父亲已经死了，我不要他死，不要！我要父亲！

父亲！

父亲！

父亲！

你在哪里？

第七天

……

我已经没有力气再写下去，只有长话短说了。

那天正好是星期天，是父亲回家来的日子。父亲进红墙后，一般都是到星期天才回家来看看，住一夜，第二天再走；如果不回来，他会打电话通知我的。那个星期天，他没有给我打电话，我认为他会回来，到下午三点钟，我照常去菜市场买菜，买了四条大鲫鱼。父亲说鸡是补脚的，鱼是补脑的。他爱吃鱼，一辈子都在吃，吃不厌的。回到家里是四点钟，到四点半时，我正准备动锅烧菜，突然接到电话，说父亲心脏病发作，正在医院急救，要我赶紧去医院。说是单位的医院，就在营院里面，可等我赶到那里，医生说已经转去市里的医院了。这说明父亲的病情很严重，我听了几乎马上就流下了眼泪。害怕的眼泪。等我跌跌撞撞赶到市里的医院，医生说父亲已经死过去一会儿，但现在又救过来了。我不知悲喜地站在父亲面前，父亲对我笑了笑，没有说话。五天后，晚上的九点零三分，父亲又对我笑了笑，就永远告别了我……

三　两封去信

致陈思思

刚刚我去了屋顶上，对着遥远的西南方向，也是对着我想象中的你父亲——我师傅——的墓地，切切地默哀了足够多的时间。我相信，师傅要是在天有灵，他应该能听到我在山上对他说的那么多送别的话。我真的说了很多，很多很多，不想说都不行。我像着魔似的，一遍又一遍地呼唤着师傅，一遍又一遍地送去我的衷心、我的祝福、我的深情。因为送出得太多了，我感到自己因此变得轻飘飘的，要飞起来似的。那是一种粉身碎骨的感觉，却没有痛苦，只有流出的通畅、粉碎的熨帖。现在，我坐在写字台前，准备给你回信。我预感，我同样会对你说很多很多，但说真的，我不知道你何时能看到这封信。肯定要等很久。也许是几年。也许是十几年。也许是几十年。我不知道。我只知道，在你父亲的身世未经解密前，你是不可能收到此信的，就是说，我正在写的是一封不知何日能发出的信。不过，尽管这样，我还是要写，写完了还要发。这不是我不理智，而是恰恰是因为理智。我是说，我相信你父亲的秘密总会有解开的一天，只是不知道这一天在何时。秘密都是相对时间而言的，半个世纪前，美国人决定干掉制造珍珠港事件的主犯山本五十六是个天大的秘密，但今天这秘密却已经被搬上银幕，成了家喻户晓的事情。时间会叫所有秘密揭开秘密的天窗的。从某种意义上说，世上只有永远解不开的秘密，没有永远不能解的秘密。这样想着，我有理由为你高兴。我知道——比谁都知道，你希望我告诉你，你父亲晚年为什么会闹出那么多奇奇怪怪的事情，过得那么苦恼又辛酸。我这封信就会告诉你一切，只是见信时，请你不要怪我让你等得太久。这是一封需要等待才能发出的信，像一个古老的疙瘩，需要耐心才能解开。

你说过，外界都传说我们 701 是个研制先进秘密武器的单位，其实不是。是什么？是个情报机构，主要负责×国无线电窃听和破译任务的。要说这类情报机构任何国家都有，现在有，过去也有，大国家有，小国家也有。所以说，这类机构的秘密存在其实可以说是公开的秘密，不言而喻的。我们经常说，知己知彼方能百战不殆，其实所谓“知彼”，说的就是收集情报。情报在战争中的地位如同杠杆的支点，就像某个物理学家说的，给他一个合适的支点，他可以把地球撬动一样，只要有足够准确的情报，任何军队都可以打赢任何战争。而要获取情报办法只有一个，就是偷，就是窃，除此别无他途。派特工插入敌人内部，或是翻墙越货，是一种偷，一种窃；稳坐家中拦截对方通讯联络，也是一种偷窃。相比之下，后者获取情报的方式要更安全，也更有效。为了反窃听，密码技术应运而生了，同时破译技术也随之而起。而你父亲干的就是破译密码的工作。这是我们工作运转的心脏。心脏的心脏！

破译是相对于造密来说的，形象地说，双方就是在捉迷藏，造密干的是藏的事情，破译干的是找的事情。藏有藏的奥秘，找有找的诀窍，经过两次世界大战的“洗礼”后，双方都已迅速发展成为一门科学，云集了众多世界顶尖级的数理科学家。有人说，破译事业是一位天才努力揣摩另一位天才的心的事业，是男子汉的最最高级的厮杀和搏斗。换言之，搞破译的人都是人类在数理方面的拔尖人才，那些著名的数理院校，每年到了夏天都会迎来个别神秘的人，他们似乎有至高无上的特权，一来就要走了成堆的学生档案，然后就在里面翻来覆去地找，最后总是把那一两个最优秀的学生神秘地带走了。四十年前，S 大学数学系就这样被带走了一个人，他就是你父亲。三十年后，你父亲母校又这样被带走了一个人，那就是我。没有人知道我们是去干什么了，包括我们自己，也是几个月之后才明白自己是来干什么的：搞破译！

如果一个人可以选择自己的命运，坦率说，我不会选择干破译的，因为这是一门孤独的科学、阴暗的科学，充满了对人性的扭曲和扼杀。我清楚记得，那天晚上，当我被“上面的人”从 S 大学带走后，先是坐了几十个小时的火车，然后在一天夜里，火车在一个莫名的站台上停下来，前不着村后不着店的，几乎就在荒郊野地里。接着，我们上了一辆无牌照的吉普车，上车后带我的人十分关心地请我喝了一杯水。鬼知道这水里放了什么蒙人的东西，反正喝过水后我就迷迷糊糊睡着了，等醒来时我已在一个冷冷清清的营院里：这就是培训破译员的秘密基地。和我一道受训的共有五个人，其中有一个是女的。我们先是接受了一个月的强化“忘记”训练——目的就是要你忘记过去，然后是一个月的保密教育，再是三个月的业务培训。就这样神神秘秘、紧紧张张地过了半年后，我们又被蒙上眼睛离开了那里。我现在也不知那是在哪里，东西南北都不知道，只知是在某个森林里。原始森林。

在最后三个月的业务培训期间，经常有一些破译专家来给我们授课，主要讲解一些破译方面的常识和经验教训。有一天，基地负责的同志告诉我们说，今天要来给我们授课的是一位顶尖级的破译高手，系统内都称他是天才破译家，但性情有些怪异，要我们好好听课，不要让他见了怪发脾气。这人来了以后，果然让我们觉得怪怪的，说是来授课传经的，但进教室后看也没看我们，长时间坐在讲台上，旁若无人地抽着烟，一言不发。我们屏声静气地望着他，时间一秒秒过去，烟雾缭绕了又缭绕，足足十分钟就这样过去了。我们开始有些坐不住，同学中有人忍不住地干咳了两声，似乎是把他惊醒了，他抬头看看我们，站起来，绕我们走了一圈，然后又回到讲台上，顺手抓起一支粉笔，问我们这是什么。一个人一个人地问，得到的回答都一样：这是粉笔。然后，他把粉笔握在手心里，像开始背诵似的，对我们这样说：

"如果这确实是一支粉笔，就说明你们不是搞破译的，反之它就不该是粉笔。很多年前，我就坐在你们现在的位置上，聆听一位前辈破译大师的教诲，他是这样对我说的：'在密码世界里，没有肉眼看得到的东西，眼睛看到是什么，结果往往肯定不是什么，（用手指点着）你肯定不是你，我肯定不是我，桌子肯定不是桌子，黑板肯定不是黑板，今天肯定不是今天，阳光肯定不是阳光。'世上的东西就是这样，最复杂的往往就是最简单的。我觉得我要说的也就是这些，今天的课到此结束。"

说完，他径自出了教室，弄得我们很是不知所措。然而，正是这种"怪"让我们无法忘记这堂课，忘不了他的每一个举动，他留下的每一句话。在后来的日子里，在我真正接触了密码后，我发现——越来越发现，他这堂课其实把密码和破译者的真实都一语道完、说尽了。有人说，破译密码是一门孤独而又阴暗的行当，除了必要的知识、经验和天才外，似乎更需要远在星辰之外的运气。运气这东西是争不得求不来的，只能听天由命，所以你必须学会忍气吞声，学会耐心等待，等得心急火燎还要等，等得海枯石烂还要等。这些道理怎么说都比不得他一个不说、一个莫名的沉默更叫人刻骨铭心，而他说的又是那么简单又透彻，把最深奥的东西以一语道破，把举目不见的东西变成了眼前之物，叫你看得见、摸得着。

这是一个深悉密码奥秘的人。

这个人就是你父亲！

半个月后，我被分到 701 破译局，跟随你父亲开始了我漫长的破译生涯。我说过，如果叫我选择，我不会选择这个职业的，但在别无选择的情况下，能认你父亲为师，与他朝夕相处，又是我今生最大的幸运。说真的，在破译界，我还从没见过像你父亲这样对密码有着超常敏感的人，他和密码似乎有种灵性的联系，就像儿子跟母亲一样，很多东西是自然相通、血脉相连的。这是他接近密码的一个了不起。他还有个了不起，就是他具有一般人罕见的坚忍品质，越是绝望的事，总是越叫他不屈不挠。他的智慧和野性是同等的，匹配的，都在常人两倍以上。审视他壮阔又静谧的心灵，你既会受到鼓舞，又会感到虚弱无力。记得我刚入红墙第一天，我被临时安排在你父亲房间休息，看见四面墙上都打满了黑色的××，排列得跟诗句一样有讲究，是这样：

××××××

××××××

××××××××

××××××××

××××××××

××××××××

从墨迹的鲜亮程度看似乎是才描摹过的。

我问这是什么，你父亲说是密码，是有关破译密码的密码，并让我试着破解。他看我一时无语，又给我提醒，说上面的话我是听他说过的。这样，我想了想也就明白了，因为他在课堂上说的就是那么几句话，我只要简单地对应一下，就知道是属于哪几句。

就是这几句：

你肯定不是你

我肯定不是我

桌子肯定不是桌子

黑板肯定不是黑板

今天肯定不是今天

阳光肯定不是阳光

这几句话自他在课堂上说过后，我们几个学员平时就经常当口头禅来念，想不到你父亲居然就跟它们默默地生活在一起。后来我知道，你父亲每天晚上睡觉前和早上起来，都要做祷告似的把这些话念上几遍。有时候闲来无事，他就重新描涂一遍，所以它的色泽总是新鲜的。受你父亲的启示，我也照样做了，在房间四处这样写了，每天睡觉、起床都反复念叨几遍，久而久之，我知道，这对一个搞破译的人来说是多么重要。

有人问，谁最适合去干制造密码的事？回答是疯子。你可以设想一下，如果谁能照着疯子的思路——就是无思路——设计一部密码，那么这密码无疑是无人可破的。现在的密码为什么说可以破译，原因就在于造密者不是真正的疯子，是伪装的疯子，所以做不到彻底的无理性。只要有理性的东西存在，它就有规律可循，有门道可找，有机关可以打开。那么谁又最适合干破译？自然又是疯子，因为破译总是相对于造密来说的。其实，说到底，研制或者破译密码的事业就是一项接近疯子的事业，你愈接近疯子，就愈远离常人心理，造出的东西常人就越是难以捉摸、破解。破译同样如此，越是接近疯子，就越是接近造密者的心理，越是可能破解破译。所以，越是常态的人，往往越难以破译密码，因为他们容易受密码表面的东西迷惑。密码的真实都藏在表面之下，在表面的十万八千里之深，十万八千里之远。你摆脱不了表面，思路就不容易打得开，而这对解密是至关紧要的。打个比方说，像下面这两句话：

你肯定不是你

我肯定不是我

现在我们不妨将它假设为两种密面。

第一种是——

××××××

××××××

第二种是——

天上有一颗星

地上有一个人

或者任意其他字面。

试想一下，哪一种更好猜?

自然是前一种，它好就好在表面空白一片，想象空间不受约束。而后一种，虽然你明知表面的意思是蒙人的，但你在扯揭幌子的过程中想象力或多或少、或这或那，总要受它已有的字面意向干扰和限制。而你父亲所做的努力，目的就是想达到前一种境界，做到面对五花八门的字面表意，能有意无意地摆脱它、甩掉它。这种无意识的程度越深，想象空间就越是能够自由拓宽，反之就要受限制。事实上，破译家优秀与否，首先是从这个无意和有意之间拉开距离的。诚然，要一个“有意”的正常人彻底做到“无意”是不可能的，可能的只是尽量接近它。而尽量接近又不是可以无穷尽的，因为接近到一定程度，你的“有意之弦”如游丝一般纤弱，随时都可能断裂，断裂了人也就完了，成了疯傻之人。所以说，破译家的职业是荒唐的、残酷的，它一边在要求你装疯卖傻，极力抵达疯傻人的境界；一边又要求你有科学家的精明，精确地把握好正常人与疯傻人之间的那条临界线，不能越过界线，过了界线一切都完蛋了，如同烧掉的钨丝。钨丝在烧掉之前总是最亮的。最好的破译家就是最亮的钨丝，随时都可能报销掉。

你父亲是众所公认的最好的破译大师，他以常人少见的执着，数十年如一日，一刻不停地让自己处在最佳的破译状态——钨丝的最亮状态，这本身就是一种疯子式的冒险。只有疯子才敢如此大胆无忌！这一方面使他赢得了最优秀破译家的荣誉，另一方面也使他落入了随时都可能"烧掉"的陷阱中，随时都可能变成一个真正的疯傻之人。说到这里，我想你应该明白为什么你父亲晚年会犯那种病——你认为古怪的病，那是他命运中必然要出现的东西，不奇怪的。在我看来，值得奇怪的是，他居然没被这命运彻底击倒，就像钨丝烧了几下，在微暗中又慢慢闪亮了。

这简直是个奇迹！

不过，对你父亲来说，他一生都是在奇迹中过来的，多一个奇迹也不足为怪。

至于你父亲的"围棋现象"，那就更没什么好奇怪的。从职业的角度说，从事破译工作的人，冥冥中和棋类游戏都有一种天然的联系，因为说到底密码技术和棋术都是一种算术的游戏，两者是近亲，是一条藤上的两只瓜。当一个破译家脱离工作，需要他在享乐中打发余生时，他几乎自然而然地会迷恋上棋术。这是他职业的另一种形式，也是他从择业之初就设计好的归宿。当然，跟深奥的密码相比，棋谱上的那丁点儿奥秘，那丁点儿机关是显得太简单太简单了。所以，你父亲的棋艺可以神奇地见棋就长，见人就高，就好比我们工作上使用的大型的专业计算机，拿去当家庭电脑用，那叫杀鸡用牛刀，没有杀不死的一说。

总之，正如你对我说的，你父亲晚年古怪的才也好，病也罢，都跟他在红墙里头秘密的破译工作是分不开的。换句话说，这些都是他从事这一特殊职业后而不可改变的命运的一部分。世上有很多很多的职业，但破译这行当无疑是最神秘又荒唐的，也最叫人辛酸，它一方面使用的都是人类的精英，另一方面又要这些人类精英干疯傻人之事，每一个白天和夜晚都沉浸在“你肯定不是你/我肯定不是我”的荒诞中，而他们挖空心思寻求的东西仿佛总在黑暗里，在一块玻璃的另一边，在遥远的别处，在生命的尽头……

致陈思兵

给思思的信同时也是给你的，因为我想，即使我不给你，思思收到信后也一定会给你看的。所以，给思思写信时，我特意用了两层复写纸，于是那封信出现了三份，其中一份是你的（另有一份是单位要存档的）。你可以先看我给你姐姐的信，那样你就明白——一开始就会明白，为什么你到今天（谁知道“今天”是何年何月）才收到我的信。因为，我在信中说的是你父亲的事，尚未解密的事。等待解密的过程，就同等待我们的命运一样，我们深信“这一天”一定会在未来中，但“这一天”何时出现，只有天知道。

也许，你看我给思思的信，已经发现，那封信我是在半年前就写好的，为什么给你的信要到今天才来写？其实，虽然我很知道，你是那么希望我告诉你“那件事”——你父亲在遗书中提到的“那件事”，但同时我也很知道，我是绝不可能满足你的。所以，我一直以为我是不会给你写这封信的，想不到，事情现在出现了我始料不及的变化。正是这个变化，让你一下拥有了“那件事”的知情权。

事情是这样的。前两天，总部王局长来我们这里视察工作，他会见了我，并跟我说了很多关于你父亲的我不知道的事，其中就谈到“那件事”。当时我一下愣了，因为你知道，“那件事”完全是我和你父亲的秘密，老王局长他怎么会知道呢？原来你父亲头一天给我留了遗书，到第二天，就在他死之前，他又用生命的最后一点气力把“那件事”如实向组织上“坦白”了。因为事情关系到破译局的秘密，说之前无一外人在场，所以这事你们是不知道的。当时在场的只有王局长一人，听他说你父亲说完“那件事”后，像是终于了了人世间的一切，说走就走了，以致你们都差点没时间跟他告别。

啊，师傅啊师傅，千不该万不该啊，你何苦说它呢？你为什么不相信我？哦，师傅，听我说，你想的和说的都不是事实，说了只会叫我难过的。我现在真的很难过……现在我反倒很想跟你说说“那件事”，因为我想既然你父亲自己已经把事情说了，给我的遗书也成了废纸一张，何况他说的不是事实，我有必要对它进行更正。

阿兵，看了我给你姐姐的信，想必你已经知道，你父亲是专门破译密码的，这桩神秘又阴暗的勾当，把人类众多的精英都折磨得死去活来的。相比之下，你父亲是幸运了又幸运的，在他与密码之间，被折磨死掉的不是他本人，而是密码。他一生共破掉七部中级密码、三部高级或准高级密码，这在破译界是罕见的。我想，如果诺贝尔设有破译奖，你父亲将是当然的得主，甚至可以连得两届。

我是1983年夏天到701的，当时你父亲已经破译了一部准高级密码，六部中级密码，因而身上披挂着等级荣誉，但破译“沙漠1号”密码的新任务又似乎把他压迫得像个囚徒，每天足不出户的。“沙漠1号”密码简称火密，是苏联七十年代末在三军高层间启用的一部世界顶尖的高级密码，启用之初国际上众多军事观察家预言，二十年之内世界上将无人能破译此密：破译不了是正常的，破译了反倒是不正常的。从你父亲破解三年蛛迹未获的迹象看，这绝非危言耸听。我至今记得，你父亲第一次跟我谈话，说他在破译一部魔鬼密码，我要是害怕跟魔鬼打交道就别跟他干。十年后，我有点后悔当时没有听信你父亲的话，因为在这十年里我们付出的努力是双倍的，我们甚至把做梦的时间都用来猜想火密深藏的秘密，但秘密总在秘密中，在山岭的那一边。有时候我想，毕竟我和你父亲是不一样的，他囊中已揣着足够他一辈子分享的光荣，即使这一搏输了他毕生还是赢的，而我一个无名小卒，刚上场就花十来年时间来搏一场豪赌，确实显得有点草率和狂妄。很显然，如若这一赌输了，我输的将是一辈子。但在十年之后再来思索这些问题无疑是迟了，以你父亲的话说，这不是聪明之举，而是愚蠢的把柄了。在你父亲鼓励下，我对自己命运的担忧变成了某种发狠和野心，有一天，我默默地把铺盖卷带到了破译室。你父亲看见了，丢给我他寝室的钥匙，要我把他的铺盖也卷过来。就是说，我们准备做垂死挣扎。以后我们就这样同吃同住，形影不离。你父亲一直迷信人在半夜里是半人半鬼的，既有人的神气又有鬼的精灵，是最容易出灵感的，所以长期养成早睡早起的习惯，一般晚上八点钟就开始睡，到半夜一两点钟起床，先是散一会儿步，然后就开始工作。这样我们的作息时间基本上是岔开的，因此我很快发现了你父亲一个秘密：睡觉时经常说梦话。

梦话毕竟是梦话，叽叽咕咕的，像个婴儿在牙牙学语，很难听得懂意思。但偶尔也有听得懂的时候，只要能听懂的，我发现说的多半是跟火密有关的。这说明他在梦中依然在思索破译火密的事。有时候他梦话说得非常清楚，甚至比白天说的还要清楚，而道出的一些奇思异想则是极为珍贵的。比如有一天，我听他在梦中喊我，然后断断续续地对我说了一个关于火密的很怪诞的念头，说得有模有样，有理有据，像给我做了一番演讲。讲完了，我感觉他说的这念头简直离奇透顶，却又有一种奇特的诱人之处。打个比方说，现在我们把火密的谜底假设是藏在某个遥远地方的某一件宝贝，我们去找这个地方首先要做出选择：是走陆路还是水路，或者其他途径。当时我们面临的情况是这样的，眼前只有乱石一片，一望无际的，看不到任何水面，所以走水路完全给排除了。走陆路，我们试了几个方向走，结果都陷入绝境，不知出处在哪里。正是在这种水路看不见、陆路走不通的情况下，你父亲在梦中告诉我说：乱石的地表下隐藏着一条地下河流，我们应该走水路试试看。我觉得这说法非常奇特又有价值，尝试一下，哪怕是错误的，也会长我几分在你父亲心中的形象。所以，第二天，当我证实你父亲对夜里的梦话毫无印象时，我便把他的梦话占为己有，当作自己的观点提出来，一下子得到了你父亲的高度认可。

请记住，这是以后一系列神奇和复杂的事情的开始，前提是我“剽窃”

了你父亲的思想。

然后，你想不到——谁也想不到，当我们这样去尝试时，简直不敢相信，我们立足的乱石荒滩底下果然暗藏着一条河流，可以带我们上路去寻觅想象中的那个地方。于是，我们整装出发了。啊，真是不可思议啊，一个我们用十多年辛劳都无法企及的东西，最后居然如此阴差阳错地降临！

这是破译火密最关键的一步，有了这一步，事情等于成功了一半。接下来，还有两道重要的关卡是不能避免的：一是选择哪里上岸的问题，二是上岸后是选择在室外找还是室内找的问题。当然，我现在说的这些都是打比方说的。所有的比方都是不真切的、蹩脚的，但除了这样说，我又能怎么说呢？老实说，如果不打比方，如实道来，不但你看了不知所云，而且你将永远无缘一睹。我是说，如果我把我们破译火密的具体过程如实说了，这封信恐怕难以在你的有生之年内解密。

话说回来，如果上面说的“两个问题”一旦解决掉了，那么我们无疑可以极大地加快破译进程，也许转眼间就会破译。可如何来解决那两个问题呢？我又寄望于你父亲的梦话，很荒唐是不？荒唐也只有任其荒唐了，因为我想不出还有什么更好的渠道。于是，从那以后我一直很注意收集你父亲的梦呓，凡是听得懂的，不管跟火密有关无关，都做了笔记，反复推敲，仔细琢磨其中可能有的灵感。但说真的，我从内心里已不相信还会发生这种事，因为事情太神奇，出现一次已经奢侈得令人匪夷所思，哪还敢再三求之？连幻想都不敢了，就是这样的。但事情似乎下定决心要对我神奇到底，每次到需要我们作关键抉择的时刻，你父亲总是适时以梦呓的形式恰到好处地指点我，给我思路，给我灵感，给我以出奇制胜的力量和法宝，让我神奇又神奇地逼近火密的终极。冥冥中，我感觉自己正在一点点变成你父亲，话语少了，感情怪了，有时候一只从食堂里跟回来的苍蝇，在我面前飞舞着，忽然会让我觉得无比亲切，嗡嗡的声音似乎也在跟我诉说着天外的秘密。就这样，两年后的一天，我们终于如梦如幻地破开了火密，在人类破译史上创下了惊世骇俗的一页。我现在想，如果一开始就让我与你父亲同居一室，随时倾听他的梦话，那我们也许会更早地破译火密；如果能让我听懂你父亲的所有梦呓，那么破译的时间无疑还要提前。我甚至想，虽然破译火密是世上最难的事，但如果谁能破译你父亲的梦呓，这也许又会变得很容易。干我们这行的都知道，世上的密码都不是在正常情况下破译的，而是在人们有心无意间，在冥冥的阴差阳错间，莫名其妙地破译的。破译家的悲哀在于此，破译家的神奇也在于此。但是，像我们这样鬼使神差破译火密的，恐怕在神秘的破译界又是创了神秘的纪录的。

凯旋也是落难。刚刚摆脱火密的纠缠，一种新的纠缠又缠上了我和你父亲，这就是：美丽的皇冠该戴在谁的头上？这个事情说起来并不比火密简单，首先制造复杂的是我和你父亲的诚实和良心，我们彼此都向组织上强调是对方立了头功，真诚地替对方邀功请赏。这就是说在我和你父亲之间，我们谁也没有抢功劳，没有损人利己，没有做违心缺德的事。这我绝对相信你父亲，我也相信自己。我说过，当你父亲第一次托梦给我灵感时，我没有如实向他道明事实，是出于一种虚荣心，但后来几次不仅仅是这样，后来我还有这样的忧虑：我怕如实一说，会影响你父亲一如既往地托梦给我。这完全是可能的，他本来是“无心插柳”，可一旦被我道破，“无心”就会变成“有心”，“无意”就会“刻意”。有些事情是不能苛求的，苛求了反而会变卦。正是这种担心，我一直不敢跟你父亲道破他梦呓的秘密。不过我早想过，如果有一天我们破译了火密，我是一定要告诉他真相的。所以，火密被破译后，当你父亲热烈地向我祝贺时，我一五一十全都跟他如实说了。我这么说，目的就是为了让你父亲幸福地来接受这一胜利果实，这也足以证明我刚才说的话——当初不说，不是我想抢功。

然而，你父亲根本不相信我说的，包括我拿记录托梦的笔记给他看，他也不相信，说这并不能证明什么。总之，不论我怎么解释他都不相信，总以为我这是在安慰他，是我对他尊敬的谦让。当然，这事情说来确实难以相信，它真得比假的还要假，若以常理看没人会相信的。在后来的日子里，我一直后悔当初没有把他的梦话录下音，有了录音，就什么都不用说了。录个音本是举手之劳的事，而你父亲恰恰就是这样想的，认为如果真有那种情况，我一定会做录音的。可我就是没有。事情都是此一时彼一时的，当时谁知道有一天我们还要为荣誉你推我让的？不过你推我让，总比你抢我夺要好，你说是不？

不，事情远不这么简单。

事情到了机关，到了领导那里，到了上报的材料上面，就变得越来越复杂了。第一次审阅上报材料，你父亲看关键之处没我的名字，当即作了修改，把自己名字圈掉了，同时加上我的名字。然后轮到我看，我又划了你父亲画的圈圈，同时把自己的名字涂掉了。第二次审稿，你父亲把材料上我俩名字的顺序做了个调整，把自己的大名挂在了我之后，我看了毫不犹豫地划掉了自己的名字。也许上面的同志正是从我这个坚决的举动中，更加坚信你父亲所以这么抬举我，纯属是出于友情和对徒弟的关爱。换句话说，虽然我和你父亲同样在为对方请功，但上面的同志有充分的理由相信：我的“请”是真的，而你父亲是假的，是在设法施恩于我。可崇高而光辉的荣誉岂能徇私？徇了私，“上面的同志”岂不要怀疑有人在玩忽职守？所以，材料虽经几番改动，但最后又回到原样：关键之处没有我的名字。这是组织纪律的需要，也是合情合理的。确实，我一个无名小辈哪有能耐上天揽月？顶多是替师傅打了个不错的下手而已，即便有些功劳一并记在师傅荣誉簿上也属理所当然，岂能与师傅平分秋色？这大抵就是当时上面同志的心理，基本上也是我的态度。说真的，事情最后这么收场，我绝无不平不满之念，更无冤屈之言。我觉得事情本该如此，心里由衷地替你父亲高兴。

然而，你父亲却由此背上了沉重的心理负担，总觉得是窃取了我的功劳，对我不起。开始，他还努力想改变局面，连找几位领导说，要求重新颁发嘉奖令，与我分享荣誉。但这又谈何容易？说句不好听的话，即使上面同志认定嘉奖令有错，至此也只能将错就错，何况他们从不认为有错。我不出怨言，就是嘉奖令无错的最好证明。这种思路无疑是正确的。正确的事情就该执行，就该宣传，就该发扬光大。就这样，各种荣誉就像潮水一样，一浪盖过一浪地朝你父亲扑来，英雄的名声像狂风一样在上下席卷，并且远播到每一个可以播到的角落。殊不知，越是这样，你父亲心里越是惶惶不安。可以这样说，开始他的不安更多是出于对我的同情，所以他极力想为我鸣不平，但后来的不安似乎已有质的变化，变得沉重，变得有难言之隐，好像他有什么不光彩的把柄捏在我手上，唯恐我心里不平衡，把事情的原委捅出去。不用说，我真要向他发难，他和众多上面同志岂不要贻笑天下？事情到后来确实弄巧成拙，弄得你父亲两头做不成人，对我他总觉得亏欠了我，对上面他总担心有天事发，弄得大家狼狈不堪。尽管我做了很多努力，包括把记录着他托梦给我的笔记本都当他面烧了（这无疑是我要向他发难的最有力武器），但我的努力似乎很难彻底治愈他的不安。当然，从理论上讲，烧掉原件并不排除还有复印件秘密存在的可能，而我口口声声的保证又能保证什么呢？这不是说你父亲有多么不信任我，而是你父亲认定这事情欺人太甚！既是欺人太甚，我的感情就可能发生裂变，甚至跟他反目成仇，来个鱼死网破什么的。所以，后来他一边用各种方式对我进行各种可能的补偿的同时，一边又念念不忘地宽慰我，提醒我，甚至恳求我咽下“那件事”，让它永远烂在我肚子里，包括在临死前还在这样忠告我。

啊，还有什么好说的？是我们朴实的良心在起坏作用。在我们各自良心的作用下，一切都开始变得复杂，变得乱套了。我真后悔起初没把他的梦话录下音，再退一步说，如果早知这样，当初在荣誉面前我又何必推来让去的？但我说过，事情是此一时彼一时的，当时我那样做完全是出于对事实的尊重，也是出于对你父亲的敬和爱。我又何尝不想要荣誉？只因为我太敬爱他，觉得去抢他的荣誉，我于心不忍，谁想得到事情最后会弄成那样，那同样令我于心不忍！然而，这一切，所有的一切，我要说，不是我和你父亲自己制造的，而是上面的那些被世俗弄坏了心机的人造成的。

有时候，我觉得对你父亲来说密码并不可怕，可怕的是密码之外的东西，就如走出红墙他无法正常又健康地生活一样，让他走出破译室去破译外面的世界，破译外面人思的、想的、做的，那对他才是折磨，是困难，是不安，而至于真正的密码，我看没有哪部会叫他犯难而不安的。你知道，你父亲后来又返回红墙了,其实是又去破译密码了。这次他破的是一部叫“沙漠2号”的密码，又称炎密，是火密的备用密码。

炎密作为火密的备用密码，在火密已经被使用快二十年后，它基本上可以说是被彻底废弃了，哪怕对方知道我们已经破译火密也不会启用。这是因为，当时对方已经即将研制出“阳光111”密码，在这种情况下，他们即使知道我们已破译火密，决定更换新密码，也不会换用炎密，因为炎密和火密是同代密码，既然老大都已被破译，又怎能指望老二幸免于难？这就是说，当时对方启用炎密的可能性几乎已经不存在，所以破译它的价值几乎也等于零。可又为什么还叫你父亲去破呢？用王局长的话说，就是想给他找个事做。当时你父亲的情况你是知道的，如果长此下去，病情势必愈演愈烈，结果必将有一发不可收拾之时。老王局长告诉我，他正是担心你父亲出现这种病发不愈的情况，所以才出此下策，安排他去破译炎密，目的就是想让他沉浸在密码中而不被病魔击垮。换句话说，组织上是想用密码把他养着，把他病发的可能性掐掉，让他无恙地安度晚年。可是人算不如天算，谁想得到破译炎密的巨大喜悦居然引发了他的心脏病，可恶地夺走了他的生命。从重新走进红墙，到破译炎密，你父亲仅用了一百多天时间，这一方面当然是得益于破译火密已有的经验，另一方面也足以说明你父亲确实是个破译高手！

啊，为密码而生，为密码而死，这对你父亲来说也许是最贴切不过的，贴切得近乎完美，美中不足的是，他至死也未能破译自己的密码："那件事"的密码。这密码的密底其实就是我说的，可他总不相信。所以，此时此刻，我是多么希望你父亲在天有灵，看到我给你写的这封信，那样他也许就会相信我说的，那样，他在天之灵也许就不会再被无中生有的愧疚纠缠。但是，无论如何，你不能让思思看到这封信，因为那样的话，她就会看见你父亲的"又一个悲哀"，从而给她造成更多的悲伤……

暗算 下部

捕风者

韦夫的灵魂说

二号山谷分东院和西院，走进东院，一看就像个单位，有办公楼、宿舍房、运动场所和人影声响等等。这里曾是老王的天下，即培训中心。走进西院，却怎么看都不像个单位，几栋零散的小屋，隐没于葱郁的树林间，人影了无，寂静无声。但寂静中透出的决不是闲适，而是森严。我初次涉足这里，看它寂静落寞的样子，怎么也想不到它竟是行动局的办公地，还以为是 701 接待上面首长的地方。

没有人怎么行动？我问。

答：如果人都坐在家里又怎么叫行动局？

可谓一语道破。

答话的人就是我那位搞谍报工作的乡党，人称“老地瓜”的老吕。

老吕不善言辞，也许是长期搞地下工作的缘故。老吕不抽烟，据说七十年代“抗美援越”期间，他在越南“行动”，搞谍报，有一次，他在某酒店大厅里接了一支某女士递给他的烟抽，不久便昏迷过去，差点丢了性命，从此再不沾烟酒。出门在外，老吕总是穿戴整齐，脖子上挂着相机，腕上箍着手表和手链，头上戴着四季分明的帽子，胸前插着两支钢笔，像一个偶尔出门的游客。这些玩意儿是不是武器或谍报工具，我不得而知。问过老吕，说是没有，可我又怎能相信他说的？他是个老牌间谍，老地瓜，所有的真实都在眼睛里，不在嘴巴上。

老吕有本相册，很有意思，首先是很老派，封皮是手纺的粗布，相页是黄不啦唧的土纸，装订是麻线，整个土得掉渣；其次是很古怪，说是相册，却有大半不是相片，而是各式各样的纸条和报纸剪贴。其中扉页就是半张香烟纸，上面有他的手迹，是这样写的：

> 清晨醒来看自己还活着是多么幸福。我们采取的每一个行动都可能是最后一个。我们所从事的职业是世上最神秘也最残酷的，哪怕一个不合时宜的喷嚏都可能让我们人头落地。死亡并不可怕，因为我们早把生命置之度外。你好。我好。

老吕告诉我，这是他刚做地下工作时，他的“上线”（是一位诗人）

首次与他接头时，在人力车上顺便写下的，算是一个老地瓜对小地瓜的“经验之谈”，也是他职业生涯中的第一个“纪念品”。那是1947年秋天，当时他是南京中央大学西语系三年级学生，从那以后，类似的纪念品时常“不约而至”。老吕说，从解放前到解放后，从国内到国外，从大的到小的，从有名的到无名的，几乎他参与的每起地下工作都留有一定的“证据”，相册里收藏的就是这类东西，具体有二十八张照片、十一片纸条、七张报纸剪贴和五幅图片，以及一些稀奇古怪的实物，诸如一枚穿孔的钢币、一个异国信封、几张票据和名片等。多数东西下方都有简单的文字注解。

在众多东西中，有一张照片引发了我强烈的好奇心，照片照的是一个死人，看不见人体的一只手正伸在胸前的口袋里，好像在搜刮死者的遗物。老吕解释说，其实不是在“搜刮”，而是在“给予”，是在给他“放一张银行的催款单”，而那只“恐怖之手”就是他的——他在向一个死人催款，听起来真叫人匪夷所思。在照片下方，有老吕的亲笔，写的是：我的名字叫韦夫，请你们别再喊我胡海洋。

老吕告诉我，这个现在老是被人喊做胡海洋的越南小伙子韦夫，生前与他素不相识，死后两人却一起“合作”，干了一件至今都令他倨傲不已的“杰作”。八十年代末，一个叫R.克拉特的英国导演拍了一部电影《活着的死尸》，讲的就是他和韦夫“合作”的故事。至于相关的纪实性文字，更是多如牛毛，我现在收集到手的起码也在十几万字以上。1998年，我随鲁迅文学院一行作家到越南旅游，还专门到韦夫生活过的洛山小镇去走了一趟，听到看到的东西也记了有近万字。总之，要讲述这个故事，资料对我来说已经足够，像时间、地点、背景、主要人物、次要人物、大故事、小故事等等，可以说“无不在我心中”。我疑虑的是，已经有那么多人，用那么多的方式讲过这个故事，如果我不能另辟蹊径，步人后尘地讲一个老套的故事，意义实在不大。就是说，我想寻求一种新和奇的方式来讲述这个故事，现在我决定借韦夫的灵魂来讲故事正是这种寻求的结果。老实说，这还是老吕先生写在韦夫遗体照片下方的那句话，给我提供的灵感。

灵魂之说，就是天外之音。请听，“天外之音”已经飘飘而来——

01

我的名字叫韦夫。

让我再说一遍，我的名字叫韦夫。

我所以这么看重我的名字——韦夫，是因为你们总是喊我胡海洋。你们不知道，胡海洋既不是我的别名，也不是我的绰号或昵称，而是另外一个人的名字。这个人以前我听都没听说过（自然不可能有什么交道），我从没想到，我和他之间会有什么瓜葛。但是三十年前，一个偶然的变故，我被人错误地当作了他。更要命的是，三十年来，这个错误一直未能得到改正，因此我也就一直蒙受不白之冤，被人们当作“胡海洋”爱着，或者恨着。说真的，这么多年来，我一直在不停地向人诉说这个错误，但听见我诉说的人恐怕没有一个。让一个声音从一个世界穿越到另一个世界，看来真是一件困难又困难的事情，比模造一个梦想或用水去点燃火还要困难！上帝给我设置这么大困难不知是在考验我的耐心，还是为了向我说明什么，我不知道。其实，要想弄懂上帝的意图同样是困难又困难的。上帝有时候似乎让我们明白了什么，但更多时候只是让我们变得更加迷茫。这是没有办法的。在我们这里，上帝同样常常让我们拿他“没办法”。

没必要太多地谈论上帝，还是来说说我吧。

我于 1946 年生于越南东北部的一个叫洛山的小镇，父亲是个裁缝。一间临街的小木屋，墙壁上挂满了各式各样的衣服，散不尽的蒸汽弥漫着，雾蒙蒙的，感觉像个浴室的外堂，这便是我出生的地方，我的家。我最初的记忆似乎总是伴随着哧哧声，那是熨斗熨烫衣服时发出的声音。在我十岁那年，我们家从北街两间小木屋迁到了热闹的南大街的一幢闪烁着霓虹灯的两层楼房里，长条形的石块使房子显得格外结实又庄重。我想这足以说明做裁缝让父亲得到了相当的实惠。但父亲还是不希望我们——我和姐姐韦娜——像他一样，在剪刀和尺子间度过一生。他不止一次地跟韦娜和我这样说：

“我把你们甚至你们子孙的衣服都做完了，你们应该去做点其他的事。”

后来韦娜去了九龙湾工作，我上了河内大学。在我去河内之前，父亲送给我一本产自中国的精美笔记本——六十四开本，金丝绒的皮面上有一条四爪龙的针绣，扉页这样写道：

“当音乐和传说都已沉默时，城市的各种建筑物还在歌唱。”

这句话似乎注定我要做一个建筑大师。不幸的是，1967 年，也就是我在大学最后一个学年的冬天，我回家度寒假，一场突如其来的可怕的肺炎，把我永远搁在了镇上。这个病在当时我们那边是要害死人的，我虽然没死，但也跟重新生了一回一样，整整三年没过一天正常生活，每天进出医院和家里，不停地吃药，不停地担心，让我为自己的命运生出了许多悲哀。毫无疑问，在我还没可能忘掉疾病时，我已把河内大学和建筑大师忘得干干净净了。事实上，当时我只要再去读一学期书，就可以获得河内大学建筑专业的学位。在后来我的病几乎痊愈时，父亲曾劝我回去把几个月的学业修完，但我已毫无兴趣。肺部的疾病改变了我，使我对父亲“充满水蒸气的工作”产生了不小的兴趣。再说，父亲渐老的年岁和满腹的经纶，似乎也越来越适合站在一旁，给我指点迷津，而不是亲自劳作。我就这样渐渐变成了父亲，在不断淡忘疾病和水蒸气不绝的劳作中，感到了人生的充实和快乐。直到天空中不时掠过美国飞机、镇上的青壮年纷纷被政府的鼓声和亲人的眼泪送去前线时，我才突然感到了另外一种东西的召唤。

02

罗杰走了。

林国宾走了。

有一天，妈妈说 32 号住家的老三也走了。

又一天，我们收到了韦娜从南部前线寄来的她一身戎装的照片。

就这样，从 1971 年夏天开始，我的朋友和许多熟悉的人都纷纷应征去了前线。

作为一个被恶病缠绕多年的人，我有理由不去应征，去应征了，军方也有理由不录用我。1972 年春天，一支海军部队到我们镇上征兵，我去应征的结果就是这样，一位军官看了我病史一栏中的记载后，友好地拍拍我肩膀说：

“下次吧，小伙子，战争才开始呢。”

说真的，当时我身体已恢复得非常好，我甚至都忘掉了曾经经历的痛苦。如果因为一场几年前、好几年前的病来决定我现在的命运，我觉得这多少有点不对头，何况这病已经好了。从我内心说，我极不乐意出现这种情况，因为这病已夺走我很多东西，我不想让它再夺走我什么。好在“战争才开始”，我似乎有的是机会。同年秋天，有三支部队一起到我们镇上来招兵，其中依然有春天我应征的那支海军部队，我毫不犹豫又去“老部队”应征。吸取上次的教训，这次我在“病史”一栏中没有如实登记。我以为这样他们就会录用我，但接待我的军官（不是上次那位）看我只做了七个俯卧撑就累得气喘吁吁的样子，还是客气地拒绝了我。他告诉我说：

“我觉得你去陆军部队更合适，他们一定会要你的。”

没办法，我只好去找陆军。确实，他们没那么多要求，只跟我谈了几分钟话，就爽快地发给我一套没有领章的陆军军服。当然，未能穿上蓝色海军军装，对我是个不小的遗憾。但这是没办法的，肺病和轻巧的裁剪工作使我的身体很难强壮，而且由于长时间受水蒸气熏润，我的脸色看起来又白又嫩，显得软弱无力。我知道，要不是战争，像我这样的人也许永远走不进军营。我能走进军营，正如胡志明主席当时在广播上说的：战争让很多人有了意想不到的经历。

1972 年 9 月 26 日，我和镇上其他八名青年一起搭乘军方卡车，离开了洛山镇。

车子缓缓地行驶在夹道欢送我们的人群中，我一点也没觉得，我这是去有可能让我永远回不来的前线。

03

在部队的情况我想尽量少说，这是因为一方面它本身就没什么好说的，另一方面有些可以说的对我来说又很没趣。我是说，我在部队的经历很不尽如人意，遇到了许多令我不高兴甚至痛苦的事。首先，我没有当上军官，而只是当了个特等士兵。据我了解，当时一个河内大学的毕业生可以当上副连长，甚至正连长，最不行的起码也是个排长。我虽说没获得文凭，但也仅仅没文凭而已，没这个形式上的证据，其他或者说学业上并无什么差异，所以我想起码应该任命个排长给我。但军方过分地强调了那张纸文凭的作用，没能如我的愿。一位河内郊区菜农——有人说他是某某军长的外孙——对我拿腔拿调地说：

“是的，是的，但问题是你没有毕业证书，入伍前又没有在政府部门任过职，按理只能当个一等兵，让你当特等兵已经是优待啦。”

这样的优待自然不可能令我感到荣幸。

不过，我想，士兵就士兵吧，反正我又不是为当官才来部队的。我也不是因为听胡志明主席的广播演讲才来部队的。总的来说，我来部队的想法要比其他许多人显得更为模糊或者复杂一些，我甚至自己都说不出是为什么。有时候，我觉得我是因为受不了美国飞机整天在镇子上空窜来窜去，弄得人惊惊乍乍的，才决定到部队的。但有时候我又觉得不是，起码不全是，至于其他还有些什么，我又说不太清楚，也许……或者……我是说，我不知道。真的不知道。但是，有一点我非常明白，就是：从我决定入伍的一刻起，我从没想过，我会，或者可能会，上不了前线。说实话，有这种愿望在当时来说是荒唐的，这可能是我不想的一个原因。此外，我还固执地认为，穿军装就是为了去前线，只有上了前线，参加了某次具体的战斗，身上的军装才能心满意足，才能显出完美。所以，当跛脚的阿恩营长把我从新兵集训地接到距河内只有几公里远的陆军二〇三被服仓库，并庄严告诉我今后我的任务就是配合他看守好这仓库的大门和小门时，我怎么也高兴不起来——简直沮丧透啦！

除了阿恩，我还有两位战友，一位是被炮弹片削掉了半只下巴的唐老兵；另一位是一条叫声尖厉的杂毛土狗。难道我来当兵就是为了证明我不是个强壮的人，不配上前线，只能跟这些人待在一起？我突然有种被谁出卖或欺骗的羞辱，穿在身上的军装仿佛不是配发的，而是我偷来的，骗人的。

坦率说，我这人虽然不强壮，但并不缺乏勇气，如果说不怕什么就算勇气的话。我这么说，决不是为了炫耀我的勇气和不怕死，但我在部队的时间里确实从没有为什么胆怯过。在新兵集训营，教我们射击的是一位从战场上下来的连长，人们都喊他“独眼龙”。因为，他只有一只眼睛，另一只在一次战斗中被大炮震落在湄公河里，被湄公河里的刺头鱼——也许是大公公鱼——吃了。他从不向我们提起自己可怕的经历，有一次在我要求下，他终于开口说，但说着说着突然闭上了他唯一的眼睛，浑身哆嗦起来。看得出，他是被自己的过去吓坏了。可我却一点也没觉得可怕。在我看来，他所经历的似乎没有比肺炎折磨我的可怕多少，这场病可以说使我心灵受到了创伤，也可以说使我心灵经受了锻炼。如果当时我们这些新兵中确有害怕去前线的，那肯定不是我，我几乎时刻想去前线，去参加一场有名有姓的战争，以验证我的勇气和信念。我曾担心到了战场上一些意想不到的可怕会使我胆怯，让人瞧不起，因而使我痛苦，却从没有想过会以这种方式——上不了前线——让我痛苦。

战争在一天天扩大，美国飞机越来越频繁地出现在河内上空，不时撂下成堆的炸弹，我们很容易就闻到了从城里飘来的越来越浓的硝烟味。阿恩担心这样下去，河内也会沦为前线，而我却暗暗希望这一天早日到来。由于极度的失落和渴望，我知道我已变得十分苦闷，甚至邪恶。然而上帝知道，我不是诅咒河内，而是诅咒自己可怜的命运。从军需官接连不断到我手上来提取被服的忙碌中，我知道，正有越来越多的人在奔赴前线。可以说，我侍候的每一样东西：一件衣服，一顶帽子，一条腰条，一双手套，甚至一根鞋带，都先后上了前线，暂时没有去的，也随时可能上前线。从某种意义上说，我的手气和汗水已参加了无数次战斗，但这又能为我证明什么？只证明我没有亲自上过前线。阿恩常常炫耀地对我说：

“啊，韦夫，你不知道，这是你的幸运啊。”

也许吧。

不过，如果让我选择的话，我宁愿不要这个幸运。这叫什么幸运，整天跟两个“废物”在一起，还有一条并不出色的狗。当然，阿恩说得有道理，前线不是什么好玩或有利可图的地方，我如果是为了名利想去前线那是愚蠢的。阿恩曾这样警告我说：

“战场上飞来飞去的子弹随时可能把你的什么东西都夺走，包括你只有一次的性命”。

这我当然知道。

但他们不知道，我不是因为追求名利才想上前线的。我也不是出于厌世想死才想上前线。不是的。我只是觉得跟我一起来的人都上前线了，独独把我撂在这个鬼地方，旁人还以为我是怕死才躲到这里来的呢。天哪，谁知道我在这里有多么孤独，多么难受，多么想离开跛足的阿恩营长和可怜的唐老兵。

04

我知道，你们人类是了不起的，起码你们为自己做了许多了不起的事。那些还没做的事，你们相信迟早都会去做；那些尚未知晓的事，你们也相信迟早都会知道。我在人间生活了二十七个春秋，我深知人类的伟大和自信，但也看到了人类由于伟大和过分自信派生的一些毛病，或者说坏习惯，比如在现实生活中，你们总是将一切可以往后推的事往后推。我在人间时也是这样，甚至我这方面的毛病比一般人都要大。有两件事足以证明我就是这样一个人：

一是我的婚姻大事；

二是我上前线的事。

你们知道，这都是我想做的事，但就是因为……怎么说呢，我要是知道我的生命是那么有限，也许我就会在有限的生命里把这两件事都做了。但我不知道。我是说，我不知道自己的生命会那么短暂，准确地说是那么脆弱。在我要死之前，阿恩流着泪对我这样又哭又骂的：

“狗日的，你还整天闹着要上前线，一身臭汗就把你命弄丢了，你……韦夫，你真他妈的没用，韦夫！”

说真的，以前我还从来没见过一个男人会这么流泪。阿恩啊，你这个傻乎乎的跛脚佬，你为什么要对我流那么多泪，你不知道，人死前是不愿看到别人流泪的，那样他会死得很痛苦。阿恩，你现在在哪里，我很想你。

阿恩不是那种让人一见就喜欢的人，他有点自以为是，说话的腔调响亮又严厉，跟他的跛脚一点不相配。但他是时间的朋友。时间从不出卖他。时间总是耐心地把附在他表面上的一些不讨人喜欢的东西一点点剥落下来，到那时候你就无法不喜欢他了。我后来真的很喜欢他，现在也没有不喜欢，虽然他在我临死前不应该地流了那么多泪。但这没办法，谁叫我死在他身边的，我想如果让他死在我身边，我同样会流很多泪的。因为我喜欢他。也因为那时我还不知道人死前不愿意看到别人流泪的道理。这道理当然是我死了以后才知道的。

阿恩说得一点没错，我确实是被一身臭汗害死的。过去了半个多世纪，我依然记得那天是个什么样的日子，那是冬天——又是冬天！你们应该知道，十年前我就是在冬天里染上肺病，差点死掉的，想不到过去了十年，这个季节还是杀气腾腾地向我敲响了死亡的丧钟。

那天晚上，我一如往常，抱着收音机钻进了被窝。孤独叫我养成了听收音机的习惯，没有收音机，我还睡不着觉呢。因为我总是找有女播音员的电台听，所以阿恩常嘲笑我，说我抱的不是收音机，而是梦想中的女人。也许吧，不过……我不知道，我对女人不了解，也不了解自己对女人的想法。

有时候好像想得很，有时候又不太想，就是这样的。好了，还是别说女人吧，女人后面还要说的，现在赶紧说说我钻进被窝后怎么了。我觉得我的身体似乎有些不对头，头昏昏的，心里觉得很冷。我跟阿恩这么说了后，阿恩说：

“嘿，这么大冬天的洗冷水澡谁觉得暖和，我也觉得冷啊。”

“可我觉得我好像在发烧。”我说。

阿恩过来摸了摸我额头，说：“嗯，好像是有点，不过没事的，你可能是累了。快把收音机关了，睡觉吧，睡一觉就没事了。”

我也是这样想的，就关掉收音机睡觉了。当时已是凌晨四点多钟，这之前我和阿恩，还有唐老兵，一直都在忙碌着替陆军第179师发放冬季被服，他们几乎把半个仓库都拉空了，也把我们三个人累惨了。我后来想，如果就这样回去睡觉也许不会有事的，但当时身上实在是汗流浃背，大伙都觉得应该洗个澡。按规矩，这回该轮到唐老兵烧热水，但唐说他太累了，干脆将就洗个冷水澡算了。当时我们刚干完活，身上热乎乎的，也不觉得冷水有多么可怕，就说洗就洗吧。洗完澡，我躺在床上听广播，觉得被窝不像以前一样越睡越热乎，而是越睡越冷。我跟阿恩这么说后，阿恩说：“嘿，这么大冬天的洗冷水澡谁觉得暖和，我也觉得冷啊。”

我说：“我觉得我好像在发烧。”

阿恩说：“把收音机关了，快睡觉吧，睡一觉就没事了。”

我也是这样想的，就关掉收音机睡觉了。

第二天中午，阿恩起床后问我怎么样，我觉得我身上在着火，我很想这样告诉他，但似乎已经开不了口了。不一会儿，我听到阿恩大声惊叫起来：

“操，你怎么烫得跟火炭似的，韦夫！你醒醒，韦夫！你睁开眼看看我，我是阿恩！”

现实总是喜欢重复，变化的只是一点点时空而已。我睁开眼，看到至少有三个模糊的阿恩在我眼前晃动，这感觉和十年前肺病袭击我时的感觉如出一辙。

05

人在昏迷中是没有时间的。我终于醒来，不知过去了多久，也不知来到哪里。明亮的玻璃窗户和窗户外的几根树枝让我想起，我已经不在原来的地方了。一位戴口罩的小姐对我的醒来表现得很高兴，她的口音让我以为是回到了家乡。但她告诉我，这里是河内陆军总医院，我已经来这里快两天了。她一边摘下口罩，一边对我说：

“我看了你的证件，知道你是洛山人，我是维浦人。”

她说的地方离我家还不到十公里，那里有一家出名的动物园，洛山的孩子没有一个没去过那家动物园的。战争爆发前，我有位表哥就在那家动物园工作，我告诉她我表哥的名字，她居然哭泣起来。不用说，她认识我表哥，而且我表哥一定在战争中牺牲了。事实也是如此，就在两个月前，我表哥在及埃山地阵亡了，他们曾经坐同一辆卡车到部队，相识也在那趟卡车上。战争让很多本来不相识的人变成了朋友，我也成了她的朋友，她叫玉。

玉使我有幸得到了医院郑重的治疗，英国人后裔布切斯大夫几乎每隔两天就来探望我，并不断给我做出新的治疗方案。布切斯大夫是这里的院长，每天都有大堆的人的生命等着他去救治，他们大多从前线下来，胸前挂着各种各样的奖章，而我，只是一个普通的肺病患者，能得到如此优待，无疑是玉努力的结果。

除了关心我的治疗外，玉还关心我的寂寞。因为我患的是肺病，没人敢跟我住在一起，我独自一个人被关在锅炉房隔壁的一间临时病房里。在寒冷的冬天，这里显得特别热乎，但热乎并不能驱散寂寞。唯一能驱散我寂寞的是玉，她经常来陪我聊天，一天接着一天，我们把有关洛山和维浦的话题说了又说。

有一天下午，玉带着阿恩来看我，阿恩还给我带来了韦娜从塔福寄来的信。信上，韦娜说她已经结婚了，丈夫是个机枪手，正在塔福服役，所以她调到那里去了。她没有说起那里的炮火，只是这么提了一句：

“和我以前待的地方相比，这里才是真正的前线。”

我是每天都听广播的，我知道当时塔福吃紧的战事，但我不可能因此指责韦娜的选择。战争期间人的思想和平常是不一样的，何况韦娜去那里还有个个人的理由：和丈夫在一起。

韦娜在信中还夹了一张她和机枪手的照片，两人站在雄壮的机枪架子上，很像回事地瞄准着想象中的美国飞机——肯定是美国飞机！当我把照片拿给玉看时，她哈哈笑起来，对我说：“我还以为是你妻子的来信。这人是谁？”

我告诉她是谁。

“那你妻子呢？”玉有点迫不及待地问。

阿恩在一旁替我回答了，他装腔作势地说：

“他妻子？他有妻子吗？他应该有妻子，可事实上他连个女朋友都没有。韦夫，是这样的吧？”

这是个令我难堪的话题。

但阿恩不会因此闭上嘴巴的，他转过身去，对玉发出了令我讨厌的声音：

“玉，你信不信，我们韦夫至今还是个处男呢。”

我确实跟他这么说过，我说的也是实话。可我不知道，他是不相信我说的，还是觉得这很好玩，经常拿它和我开心。这个该死的阿恩，你绝对不能指望他守住什么秘密，他有一张比鹦鹉还烦人的嘴！

玉对这话题显出了一定羞涩，但只是一会儿，很快她对阿恩这样沉吟道：“嗯……我知道你说的意思，阿恩，你是说……韦夫还有很多事……需要他去做，所以更应该好好地活下去。”

后来有一天，玉很在意地问我阿恩说的是不是真的。

我没有直接回答，只是这样反问她：

“难道你觉得这不是真的？”

06

说真的，我的性格和身体决定我生活中不会有什么女人，曾经有一个姑娘对我似乎有那么一点点意思，但我现在连她名字都忘记了。这不是说我薄情寡义，我们之间本来就没有什么，如果说有什么的话，也只是一种可能。我是说，我们之间可能会发生点什么。但由于我的怯弱，结果什么也没发生。我不知道她是怎么来到洛山的，反正她不是我们洛山人，用我父亲的话说，洛山的姑娘他没有不认得的。当然，他起码认得她们身上穿的衣服，那都是从他手上出去的。

有一天，她戴着太阳镜出现在我家门市上，选中了一块布料，要我父亲替她做一件衬衫。父亲把这个任务交给我，事后我才知道，父亲从她一进门看她穿的衣服，就知道她不是洛山人。大概就因为她不是洛山人，父亲才放手让我做她的衬衫。这几乎是我独立完成的第一件衣服，它没有让我父亲和主人不满意，她高高兴兴地付了钱，走了，我望着她离去的背影，心里有点得意。第二天，她抱着衣服来找我，笑吟吟地说这衣服有问题。我问她有什么问题。她把衣服穿在身上，让我看。我没有一下看出问题，她双手来回地指着衬衫的两只袖口，浅浅笑道：

“这么说这是你别出心裁的设计哦，你看看，难道你的袖口是开在这边的吗？”

这时我才发现，我把她两只袖子的左右上反了，这样的笑话实在令人羞愧。父亲似乎比我还羞愧，他把羞愧全变成了对我的指责。好在真正该指责我的人并没有责难我，她甚至对我父亲声色俱厉的表现很不以为然。她对我父亲说：

“嗨，你干嘛怒气冲冲的，难道这是不可以改过来的？我要的只是把它改过来就可以了，并不想给谁制造不愉快。”

我不知道她为什么有这么好的脾气，也许该说是性情，她是我见到的最好的顾客之一。我一边修改着她的衣服，一边在想怎么样来感谢她对我的谅解，后来我写了一张便条，放在她衣服口袋里交给她。过了几天，她给我还了一张纸条来，约我在南门的咖啡馆见面。

我们在咖啡馆见面后，却找不到一处座位，于是到郊外去走了一圈。那天她穿的就是我做的那件衬衣，她说她很喜欢这件衬衣，并常常想起这是我做的。我感觉到了她对我的好意，但不知道这是为什么。后来我们又见了两次面，第二次还一同去看了一场电影，黑暗中她把我的手拉过去一直握到电影散场。这是个令人想入非非的夜晚，但我没想到的是，我一回家父亲就盘问我，并警告我说：

“不管她是谁，一切到此结束，因为我们要对你的健康负责！”

父亲说得没错，当时我身体还没痊愈，谈情说爱确实是早了一点。但问题是等身体好了我又去找谁呢？父亲能帮我把她找回来吗？说真的，在认识玉之前，这个未名的姑娘是唯一给我留下美好记忆和思念的女人，后来我确实不知她去哪里了，她从我身边消失了，就像空气消失在空气中一样，虽然我可以想象她的存在，但再不可能找到她了。

我在说这些时也许是流露了某种感伤，玉为了安慰我，第一次主动握住我的手，认真地对我说：

“韦夫，我相信她一定在某个地方等你，我希望你能找到她，找到你的爱……”

玉是个富有同情心的女人，她美丽的同情心是我对人类最珍贵的记忆。

07

在战争中失去亲人是常有的事，但这并不意味着失去亲人的痛苦可以比平时少一点。17 日，是 1973 年 1 月 17 日，韦娜的战友（其中包括她丈夫）击落了一架美国轰炸机，飞机冒着浓烟向大地扑来，结果一头扑在韦娜的发报台上。我想，这时候韦娜即使变成一只蚂蚁也无法幸免于难。

韦娜阵亡的消息对我的治疗无疑产生了极坏影响，就在当天夜里，可怕的烧热向我卷土重来，而且从此再也没有离开我。几天后的一天下午，布切斯大夫来看我，却什么也没说，只在我床前默默站了一会儿就走了。我知道，这是对我死亡的宣告。

当天夜里，玉也给我发出类似的宣告。不过，玉的宣告方式是任何人想不到的，我自己也没想到。这天夜里，昏迷依然包抄着我，昏迷中，我突然感到一丝冰凉在我脸上游动，我睁开眼，看到玉正蹲在床前深情地望着我。我还从来没有见过这样的目光，我预感到玉可能要对我说布切斯大夫下午没有说出的话。我握住她手，对她说：

"玉，你什么也不要说，我知道……布切斯大夫什么都跟我说了。"

"嗯，布切斯大夫说，你正在……调动一切细胞和病魔抗争，这是好事。"她使劲地握紧我说，"发烧是好事，说明你的细胞很敏感，很有力量，你会好的。"

我闭上眼睛，因为我无言以对。黑暗中，我感到我的手被玉拉着放在一团柔软的东西上，同时听到玉这样对我说：

"韦夫，这是你的，你喜欢吗？"

我睁开眼，看到玉的白大褂已经散开两边，露出一大片银亮的肉体，而我的手正放在她高耸的胸脯上——银亮的柔软中。我以为自己是在梦中，但玉告诉我这不是梦，她这样说道：

“韦夫，我相信等你病好了一定会娶我的，是吧？所以我想……提前……和你睡在一起，你不介意吧？”

我睁大眼望着她。她坦然地立起身，抖掉白大褂，静静地钻进了我的被窝里。

我敢说，除了白大褂，她什么也没穿。

天呐！我简直想不到她会用这种惊人的方式来宣告我的死亡。

这天夜里，也许只有很短的时间，可我却知道了什么是女人，什么是死亡。三天后，我没有一点遗憾，只怀着无穷的幸福和感激辞别了人世。

谢谢你，玉，再见！

08

现在要说的都是我死以后的事。

据说不同的病人具有相对固定的死亡时辰，心脏病人一般都死在早晨，肺病患者多数死在午夜。我准确的死亡时间是 1973 年 1 月 28 日午夜 2 点 38 分（没有脱离一般规律），在我死去时仍陪伴着我的有玉、阿恩、布切斯大夫等人。和玉相比，阿恩对我的死缺乏应有的心理准备，所以他受到的刺激和痛苦也相对强烈，我凝望人世的最后一眼几乎就是在他汹涌的泪水滴打下永远紧闭的。

我曾经以为人死后就没什么可说的，其实不是这么回事，其实我的故事、我的精彩都在我死之后。死亡就像一只开关，它在关掉我生命之灯的同时，也将我一向“多病怯弱”的形象彻底抛弃在黑暗中。可以这么说，作为一具尸体，我没有什么好惭愧的。换句话说，自进太平间后，我对自己的整个感觉发生了良好变化，说真的，这里像我这样毛发未损的尸体并不多见。与其他尸体相比，我甚至发现我的尸体几乎是完美无缺的，没有任何的伤疤，也没有惨不忍睹的苍老。我想，当吕处长站在我尸体面前时，一定也明显感觉到了这点。

吕处长是下午的晚些时候光临太平间的，与他一起来的有布切斯大夫。我并不认识吕处长，我只是从布切斯大夫的谈话中听到他叫吕处长，并知道他是个中国人，来抗美援越的。他们进来后依次在每一具尸体面前停留、察看，时而含糊其词地冒出一两句话，没头没脑的，我根本不知他们在说什么，但我感觉他们像在找什么人。当两位站在我面前时，我感觉吕处长似乎有种掩饰不住的高兴：

“嗯，他是谁？”

布切斯大夫简单地介绍了我的情况，完了，吕处长说：

“就是他了，我找的就是他。”

不一会儿，进来个老头，把我从架子上抽出来，折腾上了一台手推平板车，拉到隔壁房间里，这里有点像是理发室。老头将我简单地梳洗一番之后，给我穿上一套干净的病房服。这一切令我明白，我即将去火葬场化成灰烬。我想不通的是，他们为什么不给我穿军装，难道我仅仅是一个病人？当时我心里难过极了。

从太平间出来，我被塞进了吕处长的吉普车，座位上已经堆了几箱药品，所以我只能“席地而坐”。他们不想想，我怎么能坐得住呢？车子几个颠簸后，我便胡乱倒在车板上，后来“嘭”的一声，一只药箱从座位上滚下来，压在我身上。吕处长闻声回头看看，像没看见似的，根本不管我怎么了。这就是人和尸体的不同，只要你还活着，哪怕只有一分钟的命数，也没人敢对你这样。但当你变成尸体后，哪怕是刚死一分钟，对你这样那样都由他们的方便了。这中间其实有这样一个道理，就是：世间所谓的人性都是专门为人本身保留的，当面对一具尸体时人就会自觉放弃所谓的人性，丢掉做人的种种，这时候的人其实也变成了尸体。

车子开开停停，颠来簸去，车窗外，倾斜而晃动的天空正在一点点变得朦胧。我不知道吕处长打算带我去哪里，但我感觉要去的地方好像很远，甚至不在河内城里。因为车子穿过一条条嘈杂的街道后，又似乎在一条空旷的大道上自由奔驰起来。这说明我们已经离开河内。

偌大的河内难道没有一个火葬场？

这个吕处长是个什么人？

医院为什么将我交给他？

他到底要带我去哪儿？

一路上，我脑子里塞满了各种问题。

车子终于停下来，空气里有海水的味道和收音机的声音。还没等车子停稳，一位穿着中国海军制服的年轻人已迎上来，替吕处长打开车门，毕恭毕敬的样子，说明他可能不是个军官，要不就是个小军官。听说，他是个江苏人，我因为不知他名字，一直叫他“江苏人”，简称苏。

这里显然不是什么火葬场，是哪里？后来我知道，这是中国海军向我国临时租用的 201 港口。为什么把我弄到这里来？我变得越发糊涂了。

吕处长下车后，打开后车门，指着我的脚说：

“就是他，我给你最多一个小时，一个小时后我在‘长江’号潜艇等你。”

苏把我从车上弄下来，搬到一间明亮的屋子里。在这里，苏对我进行了从头到脚的服务，甚至连鼻孔毛和牙垢都做了认真的修理。这件工作足足花了他半个小时，作为一具尸体，我想大概起码得将军一级或者名门人士才可能有这等待遇。

事情真的变得越来越奇怪了。

奇怪的事情还在后头，苏替我修理完毕后，开始给我着装：裤衩、护膝、内衣、内裤、袜子、外套，一样又一样，一层又一层，从里到外，穿的全是海军的制服，而且还是军官制服。当个海军倒一直是我的梦想，但谁想得到会以这种方式来实现梦想。更叫人奇怪的是，最后苏还莫名其妙地给我戴上了一条白金十字项链（大概是护身符吧）和一只名贵的手表（法国牌子的）。把我包装得这么贵重，哪像要送我去火葬场？如果我没死，这样子倒是很合适去参加某个高档宴会的。

当然，宴会是不会参加的，整装完后的我被送上“长江”号潜艇。吕处长对苏的工作深表满意，他一边转前转后地看我，一边肯定地说道：

“哼，不错，我要的就是这个样，很好，像个大教授的儿子。”

我想我父亲充其量不过是个成功的小商人，什么时候变成大教授了？事情发展到这时候，我基本上明白，他们一定是想拿我来顶替哪个大教授的儿子。看来这个大教授的儿子生前可能就在这艘潜艇上服役（一定是做翻译工作），而且可能比我还不幸，死了连尸体都没找回来。现在大教授想和儿子告个别，所以他们不得不找我来顶替一下。这么说，我可能和大教授的儿子还有点相像。嘿嘿，世上什么奇事都有。

我正在这么想时，吕处长和苏已悄然离去。我估计大教授可能马上就会到，也许他们这会儿正是去码头上迎接大教授了。这边离河内不近啊，大教授为看看儿子和他曾经战斗过的地方，不惜冒着生命危险跑这么远，真是可怜天下父母心。不过他选择晚上来是对的，因为这时候美国飞机一般不会出动的。尊敬的大教授，虽然我不是你儿子，但此刻我和你儿子一样爱着你，一样希望你平安。

和我想的不一样，吕处长走后不久，潜艇居然晃晃悠悠地沉入了水底，像条大鱼一样地游动起来。这使我想到，大教授并不在这里，他在哪里呢？可能在很远的地方。谁都知道，在当时那种情况下，潜艇一般不会贸然起航的。为了让大教授一睹儿子遗体（而且还是假的），竟然叫一艘潜艇来冒险，由此看大教授绝不会是个寻常人，说不定还是个响当当的大人物呢。

潜艇晃晃悠悠的，不知要带我去哪里。

从来没坐过潜艇的我，想不到潜艇晃晃悠悠的感觉是那么美妙，我简直可以说，这感觉跟摇篮的感觉没有两样，我仿佛又回到襁褓中，迷迷糊糊地迎来了死后的第一次睡眠。对一个活人来说，没有谁会记得他的第一次：第一次看见的颜色，第一次听到的声音，第一次来临的睡眠。但对一个死人来说，所有的第一次似乎都在他的等待中发生，所以也都留在了记忆中。我不但记住了我第一次是怎么睡着的，还记住了第一次是怎么醒来的。告诉你吧，我是这样醒来的：有人闯进门来，不小心碰倒了立在门边的衣帽架，发出的声音把我惊醒了。这个人我并不认识，但样子像个水手，他进来后，二话不说将我拽下床，拖出去，拖到一扇半圆形的舱门前。不一会儿，我听到吕处长的声音：

“把海图拿来。”

这时我已看见吕处长，他刚从过道那头过来。

苏（就是给我梳妆打扮的那个苏）将海图递给吕处长，也许是因为潜艇晃悠的缘故吧，两人索性蹲下来，将海图铺在我身上查看起来。

“我们现在在哪里？”吕处长问苏。

“在这儿，”苏指着海图说，“这里就是白家湾海滩，我们现在距离它大概有十海里。”

“现在风浪情况？”吕处长又问。

“很理想，按照现在的浪力和风向，天亮前肯定会冲上海滩。”

吕处长看了看时间，对水手命令道：“行动吧！”

水手打开舱门，奋力将我推出潜艇。

我怎么也没想到，事情的结果会是这样。

09

我的故事和难忘经历正在一点点推进。

我说过，三十年前，一个偶然的变故，我被人错误地当作了胡海洋。更要命的是，三十年来这个错误一直未能得到改正，因此我也就一直被人们当作“胡海洋”爱着，或者恨着。我想这对任何一个人来说都是不愿意的，也不公平，所以我急切地想把那个变故说出来，以澄清我跟胡海洋的关系。

当风浪像吕处长期望的一样，将我冲上白家湾海滩后，当地两个渔民很快发现了我。我一直怀疑这两个渔民的身份，怀疑他们是中国情报部门的人。为什么呢？因为他们发现我的情况后，对我身上的财物似乎没有什么兴趣，有的只是一种高度的“美军利益”，他们将发现立刻报告给了驻地美军当局。

我的身份（越南海军官员）足以引起美军当局重视，一个调查小组迅速赶到现场，将我带到附近一个机关里，对我从头到脚进行了搜身检查。我知道，他们一定想从我身上搜出什么军事情报，可我不过是后方一个军需仓库的勤杂人员，身上会有什么情报？但从他们搜到的东西看，我显然想错了。

他们从我身上搜出的东西有：

1. 一本海军军官证，证明死者生前是越南海军参谋部特情处胡海洋参谋；

2. 一张上面签有“雪儿”芳名的倩影照，和她的两封情意绵绵的情书；

3. 一封家信，信中流露出死者父亲是个有政治影响力的大教授；

4. 一张银行催款的欠债单，表明主人是个挥霍无度的纨绔子弟；

5. 一封绝密信件，写信人是当时中国援越陆军某部队的二号人物，收信人是援越海军某部队的头号人物，信中透露了他们陆军即将从第四防线向美军发起进攻的计划，要求海军予以配合。同时，信中还提到，为掩护起见，他们陆军将在第七防线进行一次演习行动。

我一直不知道自己身上有这么多东西，尤其是还有一份价值连城的“绝密军事情报”。没有人知道，但我知道——我想得出，这一定是吕处长的谋略。事情走到这里，我曾有的种种疑惑都烟消云散，吕处长交给的“任务”我也完成了，剩下的事应该说，全看美国佬信不信了。我当然是希望他们相信，但我的希望对他们来说是狗屎，是咒语。我的咒语最后会不会灵验，只有天知道了。

与我身上的情报相比，我的尸体是无足轻重的。不过，也许是我提供“情报”有功吧，美方没有像我想的那样把我丢在大海里，而是就地寻了一处墓地将我埋葬了。墓地就在大海边，不绝的潮水每天吵得我不得安宁，好在这样我每天都可以遥望我的家乡。一个人待在自己家乡也许不一定会觉得家乡对他有多么重要，只有离开了才会知道家乡对他有多么重要。我的墓前冷冷清清，我的心里一直惦念着美军对我提供的“情报”的处理情况。

大约是半个月后，我冷清的墓前突然飘出玫瑰花香，我睁眼一看，是一个穿着长风衣的女人立在我墓前，手上捧着一束玫瑰花。我并不认识她，而且在这个鬼地方也不可能有谁认识我，所以我想她一定是站错地方了。这墓地自开战以来每天都在增加坟墓，而且出现了许多无名墓，她站错地方不是不可能的。

但她一开口我便激动不已，因为她说的正是我一直在惦念的事情。她说，美军从我身上搜到情报后，并没有什么怀疑，立刻将纠集在第七防区的大批军队调往第四防区。然而，当美军的调防刚刚结束，我们的部队就向他们第七防区发动了闪电般进攻，并一举夺得胜利。最后，她这样说道：

“尊敬的胡海洋参谋，吕处长要我代表中国军方向您致以崇高敬意！您为您的祖国立下了卓越功勋，您的祖国和祖国人民永远不会忘记您……”

我说我不叫胡海洋，我叫韦夫！韦夫！

但她怎么听得到我说的？

又有谁能听得到我说的？

让一个声音从一个世界穿越到另一个世界，真的是太难太难！我不知道，上帝给我设置这么大的困难，不知是在考验我的耐心，还是为了向我说明什么？其实，我说过的，要想弄懂上帝的意图同样是困难又困难的，上帝有时候似乎让我们明白了一点什么，但更多时候只是让我们变得更加迷茫。这是没有办法的。在我们这里，上帝同样常常让我们拿他没办法。

上帝啊，什么时候人类才能听到我说的这些？

刀尖上的步履

韦夫和我乡党老吕的“合作”珠联璧合，完美无缺，极可能名垂千秋。现在，韦夫的天外之音刚刚飘然而去，老吕又不期迎来了另一个合作伙伴，他就是老吕在南京从事地下工作时的“上线”人物金深水。金深水找到老吕的那一天，我恰巧与老吕在一起，在他孑然一身的家里，时间是中午过后。我记得，他开始叩门的声音很轻，以致开始我们听了好久也吃不准是不是在敲我们的门。那声音很缥缈，很不真实，也许更像是记忆中的声音，或者是在敲旁人的门。后来有一声敲得似乎有些绝望地用力，我们终于听清楚是在敲我们的门，便去开门，看见一位银发老人，穿一套笔挺的西服，头上戴一顶黑色的礼帽，手上还握着根漆亮的拐杖，跟电影中的人物似的，有种我陌生的风度。老吕的门大概从来没被这样的人敲开过，不问来人是不是找他，反倒问我是不是找我的。我说怎么可能呢，便问来人找谁。

他伸手一指，笑道："找他。"指的是老吕。

老吕纳闷地看看他："你是谁？找我什么事？"

那人爽朗地大笑道:"狗日的,你连我都不认识了,我是你的'上线'！"

这真正是一次久别的重逢，前后相隔四十余年。两人相认后，是如何兴奋激动，然后又是如何重温旧事，诸如此类，此处不表，我只想尽快转入正题。正题是什么？是半个月后，老吕突然从江苏给我打来电话，说如果我想听金深水的故事，就立即动身去福州，金深水将乘明日上午的飞机去福州，希望我最好马上出发，先他到达福州，到机场去接他，并陪同他去找一个人。听得我云里雾里的。不过，后来我总算弄明白了，原来老吕此次回来（不知从何而来）是想寻找一个人。老吕知道，这个人现在是在苏北某地，所以几天前两人就赶去那里，但到那里后才得知，那人其实在千里之外的福州。于是，两人决定马上再去福州，但老吕却临时被总部首长召见，要立即赶往北京。分身无术，老吕才想到我，决定给我"这个机会"。事实上,他们在去江苏时,我就怀着"听故事"的目的,想跟他们去。但老吕似乎看透了我心思，悄悄地走了，没我的份儿。想不到，峰回路转，机会又来了。

我当晚就飞到福州，没有进城，直接住在机场，等着接老金。第二天上午十一点钟，老金如期而来，然后我们连宾馆都没找，老金就急匆匆地照着地址去找人了。

是一个中年妇女，我们找到她时，她一个人在家，刚吃过午饭，正准备午休。她是个现役军人，穿着军装，但说话温文尔雅，对人客客气气，并不像一个军人。我敢说，她一定做梦也想不到，这个下午，我带来的这位神秘的银发老人，金深水，会跟她讲起这么一个“骇人听闻”的故事。这故事讲的是她母亲的事情，也是 701 行动局早期的一些事情。

顺便提一下，故事中有老吕的“身影”，只是故事中的老吕并不叫老吕，叫什么呢？大家不妨猜一下——

01

我叫金深水。

我从美国来。

我是你母亲的战友。

我说的是你亲生母亲，不是你家乡那个母亲。你觉得我说的很荒唐是不？是的，这是我想得到的，我今天才从你家乡来，我知道他们什么也没跟你说。他们不跟你说也许是为了爱护你，也许是想等我来说，不过我到今天才出现，他们已不准许我说了。这次我去你老家，会见了你现在的父母，临别时他们再三要求我别来找你。我理解他们的心情，确实事情到今天再来提起实在是晚了，你接受不了，他们也接受不了。也许我要早来三十年二十年，他们就不会有这样的愿望。可我迟迟不来，他们一定以为我死了，所以就打消了失去你的思想准备。但我还是来了，我为什么至今才来，这本身就是个故事。这是后话，现在我不想说。

刚才我说了他们——你现在的父母——叫我别来找你，我甚至都答应了，可我还是来了。我不尊重他们，并不是有意要伤害他们，我是决计要告诉你的，告诉你事实真相是我一直的愿望，也是你母亲——我不得不说明是你亲生母亲——的愿望。我知道，在今天，在你自己都已经做了母亲的年纪里，我，一个你平素未闻的人，突然跟你提起什么亲生父母，你一定不会相信的。你相信自己的记忆和感情，你的记忆和感情在忠实地告诉你，你现在的父母就是你亲生父母，你相信他们就像相信自己手上的一颗黑痣。

但我要告诉你，一个人对自己的出生是没有记忆的，也请你相信我的忠实。你可以看出我已经很老了，死亡对我来说是转眼之间的事。

你看，这满是皱褶的老脸，还有这手杖，这样一个老人，生活是真空的，他扳着手指计算着末日的到来，同时要扪心自问一下：什么事情你应该在生前把它完成，否则死不瞑目啊。好，就这样，我想到了你，想到了你母亲，想到了让你知道事实真相就是我此生此世该做的最后一件事。这件事我必须做，因为能做这件事的人这世上也许只有我一个人，我是这世上唯一掌握你秘密的人，包括你现在的父母，他们对你的身世也是一知半解的，譬如说你真正的父母到底是谁，这问题他们是回答不了的。他们能告诉你的无非是多少年前，我，一个国民党上校军官，在怎样一个夜晚，怎样将你委托给他们，他们又是怎样把你带回那个小镇，怎样抚养你，等等，而背后的很多真情他们是不知晓的……

是的，我是个地下工作者，而且藏得很深，在国民党心腹机关——保密局。我叫金深水，我刚说过的，这名字在大陆几乎是默默无闻的，也许在某个党史馆里的某一册子上会有一定记载，仅此而已吧。但在台湾，在台北，在国民党军队里，这名字一度发出过铿锵的声音，就像总统府的一块玻璃被砸碎似的引人注目又令人不安。看不出来？嘿，一个特务让你随便一眼看出来还了得，还叫什么特务？不要说你，就是你现在的母亲，她跟随我那么多年，我几乎就在她眼皮底下工作着，她都不知晓我的秘密身份，这次我向她说起，她简直不相信。

是啊是啊，我早就认识她——你现在的母亲，她是我一个远房姨娘的女儿，四十年前，因为逃婚离家出走，找到了我。当时我在杭州警官学校（戴笠的人才基地）当教官，而且刚做父亲，家里正少人手，我就把她留在家里，以后一直跟着我，帮我带孩子，做家务，直到1949年3月9日晚上。啊，你看，我记得多清楚，就是那天晚上，我把你从监狱里偷出来的，交给我表妹——你现在的母亲；就是那天晚上，我表妹离开了我，一只手抱着你，另一只手抱着她自己一岁多一点的儿子。那时候，你才四个多月，不可能有记忆的。

唉，那天晚上，天也像现在一样下着雨，你被我装在一个旅行袋里拎回家，一路上我鬼鬼祟祟的，像是拎着一袋偷来的赃物，害怕你随时可能的啼哭把我出卖。你倒是好，始终没哭一声，我几乎一路都在感激你的沉默。可到家一看，才发现真是可怕啊，你知道怎么了？原来我把拉链拉得死紧，中途又没给你透气，你差点就给我闷死在里面。幸亏天在下雨，雨水淋湿了布袋，总算有些水汽透进去，要不我这辈子都要向你母亲忏悔。你不知道，你母亲为生下你把她一切全都抵上了。

就是那天晚上，刽子手毛人凤下令杀害了你母亲——亲生母亲。1949年3月9日，这个日子，我说你可一定要记住，那是你母亲遇难的日子，过去的几十年，我每年都要在这个日子纪念你母亲，以后该由你来纪念了。也许我会很快地老死，那么请你记住这个日子就更加必要了。

02

好，我必须控制老年人东拉西扯的习惯，赶紧讲讲你母亲的故事。说真的，我已记不太清我第一次是怎么听人家说起你母亲的。好像是在理发店，我的联络员，一个一只脚有点瘸的老头子，是个苏北人，没有家小，只有一个哑巴徒弟，他开着一家理发店，却是我们传递情报的地点。有一天，我去理发室，和往常一样，我以老客人的身份和他寒暄，闲扯中夹杂着理想的暗语，问他近来生意如何。他以一种我期望的声腔喜滋滋地答复我：

“啊，长官，我真是有福气，最近我又有了一位像你这样的客人，一位有身价的人，他认准我的手艺，常找我来理发。”

我立刻明白，他在告诉我：我们又多了一位同志！

我说：“恭喜你啊。”

他说：“哪里哪里，要恭喜的是您啊长官，听说您又添了薪，是高升了吧？”

这就是说，这位同志很可能将直接与我发生联系。我马上感到了体内高涨的热烈情绪。从理发店回家，我几乎紧急地取出了老头在替我洗头时塞入我衣袋的纸片，是半张三十二开的信笺，上面这样写道：

鸽子（女）已打入厢房，近日可望一见，接头暗语：鸽子向你打听她老乡——一位你处姓秦的参谋，你如实回答即可。握手。老A。1947年5月7日。

厢房指的是国民党保密局。说真的，我真是做梦也想不到，这一天既没有预兆，也没有暗示，一切都是静悄悄的，平常的，然而却是我多年梦想实现的日子。这个日子太伟大了，有一种神灵降临的奇妙，我既觉得难以相信的困惑，又感到不能不信的快活。现在我知道了什么叫幸福，就是你梦想的东西在你意想不到甚至没有意想的时刻出现，那就叫幸福。这种感觉是真实的，也是深刻的，就像一把刀子在你骨头上刻画一个象形文字一样地使你身心癫狂，瞬间的感受成为绵延的记忆长河中一个闪光点，永远光芒四射，鲜活如初。

也许首先我该让你明白我当时的处境，那样你就会理解我当时的心情。我不知道你对国民党保密局的历史，包括它“地下组织”的历史了解多少，是不是要我谈一点？好，我简单介绍一下：

这是国民党的一个秘密特务机构，负责暗杀、收集情报、通讯等任务，1932年春天初创于南京，开始名称叫“中华民族复兴社特务处”，后来一再发展扩大，改名为“国民党军事委员会调查统计局”，简称军统局，总部设在重庆，下属各省市均有站区，组织庞大，声势吓人，权力至高。特务头子戴笠一直为该机构头领，以阴险毒辣著称，深得蒋介石青睐，在他统治下，军统势力一度达到登峰造极的地步。1946 年 10 月，戴笠丧生不久，军统局整编为国防部保密局，简称保密局，总部由重庆迁至南京，国防部二厅厅长郑介民任局长，毛人凤屈居副局长。一年后郑被毛挤走，毛升任局长。

这机构素来是老蒋喜欢的一只黑手，也是我们地下工作者的死敌，我们先后有不少组织遭它破坏，许多同志惨遭杀害，包括著名的吉鸿昌将军、邓演达、张露萍等人。一年春天，从南方的竹林里出来了一个骑马的人，满脸胡子和深刻的皱纹，穿着油亮的对襟衫，腰上别着一把枪——人们是这么传说的。他名叫张蔚林，曾经是一个乡绅的保长，就是这个人，首先结束了军统没有“地下”的局面，成为我党第一位深入军统内部的地下工作者。我已经忘了他是怎么认识我并且发展我成为他的同志的，我总觉得他身上有点儿梦一样的气氛，现在想来仍有这种感觉。在我的记忆中，他有一张夸张的阴郁的脸，看起来有点阴险，却十分亲切——这大概就是梦的效应吧。我知道，他曾在江西红区工作多年，在那里脱掉了他油亮的对襟衫加入共产党，后转入秘密战线，先为杭州国民警官学校电训班八期学员，毕业后打入军统，在电讯处总台工作。这个人要叫戴笠羞耻的，仅仅几年时间，也许是三年，他先后发展了我、杨恍、冯伟庆、安运、赵力等五人成为他的同志，并且至死不渝。那几年，我党在军统心腹的地下工作十分得力，军统的诸多声音回荡在延安的上空，成为我军克敌制胜的秘密武器。回忆这些总让我感到无比的激动和幸福，我在你母亲的故事里几乎动感情地插入张蔚林的故事，请你不要介意，因为他是首创军统“地下史”

的奠基人，不提及他是不公平的。半个世纪过去了，我仍然觉得他的意义是无穷的。

但是谁也想不到，1941 年春天，张蔚林因工作上一个小小失误而暴露身份，借此戴笠在军统进行彻底搜查，一一考究，人人过关，结果张蔚林发展的杨恍等五位同志全部被捕（四年后被杀）。当时我已离开军统总部，在下属的杭州警官学校当教官，上帝让我避开了这次大搜查，成为唯一的漏网者幸存下来。后来我在警校秘密招收共产党的学生，希望他们毕业能够再次打进军统总部，把尖刀再次插入敌人心脏。但“张蔚林事件”后，戴笠这只老狐狸戒心尖深，用人慎之又慎，非亲信不用，我们的同志一个也插不进去，相当一段时间，军统内部没有“地下”，没有我们一条内线。

1945 年秋天，组织上命令我重返军统。这似乎是个不得已的措施，因为当时我在警校已爬到训练处长的高座，并且可望再爬，舍此求彼，绝非上策。谁都知道我在警校的意义是深远的，只要我在那里，国民党警校每年都将有共产党的学员入校、毕业，新鲜血液源源不断。但军统无“地下”的局面非破不可，而当时进军统希望较大的好像只有我，这种情况下也只有采取不是好办法的办法了。不久，我因在警校“树敌太多”——我故意造成待不下去的僵局——而被戴笠召回军统，任情报二处上校副处长。戴笠对我这个同乡的“忠心”从来也不晓得怀疑一下，也许算得上是他少有的失算之一吧。

1946 年秋天，戴笠丧生不久，军统迁至南京。不知为什么，当时组织上未能及时与我取得联系，加上初来乍到，人生地疏，一时间我的工作几乎陷入绝境，唯一使我感到温暖，感到组织的一束阳光的只剩下我的联络员，就是那个理发店老头。我一个人孤零零地工作着，强烈地感到孤独，窒息，乏力。我需要同志，需要一个实在的组织，我企盼着、想念着，然而我想念的东西仿佛都在远处，在一块玻璃的另一边。

也许你会说，我应该自己发展同志，自己开创一方天地，像张蔚林一样。说起这个我就感到惭愧，因为我太缺少张蔚林的英才雄略和非凡的胆识，以及梦一般的组织才能，我是一只手，需要放置在一个身体上才能发挥作用。我是在一幢沉重的八角楼里长大的，十岁还不敢一个人上街，害怕黑暗，常常把风的声音幻听成狼的呜咽。我忠诚、老实、细心，具有常人没有的忍耐性，也许可以成为一个上好的哨兵、秘书、副手，但让我来指挥甚至组建一支队伍那是困难的，因为我的手在悬空时缺乏活力。正是在那段时间，我强烈地感到了自己性格上的缺陷，我现在能这么清醒地剖析自己正是因为当时的经历让我痛苦地认识了自己。生活总是不断地帮你认清自己。每当我想起这段岁月时，我总觉得羞愧，这是我这辈子里最最暗淡而难堪的岁月。也许我可以用当时环境恶劣的事实来开脱自己，原谅自己，但我不需要原谅，我需要惩罚，咒骂，因为我让延安失望了。我对延安的忠诚、我的信念、我的理想，都使我失去了原谅自己良心的理由。我恨自己！起码恨自己那段暗淡的岁月。

你可以想象，那时候我是多么需要同志配合，或者让我配合他。我知道，我这只手只要有支撑点还是十分灵巧而有力的，我是一个上校军衔的副处长，我手头的油水足能养活成千上万的革命同胞。然而现在它在我手里发臭、霉烂，不可驱散的毒气吞噬我们的同志，也吞噬了我。我心急如焚，我望眼欲穿，我成了一只困兽，在可怕的焦渴中挨时度日，白天我坐在死气沉沉的办公室里，翻阅无穷无尽的报纸，徒然地寻找着一句想念中的暗语，又把一个个黑夜消耗在对遥远亲人的玄想之中。理发店作为我当时唯一的关系，我没有节制地去了又去，把头发理了又理，总以为剪子剪去我头发的同时也将一刀剪掉我当前晦暗的岁月。就这样，在困苦中度过了无数个延长了的白天和夜晚，最后终于盼来了你母亲——鸽子。

鸽子，你母亲的地下工作代号，就像我叫牛头一样。

03

我和你母亲第一次接头是在保密局的一个周末舞会上。

谁都知道，戴笠在军统曾有过一个基督徒的规定：战争时期禁止结婚。然而这规定不是禁欲主义的，军统的舞会每周开放，而且绚丽多姿。人们说，伊丽莎白在军统的舞场上同样会受到多面夹攻，那里的人个个色胆包天，厚颜无耻，乐于争风吃醋。他们把枪藏在裤袋里谈情说爱，像所有光棍男人一样，热情洋溢，求胜心切。他们用惯常的花言巧语撩人心魂，有时也使用一点职业伎俩，譬如说穷追不舍，不择手段。女人很少在他们面前坚贞不屈，女人总是有些轻薄，或者说软弱。他们把攻占的山头一个个带回自己散发着死亡和恐怖气息的寓所，把枪压在枕头下欢度良宵，早晨醒来他们收起夜里的一切甜蜜和情爱，开始盘算另一出阴谋：杀人的阴谋。戴笠把这帮走狗训教得服服帖帖，忠心耿耿，无疑是他的高明。戴笠身亡后，尽管人走茶凉，但人们似乎已经习惯了故有的传统，男人照样不要结婚，舞会照样绚丽多彩。

那天晚上我几乎有种预感，老早就去舞厅，因为去得早，我拣到一个理想的座位，我妻子嫌它太显眼，想换个偏一些的位置，被我拒绝了，我想今晚我就要显眼得让谁都看得见。我妻子不理解我的话，但这不影响她听我的话，这大概就是一个地下工作者最好的妻子。我妻子是个宁静的雅安人（四川雅安），有一头雅安人应有的乌发和一张白脸。据说雅安的姑娘以温良和美德著称，受了气只会哭，柔弱似水——但也不见得，我在“汪精卫时期”曾在武汉碰到过一个雅安少女，才十七岁，是个接线员，她给我的印象是在漂泊的乌篷船里长大的，有一种船上女人特有的风骚劲。当然我妻子是温良的、柔弱的，当初张蔚林跟我妻子一面之交后就告诫我，不能发展她做同志，理由是她目光充满的“顺从意识”（不是反抗意识）。她一直不知道我的隐秘身份，然而延安知道，她曾帮我们做过多少好事。

和往常一样，舞会总是弥漫着强烈的世俗气，女人个个脂颜粉面，矫揉造作，妖里妖气，男人一个比一个慷慨大方，能说会道，像煞绅士。在一曲曲音乐声中，我将舞池里所有脂面粉脸一一窥视，一张放大的苹果脸引起了我的注意，因为她几次旋转着看我，目光亲切温暖。我几次想象她向我走来，坐在我对面椅子上和我秘密攀谈。后来，我发现她的目光一下子变得淫荡，虽然就那么一下，那么一瞬间，但已叫我恶心透顶，好像吃苹果一口咬出了一条绵绵蛆虫。上帝知道，我需要的不是肉体艳遇，而是理想的“艳遇”——请允许我这样牵强地说。是，那可能是个妓女，在军统的舞场上，这样的女人好似饭桌上的苍蝇一样，稍不注意就会停落在你碗沿上。

好，我要尽可能讲得简单明了，舞会中途休场时，我去厕所方便，回来时我发现自己的座位上坐着一位姑娘，很年轻，很出众，穿一套白色的长裙，在霓虹灯下，耀眼得令人目眩。她正跟我妻子交谈着，我走过去，她抬头看我一眼，掉头问我妻子：

“这是您先生？”声音有点嗲。

我妻子点点头，很矜持的。她很快站起来，让我坐，也许还说了一句客套话。

我说：“没关系，我在抽烟，想站一会儿，你坐。”

她又坐下去，给我妻子看她黄灿灿的金表。我妻子懒懒地看，已经有点看得出的不耐烦。这时我好奇的目光透过烟雾，向她瞥去，开始我觉得她生得简单，只能说有一张漂亮的脸蛋罢了。我对漂亮的女人向来不太有好感，也许是出于一种妒嫉心理，也许是由于经验的教唆。我相信漂亮在女人身上就像武器在男人手里，总有一天会被他们使用，“恶毒地使用”——这是我们家乡的一句话，你应该听说过。

但很快我就发现，这个人的脸上同样有种梦的气息，漂亮仅仅是停留在表面的认识，非但不深刻，也许还是错误的。有那么一会儿，我看到了她的眼睛，就像看见风一样地看到了她的目光，同时出现在我眼前的是一大片宁静得几乎是抽象的草原和一条清明的小河，河水里波动着鹅黄的阳光。我知道，这都是我关于家乡的诗情的记忆，它们经常出现在我感受斯特劳斯恬美音乐的心灵里，现在它为一种目光所唤醒，我感到热烈，感到身体里有种东西在吝啬地燃烧。我贪婪地窥视着她，希望领会她外表的真正含义。

不久，我似乎又有新的发现，我觉得眼前的这个女人——漂亮女人，不像我开始看到的简单无趣，而是神秘的、复杂的，要看透她几乎需要对她面部进行分割地看。在她脸上，有两样东西十分醒目：一双眼睛和一对酒窝。当你重视她下半张脸时，那对甜蜜而快活的酒窝就会使你看到一张漂亮的脸蛋，亲切、可爱代表了她，她成了一个无忧无虑、天真烂漫的少女，外表热烈、内心简单，也许稍有钱财的男人都能得到她的爱。然而，当你目光渐渐上移，凝视她的双眸，久久地凝视，你就会困惑地发现，一种智慧——成年人的智慧——正在她脸上稍稍地增长，冷静、深邃成了她的全部，无聊的男人将为此懊丧，因为他们害怕智慧的考验。从这张面孔上，我看到了两个有明显差距的世界，一个带着戏谑和放纵表达着她的情感，另一个却在压抑地呻吟，压抑和孤寂使她变得敏感、多疑，留下了忧郁、感伤的印记。当我把这两个世界融会贯通，我就觉得她神情之中流露出来的是一种高雅的风流，一种凝重的娇态，不是初发的娇态。这时候，我几乎渴望她掉头来向我打听她老乡，因为我已承认她是特殊的。我希望她就是“鸽子”。

突然，她装得像刚记起什么来似的，转过身来，同时换了眼神，这样问我：

“上校，我想打问一下，你们二处是不是有个桂林人，姓秦，他可是我老乡呢。”

天哪，果然如此！

我极力掩饰住内心的狂喜，平淡地告诉她，是有个姓秦的人，叫秦时光，系中校参谋。这个人注定要成为我们的牺牲品。他当时也在舞会上，我以一个抽象的阿拉伯数字出卖了这条前途黑暗的走狗。

又一支舞曲响起时，我注意到姓秦的好似一只饥饿的苍蝇，始终围绕在你母亲身边，脸上堆满夸张的微笑。我可以想象，你母亲刚才一定是在他身旁故意夹杂出一两句混浊的桂林话，他便发现新大陆似的，迫不及待地迎上去。这个从桂林乡下出来的穷小子，一个臭皮匠的儿子，我深悉他虚荣又贪婪的本性，有人恶毒地攻击他，说他眯起的双眼——他生有一双鼠眼——从来只为上司和女人发光。我想这种评价除了有点夸张之外，更多的是贴切。他确实是这样的人，不可怕，但可恶。我不知他是怎么混入军统并且一再受到关怀，始终滞留在总部“吃香喝辣”，有人想赶也赶不下去。在同事间，他虚伪又媚俗的为人已使人讨厌，然而他自己并不讨厌。一个没有多少真本事又缺乏家族荣誉的人，能够在一群魔鬼中偷生，凭靠的就是“虚伪和媚俗”这两根拐杖。

后来，我故意和他打招呼，把他喊过来。我知道，这样他一定会炫耀地把你母亲带过来介绍给我，同时也一定会讨好地请我妻子跳舞。然后我便毫不犹豫地牵起你母亲的手，与她一道旋入幽暗的舞池。分手时，我的右手已从你母亲潮湿的左手里接回一张纸条，我把这只庄严的手伸进口袋，掏出来一块擦嘴的手帕，一举一动都是人皆有之的，但却贯穿了深刻的内容。我们的配合一开始就显得惊人的默契。

那天晚上天上有一轮银制的明月——我怎么记得这么清楚？月光像水样铺开在大街上，房屋的墙沿上，城市显得格外宽敞。回到家里，走进书房，我发现，月光早在这里静静恭候我，我的出现使它微微颤动了一下，好像它是水做的。但即使是水我也没感到凉意，我只觉得宁静，而且这种宁静几乎是完整的，我甚至都不愿打破它，就在月光下细阅了你母亲给我的纸条。内容有二：

1. 请我尽快弄清一号监狱新址（我知道），和关押在内的张世雄等同志行刑的具体或者可能的时间及地点；

2. 三天后参加“红楼会议”。

04

第二次见面就在三天后的“红楼会议”上。

红楼会议其实没有在一幢红楼里，而是在一辆白底红字的救护车上。我到南京以来还从未参加过什么会议，三天来，我把这个会议的地点、人员琢磨又琢磨（琢磨不出名堂），到时间我几乎迫不及待然而又有点犹豫地向大慧胡同走去：在那里将有人带我赴会。八点半钟，一辆呼啸而来的救护车突然在我身边刹住，有人打开后门将我紧急地拉扯进去。起初我还以为是出事了，车上躺着一位伤员，头上缠着一头血湿的绷带，只露出一双晶晶黑眼和一个小巧的嘴巴。但车子刚开动，那人却轻巧地坐起来，用目光向我亲切致意，并伸出玉手跟我握手。这时我才看出“伤员”正是你母亲。

作为我到南京以来参加的第一个会议，我记得真切，会议有六位成员，包括驾驶员，我是最后一个到会的，我上车后，他们跟我一一握手，但并不自我介绍。我注意到，他们都是我不熟悉的，包括你母亲，缠一头绷带也让我陌生。车子驶出黑暗的胡同时，你母亲想把下巴上的绷带扯下来，有人却说：

“别扯！”

这个人就是会议的主持人，是一位戴眼镜的中年人，说话有点北方口音。他自称是老A，让我好一阵激动。我知道，老A就是我们当时在南京地下组织的头脑，从中央下来，是一名中央委员。在这么一个小会上见到他，我很有一种受宠若惊的感觉。不过后来我知道这个老A并不是真正的老A，而是代表老A的老A，这种老A我想当时在南京也许有两个，三个，甚至更多。

会上，老A首先明确，红楼小组从此成立，今后将不定期聚会。这个消息很鼓舞我，我有一种投入组织怀抱的温暖感。然后他分析了国内形势，指出国民党已再度挑起内战，“战争的风雨一时也许停不了”，要我们做好长期埋伏的准备，“打持久战”。在布置任务时，他说以后工作重心要转入收集军事情报和在工人中组织武装队伍这两个方面。

我左边突然有人插嘴说：“那以后学生运动是不是不搞了？”

我不记得老A当时是怎么回答的，也许没有回答。提这个问题的是个青年，书生模样，但性子似乎有点急，提问的方式也不机智，几乎马上让我猜到是个学生。他的眉角有一块猪肝色的红记，这对他做地下工作似乎不大有利。后来，年底的会上我就没见到他，听说是被捕了，不久我又听到他被杀的消息。他是我们小组中最年轻的同志，却是最早遇难的。

一个暗号叫“红胡子”的山东人是我们几人间年纪最大的，也许有五十多岁，额头上有一缕下垂的白发，暗示出他古怪的性格。我和他在那天会上闹了点不愉快，但起因记不清了，也许是为营救张世雄等人观点上有分歧吧。他后来很快离开了我们，据说是去了上海，也可能是无锡。坦率说，我不大喜欢这个人，他身上我觉得有种莫名其妙的傲慢和怨气。

还有一位同志当时坐在我右侧，是个魁伟的人，二十五六岁，长着一头神秘的红头发，也许是染的，我不清楚。他乔装车上医务人员，穿着白大褂，并且有一个医生的暗号，叫“一把刀”。他在那天会上几乎没说一句话，以沉默而为我注目。很不幸，他几乎就在南京快解放的前几天里暴露了身份，因拒捕被乱枪打死。

现在我又看见了你母亲，她坐在单架上，在我们中央，一身坚硬的黑色衣服使她显得凶冷、离群，而头上的绷带我刚才说过使她显得圣洁，所以总观起来，她那天身上有一种圣洁的冷漠和敌意。她一直缄默不语，我以为她今天不打算发言了，但车子从郊外回来的路上，也就是会议的最后十几分钟里，她突然说：“我挨到最后讲，是想多讲几句。”

就这样，她开口了，语调、言辞跟三天前舞会上的那种小姐做派截然不同，变得坚定、激烈、热气腾腾，具有演讲的气派。她说着说着，就毫不犹豫地扯下了下巴上的绷带，好像有人不准她扯似的。这个动作我可以说是她性格的一次曝光，我正是由此开始意识到舞会上的聪明的、优雅的、温情脉脉的小姐绝不是你母亲的全部，她身上蕴藏着火热的一触即发的激情和为激情驱使下什么事都敢做的大胆和不羁。用句《圣经》上的话说（我太太后来变成个基督徒），她是一个“炽热的金的姑娘”，“柔软的银的姑娘”只是停留在她表面的形式。作为她的战友，我将不断目睹到她“炽热的金的”一面，而那些刽子手，也许会迷醉于她“柔软的银的”表面。

她果然说了不少，也许比我们五个人加起来还要多。我现在已记不得她讲的很多，只记得一件和我有关的事——她谈到，她目前的处境很不适合她开展工作，“我现在身边的人都是一群蝴蝶迷，你就是把她们脑壳炸开了也搞不到一丝情报”。你母亲这样夸张地说。事实也是这样，当时你母亲虽然打入了国民党心腹机关，但在心腹机关里，她又处于一个无足轻重的位置上，在通讯站，每天就是收发电报，电报都是密报，天书似的，没人看得懂。我以前在电讯处时曾常常去那里办事，我很熟悉那方天地，那里的人，正如你母亲说的，都是一帮崇尚时髦追求浪漫的洋小姐，每天带着化妆品上班，利用工作间歇谈论时装、美容、明星、舞会，津津乐道于已经流逝了的或者正在进行的甚至未来的种种浪漫和甜蜜。她们就像魔术师一样，在一种不真实的前提下把生活翻来覆去，却从不厌倦；她们站在舞台上，用青春编演各种节目，渴望掌声响起来，渴望白马王子，渴望青春永驻，至于剧院外面在干什么，她们会不耐烦地说：管那干什么！

置身这群缺乏敌意甚至缺乏敌意想象的女人中间，你母亲一定感到了无聊的孤寂和作为一个局外人的焦躁，所以她要求离开那里，去更有价值的处室，希望组织上给她提供条件和机会。我记得清楚，她当时还说了这样一句话：

“与其把刀子插在无关痛痒的腋窝窝里，还不如不要这把刀子，因为这样的话这把刀子只能给自己增加风险，并不能对敌人构成威胁。既是刀子，就应该把它插在敌人心脏上，心脏的心脏上！”

这个说法马上得到了老 A 的赞赏，他把你母亲的要求（去更有价值的处室）作为一个任务交给我。我嘴上答应下来，但心里头明白这不是件容易事，我很可能完成不了。

散会前，我们为自己炽热的信念所驱使，大家围成一圈，伸出十二只虔诚的手叠在一起，齐声高喊：

“国民党必败！共产党必胜！”

05

分析一下保密局当时的形势就不难想象，要完成老A或者说代表老A的那个老A交给我的任务——帮你母亲打入保密局的心腹中，不是一件容易的事。我之所以答应下来，不是因为我有条件完成，而是无理由拒绝。我们甚至连死都无法拒绝，还有什么可以拒绝的？保密局当时的情况是这样的：1946年10月，保密局迁至南京之初，由于国民党内部反蒋和军统局内部反戴势力的作用，戴笠的亲信毛人凤并没有当上局长，局长的宝座上坐的是郑介民，毛人凤只当了个副局长。但毛凭着蒋对他的信任和保密局内部浙江派雄厚的势力，并没有把郑放在眼里。郑觉察到毛的威胁，一度扩张自身势力，很快保密局形成了两大派别，即毛的浙江派和郑的广东派。郑、毛两人貌合神离，明争暗斗，互相结帮又互相拆台。这时候，他们用人治人都讲究亲信嫡系，一个两边不沾、没有自己主子的人想进保密局核心机关，无疑有很大难度。我旁敲侧击试探了一下，几乎连希望的影子都看不到。

在又一次舞会上，我把我的看法和难度告诉你母亲，你母亲一言不发，心事重重的，好像陷入了某种不愉快的沉思之中，脸上有一种凝固的受苦难的表情。但她也许意识到自己这个样子在一群怒放的鲜花中有些失态，端起桌上的一杯甜酒，一饮而尽，接着咯咯大笑起来，就像一朵恶毒开放的虞美人，妖艳又性感，一下把她刚才的失态淹没在笑声中。我身体几乎马上有种被目光烫伤的不安感，因为我看见一道雪亮的目光向我刺来，那是你母亲的老乡秦时光妒嫉的目光。当时他正跟我妻子在跳舞，但你母亲的笑声惊扰了他，没等曲终，就走出舞池，朝我们走来。

你母亲说："也许我得好好使使这把刀（指秦时光），他爱上我了。"

我说："他是毛人凤的一条狗，当心激怒他咬你。"

"不会的，"你母亲说，"他在做梦，一只狗正在做梦呢。"说着又咯咯笑起来。

秦时光过来问我们在笑什么，你母亲笑着说："我们在说一只狗做梦的笑话，哦，老乡，你应该想办法帮我弄到这样一只狗，它从不咬人，也不叫，整天躺在屋檐下的走廊上，睁一只眼闭一只眼地做着一个个美梦，从不站起来一下。因为从来不站起来，一只燕子就在它温暖的胸脯上筑起了窝。"

秦不失时机地凑趣："这样一条狗，需要有人打断它三条腿，弄瞎一只眼睛，还要把它的舌头割了，牙齿拔了。"

我妻子说："那太残忍了。"

你母亲说："不，我就要这样一条狗。"

大约一个月后，一个星期天下午，我和你母亲有一次重要约会，是在郊外一座被当地人用各种各样传说编造起来的神山上，整座山好似一枚巨大的马蹄形印章，人们说这是玉皇大帝掉在人间的一枚天印，故名天印山。三百年前，一位道士曾想在山上营造自己不朽的法场，但石砌的庙宇刚刚落成，一夜间便倾塌为一堆废墟。那天我们看到一顶破旧的尖塔和一个房屋的地基，这便是不朽的法场消失的最后一个象征。我们在历史的石阶上坐下来，头上顶着下午三点钟的灼热的太阳，周围是一片6月的芜杂的茅草，空气中弥漫着泥土的气息和野花的香。在我们目极之处，城市散漫地坐落在山水的环抱之中，不伦不类，龌龌龊龊，犹如一桌子狼藉的杯盘。

我已记不得那天以前的一个月曾经发生过什么，也许什么也没有发生。有些时间可能什么都不会发生，而有些时间又可能什么都会发生，那天下午就是这样一个时间，似乎什么都发生了，起码什么都可能要发生了。

你知道，由于郑、毛两人的矛盾关系，我简直想不出任何办法完成老A交给我的任务，将你母亲插到敌人的心脏机构中去。但那天下午，你母亲告诉我说，她得到了一个天大的秘密：因为蒋介石对郑介民的不信任，为架空郑，又不想让其觉察，毛人凤和蒋介石私下开设了一部无线电台，随时在进行秘密联络。这是保密局内的秘密，秘密中的秘密，偌大的保密局内也许只有毛与秦时光两人知晓。你母亲正是从秦那里探听到这一秘密，我马上激动起来，兴奋地说：

“这是一块敲门砖，你可以借此攀上郑介民这棵大树。”

“是啊，”你母亲说，“我也这么想，但光知道不行，我们应该弄到电台的频率、呼号、联时以及使用的密码，关键是密码，非弄到不可，否则郑在无法证实我们忠心之前很难器重我。”

我说："那些东西怎么能弄到呢？"

你母亲说："偷！"

"偷？"我说，"那太冒险了。"

她说："我想过了，不可能有其他办法，只有冒这个险。"

我说："去哪里偷呢？"

她说："就在你隔壁的办公室里，秦时光的保密室里。"

那天我才了解到，原来秦时光整天钻在保密室里并不像我想的一样在睡大觉、写情书，人们讨厌他，指责他，说他在处里纯属多余，嚷着要把他赶走，赶到下面去。然而这是不对的，因为——现在我知道，其实他比我们任何人都重要，都辛苦，一个人操劳着一个电台，既当收发员，又当译电员，劳苦功高，任何人也奈何不了他。这个秦时光，人们都误解了他，也小看了他。

分手前，你母亲交给我十四把簇新的铝制钥匙和一部美国"利特"相机，说：

"我已约他今晚去我家做客，希望你成功。"

那天晚上对我来说就变得格外珍贵而惊恐了。你知道，我们采取的每一个行动都可能是最后一个，而我这次行动风险之大使它"最后一个"的可能性也增大到了极限。我要动一动毛人凤的心脏，那里面鬼知道有什么隐秘装置，也许只要我手里仿制的钥匙一插入锁孔，毛卧室里就会响起尖厉的警报声。十四把钥匙对我来说无疑是太多了，也太新了，它们将给我开启的也许不是秦时光密室的门，而是地狱之门。去冒这样的险无异于赌博，任何力量或心智都无法决定成败，成败只挂靠在"运气"两个字上。

然而上帝在那天晚上突然向我伸出了仁慈的双手，我是幸运的，没有一把锁（两道门，三只铁皮箱总共五把锁）不在这十四把簇新的钥匙中，没有一次惊恐的经历让我持续得太久，没有一个动作注定我留下蛛迹，没有人看见起点，也没有人听到我无穷无尽地按下快门的咔嚓声——我觉得这声音像枪声一样震耳欲聋。当你母亲打来电话，通知我秦时光已离开她那里时，我怀着一种丧魂落魄的快乐告诉她：

“一分钟前我已把一切甚至连一滴眼泪一样的逗号都装在了你的镜子（相机）里。”

以后没有一件事情是不可以想象的，你母亲捏着毛人凤的“尾巴”投靠了局长大人郑介民，被郑调至身边，表面上是他秘书，实际上是他第三只眼，是他的“秦时光”，每天的任务就是窃听“蒋毛”私语。这时你母亲的身份已神奇到这样的地步：既“亲切地”扯着郑介民的臂膀，又“恶毒地”捏着毛人凤的尾巴，两边都有她的视野和触角。就这样，保密局的两大世界被你母亲连贯起来，融为一体，那时候，保密局没有一个声音是我们听不到的，没有一个行动是我们不知晓的。我说过，什么事情恰恰都会发生在一个时间里，同样什么事情有时往往都会发生在一个人身上，你母亲就是这样一个人，什么不可能的事情都会被她不可想象地创造出来，她撑起双手，就把保密局的地下世界支立起来，而且这世界还相当发达。我们活动于此，游刃有余，一点也不感到局促，不感到封闭和危险；我们置身其中，既看到了遥远的星辰之外的奇观，也看到了深在海洋之下、地球中心的微妙。你母亲像是一面巨大的无穷无尽的镜子，保密局的一切细微、奥妙无不显现在她的镜子里。

以后你母亲就在郑介民的小洋楼里办公，每天上下班都要从我窗前那条石子路上经过。除了舞会上例行的联络外，有时候我们也紧急地联系，譬如说我在她经过我窗前时突然地启窗，或者她在我窗前悉心化妆，那都是我们有急事相告的暗号。我记得有天下午，她在我窗玻璃外面停下来，又是照镜子又是涂唇膏，动作十分夸张又持久。就在这天晚上，我第一次听到了杨丰懋这个名字。

06

我不知在前面有没有提及杨丰懋这个人，这个人我是必须提起的，还有那个真正的老 A，他们都是跟你母亲有着非常关系的人物，也是我们组织中的重要人物。我可以消失在你母亲的记忆中，但他们不会，永远不会。

现在你应该知道，你母亲是 5 月份到保密局的，6 月份我们在天印山上约会，策划一系列行动的开始，到了 7 月，你母亲荣幸地成为郑介民的"秦时光"。然后在 8 月里，你母亲最重要的事情是和杨丰懋举行了声势浩大的婚礼。偌大一个南京城也许没有几个不知晓这场婚礼的，这场婚礼隆重、浩大得像一个战役。也许从某种意义上说，它就是一个战役。

我没有去参加他们的婚礼，还不够格。但从报纸上，我看出杨丰懋是商界的一个知名人物，在水西门拥有自己的豪华公寓。以后，你母亲就住在那里，那里一度成了我们地下组织的神经中枢，所有的情报最后都汇聚到那里，在那里变成电波，传播出去。

这个杨丰懋，我后来曾在我们舞会上多次见识过，给我的印象是个蓄着络腮胡子的傲慢的人，或者说装得像个傲慢的人，高个子，长方脸，西装革履，头发油亮，抽着粗壮的雪茄烟，神色冷漠，气宇轩昂，既有绅士的非凡风度，也有水手的那种粗犷气概。有一次，你母亲介绍我们认识，我和他聊起来，谈到共产党人该不该接受和谈的问题，他的见解是当时美国人的见解，就是认为共产党接受和谈是明智的。

他夸夸其谈地说："共产党只有两门火炮和三支鸟枪，他们也许可以在梦中无数次地击败我们，但在现实中永远不可能。趁着当今全世界都厌战的形势接受和谈，隔岸而治，在我看来，那简直是上帝给他们的礼物。"

这些都是当时报纸上的言论。

分手前他给我一张名片，上面印有四五个显赫的头衔，我只记得其中一个是：中华海洋委员会董事长。我所以独独记得住它是因为这个海洋委员会当时很有名气，是一个做着阴暗的非法营生却从来不遮人耳目的、从事军火贸易的秘密商会（像夫子庙的众多妓院），后台老板是美国议会一位官员。当时曾有不少知名人士呼吁政府取缔这个商会，因为这个商会干的营生无非是"拿中国人的家珍换来些过时的废铜烂铁而已"。

不知怎么的，我自一开始就有种预感，觉得杨丰懋可能就是那个真老A。没人跟我这样说，也没这方面的征兆，但我一直这样想，而且从那以后我把自己对老A有的敬佩和仰慕都悄悄地给了杨及你母亲。直到半年多后，当我手上捧着真老A的人头像时，我才明白不是的。

我说过，自你母亲得到郑介民重用后，我们的工作做得很顺心，成绩也很大。跟所有耕耘者一样，收获给我们带来了古老而根本的快乐。

但等过了年，到了 1948 年 3 月后，我们接连遇到了好几件麻烦和不幸的事，首先就是老 A 的头像被四处张贴，悬赏捉拿。

那张人头像也许是根据谁的记忆由一个蹩脚的画匠描制的，很大，有半米见方。在像上，老 A 戴一副肉色深度近视镜，天庭饱满，大包头，中分，脸型上方下圆，腮肉丰满，鼻子向前凸出，两侧有个明显的肉八字。总的说,也许是由于回忆者或者作画者的感情用事,把老 A 视为“狗特务”，过分地强调了头发的又长又乱和腮帮上的几道横肉，因而显得有点怪模怪样，既有一个秘密组织头目的毒辣、刚毅的气质，又有山里土匪的那种蛮野劲儿。反正这是一幅极其拙劣的人头像,不论是回忆的人还是描绘的人,在创作中都融进了强烈的主观色彩，因而极不真实是肯定的。我记得，刚到南京时就听保密局不少官员说起老 A 这个人，说他曾当过演员，擅长化装术,经常改变相貌。这无疑也给回忆和画像者增加了难度。但不管怎样,杨丰懋和画像上的人绝不可能是同一个人，最差劲的画匠和最高明的化装术都不可能将同一人演绎成如此两人。这头像对我的意义就是这样，它让我明白了杨和老 A 不是同一人。

就是这张头像，后来复制出无数张照片和画像，四处散发，到处张贴。我相信，它在巡捕过程中并没有发挥什么作用，因为——照他们的话说，老 A 擅长化装术，那么他一定将由此把自己化装得更不像画像上的人。我以为，那头像除了眼镜和额头外，其他都有些“生分”，那一定是回忆的不确切或者表达的不到家造成的。既然这样，我想只要把眼镜摘了或者换了（同时也会改变额头模样）就行了，而这是很容易的。

对此，你母亲不像我这么乐观，她指出，虽然眼镜确实可以改换，额头也可以通过眼镜和发型的变化而得到一定变化，“但鼻子两侧的‘肉八字’是不易改变的。”她这么说，使我以为她一定见过老 A。但她又否认了，说只是见过他照片。

我问：“照片和头像相像吗？”

你母亲痛苦地点点头说：“像。”

可能确实相像，要不组织上不会作出让老 A 暂时离开南京的决定。作出决定是一回事，怎么离开又是一回事，因为当时的情况很糟，老 A 的头像铺天盖地，大街上随便捡起一张废纸看，都可能是老 A 的头像。再说南京这个城市不知你去过没有，完全是个古城，四周城墙环绕，城门就是出口，将城门把守起来，你就只能变只鸟飞出去了。我记得为了让老 A 离开南京，我们做了很多努力，但依然找不到一个绝对保险之计。最后想来想去，还是用了一个很老套的办法，花钱买通了把守光华门的一个小头目，将老 A 装在一只木箱里，以文物国宝的名义走私出去。

这是一个多月后的事，老 A 总算躲过了劫难，我们悬起的心刚刚轻松下来，不料你母亲又出事了。

07

唉，人老了，记忆也老了，舌头也老了，就连皮肉里的血也老了，干什么都不可能像年轻人那么爽快、利落。你见过老人行走吗？一步一顿，走一步退半步，很烦人是不是？而他们自己却并不厌烦，是的，除了不厌其烦他们没有别的能耐。我相信我很早就已变成一个老人，一个啰唆的人，譬如这拐杖，它是说明我老和啰唆的有力证据，我离不开它，它既不是我的累赘，又是我的一只脚，我靠着它出门、上街，预防各种跌倒的危险。有时候，我也要用它打一条冒犯我的狗，大街上也许没有一条真正的狗，但是像狗一样的人并不是没有。哦，你看，我又把话扯远了。

那天是星期天，我记得很清楚，上午我在家阅读了几张解放区的报纸和一本小开本的油印刊物（都是秘密得到的），使我深受鼓舞。中午时候，天气很好，妻子让我带儿子和女儿去小红山公园看马戏团的演出，我以有事搪塞了。其实我没事，我只是想清静，想一个人待在家里，让宝贵的孤独包围我，让那些平时沉睡的东西苏醒过来（就像有片薄薄的阳光在我心里蠕动着，使我看见细微，听到静的声音）。干我们这行静心静气是最重要的。

后来，我坐在阳台上，目送他们远去，初春的阳光温暖又快活地在孩子身上跳跃着，妻子一只手牵着儿子，一只手牵着女儿，很抒情的背影，很像一个幸福的母亲和家庭。这时我突然想，这场战争到底什么时候才能结束？我在莫名其妙的不安中默默地回到房间，荒唐地翻出了上午已经看过的几张解放区报纸，重新又看了起来，仿佛这种阅读能够给我勇气，使我安宁。而事实也确实如此，因为几张报纸都亲切地告诉我：大决战已经开始，我们已经赢了第一个回合。我一边接受着熟悉的鼓舞（因为已是第二次），一边以一个幸福的人的眼睛预视着未来，我想我们的军队也许很快就会攻打南京，战争也许很快就会结束。

大约是一点多钟的时候，你母亲像幽灵一样突然出现在我面前，我马上意识到：她一定有什么紧急事要告诉我，就下楼去把门关了。回来，我见你母亲躺倒在沙发上，微睁着眼，满脸疲惫，像个病人。我想是不是出了什么事把她吓得这样，所以心里更加着急，问她出什么事了。她不置可否地摇摇头，很心乱的样子。我又问：

"你脸色不好，很苍白，是不是身体不舒服？"

她这才抬起头，看我一会儿，突然告诉我——很坚决地："我怀孕了。"

"怀孕？"我像是被什么烫着似的，慌乱地说，"怎么可能呢？"

"我上午去医院了，"你母亲摇摇头说，"没错的，已两个多月了。"

我徒然地在房间里徘徊，思考，我知道，这并不是个正常的喜讯，你母亲找我也并不是来报喜的。从某种意义上说，这是一道费解的难题，要考验我们的理性和感情。我不需夸张就可以这么说：这个生命伸出的一只手握住了我们的良心，另一只手却抓住了我们战士的信念，它把两件我们最最珍视的东西放在一起，同时又无情地让我们做"只要其一"的选择，这种选择无疑是我们每个战士最最害怕面对的：比死亡还害怕！死亡对我们来说并不是可怕的事，因为我们无视死亡，因为我们早已把生死置之度外——人们经常这样说，我们确实也是这么做的。

"他知道吗？"我问。

"谁？"

"大海。"大海是杨丰懋的代号。

"他去缅甸了。"

"什么时候能回来？"我想这种事情应该首先让孩子父亲知道。

“不知道，”你母亲说，“才走的，也许还要很久。”

我又问：“现在有谁知道？”

她说：“没人知道，就你和我。”

我问：“你打算怎么办？”

她说：“你看呢？”

我说：“这个问题只有你和组织才有权回答。”

以后几天我一直在等她的回音，我希望马上召开一次红楼会议。但会议不是我和你母亲可以召开的，我们只有等着它开，无权召开；只有老A或者代老A才有权召开红楼会议。我从来没有想过要当老A（老大），只有在那几天里我忽然希望自己就是老A。

有天，我去“小洋楼”给郑介民送文件，经过你母亲办公室时，我故意干咳两声，通告你母亲我来这里了，如果有事她会设法与我取得联系的。我们当时有种约定的联系方式：只要你母亲在楼道的大厅里给人算扑克牌命，就说明有事，我就要注意接收信号。我不知你母亲从哪儿学得了一手算命术，反正算得很有名堂，很像回事，一度在保密局内“名声鹊起”，说她算的命比夫子庙的天觉和尚还要准。那时候，找你母亲算命的人很多，我听说毛人凤还专门悄悄找她算过命（肯定是受秦时光蛊惑的结果），甚至只要她一出现在哪个休闲场所，有人就会缠她算命。这使她结识了很多人，得到了很多意外情报。

当我从郑办公室退出来，经过楼道休息厅时，我看见好几个人围着一张茶几和你母亲，我就知道她一定在用扑克牌给人算命，其实在等我去接收“信号”。我马上围上去，故意弄出点儿声音让你母亲知道：我已出来。

这之后，你母亲一定会暗暗地给我摆一副牌，这副牌的开头肯定是三张任意连着的菩萨牌（即J、Q、K），就像电台联络开始的呼号，呼叫对方注意抄收。随后出现的一系列数字牌即为报文（菩萨牌没有内容，可以置之不理），我用脑子记录报文，回去将相应的奇数换成偶数、偶数换成奇数，然后就可照着明码电报本翻译出报文。由于只能默记，报文总是很简单，一般是几个字，或者词组。

那天她发给我的报文内容是：灭火勿念。意思是告诉我她已决定不要孩子。但是谁让她作出这决定？孩子父亲知道吗？难道非这样不可？说真的，当时我确实为她想得很多，甚至每当想到她已决定不要孩子，我想劝她生下来的愿望就更加强烈了。也许要是她作出相反的决定，我就会有相反的愿望。这很可能。

两天后，我们在舞会上再见面时，不知是出于同情还是关怀，或是出于对一个生命的负疚心理，我愚蠢地提起了那个令人肝裂肠断的话题，建议她要想好，不要太冲动什么的。我还说到战争可能很快就会结束，意思是这样的话孩子就可以保留下来。

我话没说完，就感到你母亲短暂地抽泣了一下，一滴眼泪滴在我衣襟上。过一会儿，她告诉我，这不是她自己作出的决定，她已和组织取得联系，是组织上，是老A，做出了这决定，她仅仅是服从而已。

老A！

老A！！

那时刻我对这个满脸蛮横的老A不可抗拒地产生了恨意，在不满和不安之中，我想，我们这位老大也许就像毛人凤一样，是冷酷无情的；

也许是信念使他变得冷酷无情，但即便这样我也不觉得他有多么可敬可爱，因为一个人的痛苦——我至今还记得你母亲说那话时那种无可奈何的痛苦神情——已使我失去理智。那天晚上，我第一次对组织、对这个神秘的大老A产生了一种不亲切感。然而，一个星期后，深深的自责又折磨了我。

08

我觉得，如果我讲述的是一个故事，那么它现在正在往一个凄楚的方向进展，越来越像个悲剧故事。我知道，在一个无限的期限内，所有的人都会发生所有的事，但仅仅在一两个月时间内应该发生多少事，那是我不知道的。

那天下午我下班回家，妻子告诉我，那个经常给我理发的老头来找过我，说是来还我钱的。我妻子不知道，所谓还钱是个借口，给我送情报来才是真的。这个老头，曾经就像黑夜里的一把火，照亮过我，温暖过我，使我在最孤独的时候仍然感到组织的存在。但自你母亲到来后，我已好久没跟他联系了，他的突然出现使我感到吃惊，我心慌意乱地在沙发上坐下来，可以想象地在坐垫下摸到了他留下的纸条，一种盲目的恐惧心理使我马上打开了纸条，上面不过十几个字，通知我晚上去参加红楼会议。有那么一会儿，我感到轻松，就像避开了什么想象中的麻烦、危险，心想，我还正希望去开会呢，顺便可以建议组织上对你母亲的事情重新予以考虑。

说真的，那时候我强烈感到自己更希望你母亲把孩子生下来，一则我觉得你母亲有这样的愿望，我们应该尽量尊重她，不能伤她心；另外我想革命也许会很快胜利，我们也许没必要做出这牺牲。

但当我再次审视手上纸条时，我又感到了不对头，因为我想，如果正常的话开会的消息应由你母亲通知我，而且正常情况你母亲总是不叫我去，自己去开了会后，把会议和我有关的部分转告我：总是这样，很少有例外。记得只有一次，你母亲有事不能去，是我去的，那都是半年前的事了。我还记得，就在那次会上——我参加的第二次红楼会议，我发现我们已经少了一位同志，就是那个青年学生，你还记得吗？对，就是他，额头上有一块红斑的那个人。我现在想起来了，他代号叫“半月”。我或许在前面说过，他是我们中最年轻的同志，却是最早遇难的，牺牲时才二十岁。他的牺牲，使我懂得了——更加懂得了，成为不死，那不是我们地下工作者的愿望，因为那很不真实，很渺茫。有句话是这样说的：在敌后穿插，清晨起来还看见自己活着，那是多么幸福的事。

是啊，生命对我们来说就像天上彩虹一样容易消失，阳光、水汽，甚至你站立的位置、目测的角度——凡此种种，只要稍有偏差，都可能使彩虹消失。我们的生命就是这样的珍贵而伤感，因为我们的每一个举动都有着无可挽回和必冒风险的危机。有时候，我们甚至不得不用自己的手切断动脉、喉管，用自己的牙齿咬碎舌头，或者用一粒剧毒药片结束自己的生命。所以人们说，成为一名特工，无异于把一只脚送进了地狱的门槛，另一只在某天清晨或者傍晚随时都可能跟着进去。那确实是最真实不过的，也是最正常的，像我这样最后又把那只脚重新从地狱里退出来，成为一个八十岁不死的老人，可以说，是很罕见的，非正常的。

纸条在我手上变得沉重、生硬，像块铁片，我的手胆怯地颤抖起来，我想，难道这是你母亲出事的一个信号吗？她要好好的怎么会让老头出现？她会有什么事？是手术出了麻烦（处理孩子的手术），还是工作出了漏洞？一种极为空虚的灾难临头的不祥之感纠缠着我，折磨着我，我觉得发冷和害怕。窗外，天色正在逐渐昏暗，我几乎没有勇气出门，但又不敢在家里使用电话。最后我还是出了门，来到附近一家旅馆，拨通了水西门公寓的电话。电话嘟嘟响着，在我听来就像一艘军舰正在不断沉落。正当我准备挂掉电话时，对方却接了电话：

"这是杨董事长家，您找谁？"

我听出是管家的声音，就问："杨太太在家吗？"

她说："太太身体不好，正在休息，你有什么事？"

我说没事，就挂了电话，同时感到如释重负。我想，会出什么事？什么事也没有，她只是身体不好，所以要我去开会。甚至我想，她身体不好也许正是刚做了孩子的手术。这念头使我感到内疚，好像我就是手术的医生。我也感到遗憾，因为我正打算在晚上的会上替她说说情呢。说真的，我是做父亲的人了，我太能体会到孩子对父母来说有多么重要和珍贵。

晚上，天很晴朗，一盆银制的月亮早早地挂在了天上，马路上到处是房屋的不规则的阴影和像水一样晃动的树木的阴影。因为月光充盈，白色的救护车反倒失去它引人注目的特征，隐蔽在一片白色之中，所以我没能老远就看见它过来，而是到了眼前，等它在我身边戛然而止时，我才恍然明白，匆匆忙忙地上了车。车子尖叫着奔驰在阴影斑驳的大街上，却没有惯常地驶向郊外，而是在巷巷弄弄里穿来穿去。开始我以为还要接人，但车到水佐冈一带时，代老A突然伸手朝一条窄胡同指点了一下，说：

“双井巷28号，已被盯梢，以后不能联络。”

到了明故宫，代老A又说“桂花街17号已叛变，以后不要与他接头”，到光华门，代老A又说某某地方某某同志已被捕，以后不要再联系。就这样指点了好几处之后，车子才出城上了紫金山，在山路上拐来拐去地开了有半个钟头左右，终于停在一座别墅的门前。一个白胡须老头为我们开了门，带我们去了一间像洗澡堂的平屋：里面已有三个人在等我们，当中有理发店的跛脚老头他见我跟不认识似的，我也没有露出认识他的表情。另外两人其中一位是女同志，三十来岁，脸很大，头发剪得短短的（更显得脸大），穿着一套像少数民族的服装。包括理发店的跛足老头和刚才车子上的三位同志我以前见过外，大部分同志我都不认识，一下认识这么多人，我有点害怕，但又很兴奋，觉得我们竟有那么多同志。我们刚坐下，白胡须老头就退出去了，也许是去警戒的。不知是激动还是紧张，我注意到老头出门时露出了哆哆嗦嗦的目光。

会议一开始，代老A就神色严肃地告诉大家：最近我们已有两人变节叛变（其中包括花园街17号的），组织遭到惨重破坏，先后有七名同志被逮捕，组织上要求同志们暂时“避避风头”，“没有组织命令一律不准私自开展工作”。

“但是，”代老A目光变得犀利，“两个叛徒必须不惜代价除杀，冒最大险也要除杀！”看看大伙又说，“组织上决定这项任务交给‘望远镜’完成，必须尽快。”

“他们现在在哪儿？”坐在我正对面的一个敦实的中年人问。我想他可能就是“望远镜”。

“就在这儿，在毛人凤手上，”代老A说，“但据说就要离开南京，不知去哪里，也许是重庆。”

“毛那边不是有我们的人吗？”中年人好像有些异议，“让他们干不是更方便？”

代老A剜他一眼，责问道：“听你还是听组织上的？！”

中年人垂下头，不吭声了。

这时，坐在女同志和理发老头中间的那位戴眼镜的同志，就是原先在屋里等我们的三人中的一人，插嘴说：

“他们被捕了。”沉默一会儿又说，“刚被捕的。”

这人是谁？他怎么说我们被捕了？我想，难道是你母亲被捕了？这意味着下午我打电话时管家是在被迫骗我，同时也意味着我的声音已被录音！一下子我变得坐立不安，手脚居然控制不住地哆嗦起来。为稳定一下情绪，我掏出烟来。我把烟刚点燃，院子里突然传来一声呼叫，我们并没有听清楚呼叫的是什么，因为呼叫的人似乎刚出声喉管就被割断了。但这足以引起我们警觉，再说接下来的一阵子被压低的沓沓沓响声——像有一大群鸟在扑飞，更加提醒我们：出事了！

这时，刚插嘴说我们“已被捕”的那位“眼镜”同志率先飞身扑到门口，扯灭了电灯，同时大喊一声：

“快跑！”

但此时沓沓声像粘在屋墙上，要跑无疑已来不及。事实上我们一扯灭灯，外面就向我们喊话了。无法逃跑的我们只好都分散在屋子四周，像壁虎一样贴墙而立，目光齐齐落在代老A脸上。我说过，那天晚上月光很好，我看见代老A拔出手枪，朝传来喊话声的方向开了一枪，紧接着里里外外枪声和呼叫声四起。到这时，我反倒没有了刚才的惊慌，变得异常镇静，右手灵活地从后腰上摸出手枪，打开保险，朝窗外射击，一块玻璃我听出是被我的子弹击中咣当粉碎的。正当我准备瞄准再射时，跟我站一起的那位女同志突然踹我一脚，喊我：

“快！快撤！”

我随她指的方向看，那位刚才飞身灭灯的“眼镜”正在向我招手。我一个鱼跃飞身扑到他脚下，看见他裤裆下有另外一双脚正在魔术般地缩短，像正在被墙体吞吃。不一会儿那双脚不见了，露出一个圆黑洞，“眼镜”用脚踢踢黑洞，对我说：

“快过来！快走！”

我顺势扑入黑洞（当时我躺在地上），开始慢慢地听不到枪声。

暗道出口在一条山涧的两块巨石缝里，很隐蔽。我不知在暗道里爬行了多久，反正出来时已听不见枪声，不知是因为距离远的缘故，还是战斗结束了。我从暗道出来，看见理发店的老头已在外面，他身边没有其他人。这说明我前面只有他一人，我看到的那双“魔术的脚”就是他的。他上前来拥抱了我，然后把头伸到洞子里侧耳听听，也许听到了什么，转身问我后面是谁。我说不知道。过一会儿，后面人出来了，是“一把刀”，就是那个红头发青年，我在第一次“红楼会议”上见过他。他躲过了这次劫难，但……我说过，他很不幸，就在南京快解放时却牺牲了。

后来除杀两个叛徒的任务是他完成的，因为“望远镜”就在这场战斗中牺牲了。

他出来后很久都没人出来，我们不知道是不是还会有人出来，又担心等久了出麻烦，所以我决定让老头和“一把刀”先走，我再等一会儿。令我吃惊的是，当我看着他俩离去时，发现理发店老头的步态稳健自如……我突然对这位平常唯唯诺诺的老头肃然起敬起来。

他们刚走不久又出来一人，是那位女同志，她一出来就伏在我身上呜呜大哭。我以前从没见过她，我想她也不会认识我，她这样子使我有点窘迫。我劝了她一会儿，把她扶坐在一块石头上，然后像刚才理发店老头一样把头伸进洞子。她问我干嘛。我说听听看，还有没有人出来。她又一下哭起来，说：

“没有了，我刚进暗道他们就把门关死了，我一直在那儿听他们战斗，直到断了枪声才走。”

我问：“有没有被捕的？”

她说：“听不出来。他们肯定都牺牲了。”

这是个魔鬼和天使握着手降临的晚上，仅仅在短暂的一阵子枪声中，我知道了什么是死，什么是生；生和死都是那么猝不及防，那么神秘莫测。我感激上苍在如此危难中给我洞开一条逃生之路，但就这样我仍然要咒骂她夺走了我们那么多同志的生命。我没有忘记，那天会议上总共有十一名同志，这就是说，那天晚上我们牺牲了七名同志。

如果加上在院子里向我们呼叫的那人，牺牲的就该是八人。但我不知他是不是牺牲了。我也不知他是不是就是那个白胡须老头，也许不是。说真的，尽管只有一面之交，可我对这个白胡须老头总有种莫名的顾虑和怀疑，我忘不了他离开我们时露出的那道哆嗦的目光。如果说出卖我们的人肯定是那天晚上的人中间的一员，我要说他就是“这一员”——卑鄙的一员！但谁也不知道这卑鄙者是不是就在我们这些人中间，我现在也不知道，所以我这么怀疑他也许是不公平的。

09

让我歇一歇，让我想一想。我确实老了，刚刚还在嘴边的话，一下不知跑到哪儿去了。人老了什么东西都跟着老了，包括我记得的事情也老了，老得随时可能消失无踪。我曾经能够把关于你母亲的事牢记得都能背下来，可现在不行了，现在能掏出一半就不错了，还有一半不是我没有记得，而是从记得的记忆中消失了，死亡了，就像有些树枝从树上死掉一样。这是没办法的事，人老到我这年纪别说记住的东西要离开我，就连牙齿这么坚固的东西都要离开我——你看，这全是假牙。人的记忆就像河水，淌得越远流失得越多。我这河里的水真是越来越少了。说真的，我现在怎么也想不起那天晚上我是怎么跟那个女同志分手回家的，那个晚上就像一道黑色屏障，不但把我们很多同志的生死隔开了，也把我的记忆隔开了，我甚至以后好几天的事情都想不起了。

刚才我说人的记忆像河水，这是为了形容记忆的流失才这么说的，其实这说法是不对的，如果说这种说法是正确的话，那我们就得承认我们的大脑是台摄像机（又是放映机），将对当时进行的每分每秒的事情都事无巨细地记录在案。事实上我们的大脑没有这么了不起，起码在记忆能力上，顶多是台高级相机而已。对过去来说我们的大脑无异于一册影集，我们的回忆正是依靠几张照片，通过想象来完成的，想象的自由和成功与否来自于摄下照片的多少。现在我看见一张“照片”，是自己和杨丰懋深夜坐在水西门公寓的楼上客厅里，这也是我继暗道逃生之后有的第一张照片——之前没有留下任何照片，所以我不知道是谁让我去那里的，什么时候、怎么去的等等细节。

然后“照片”越来越多，所以我可以越来越清楚地告诉你：我们坐了一会儿，你母亲从另外一个房间里走出来，步子很沉，脸色苍白，一副病蔫蔫的样子，见了我就像见了救命恩人似的扑在我怀里，呜呜地哭。她这样使我马上想到，她一定是把孩子手术了，所以我安慰她不要哭，说她还年轻，等革命胜利了再要孩子也许比现在更好，这日子不会太久等等。

你母亲却哭得越发伤心，一边哭一边诉说道，声音里有种彻骨的悲痛：“我要把孩子生下来……呜呜呜……孩子他爸牺牲了……呜呜呜……我要把孩子生下来……呜呜呜……”

你想想看，当时杨丰懋就在我身边，你母亲这么说我当然无法理解：她简直糊涂昏了！

这时杨丰懋上来把你母亲扶在沙发上安慰一番后，转身对我这样说道：“我已接到上级指示，今后南京地区地下工作由我全面负责，我就是今后的老A。我任命你为代老A，这是委任书（给我一本证书），今后你有权代我行使任何权力。现在我决定对你公开我和鸽子的秘密关系，我和鸽子其实不是夫妻，而是兄妹，只是为了掩护身份才假扮夫妻的。”

兄妹俩假扮夫妻，现在看这种伪装并不是无可挑剔，因为这样等于是将两枚炸弹捆在了一起，爆炸的可能就多了一倍。但在当时似乎又必须这样，一方面这样做便于把保密局的各路情报及时送出去，当时我们只有在水西门公寓才有一部上好的电台，你母亲要没这身份，经常出入那里显然不可能，也不安全；另一方面也是为了摆脱秦时光等人对你母亲的纠缠。那些混蛋怎敢去纠缠大名鼎鼎的杨太太呢？

那么谁是你真正的父亲？

杨丰懋告诉我：就是老A，那个真老A！

“你是知道的，”他站起来，一边走一边说，“鸽子怀着身孕，组织上曾要求她不要这孩子，但现在孩子父亲老A已不幸牺牲了。你也许不知道，老A就在那天晚上的会上，而且就是因为掩护你们才牺牲的。现在，鸽子希望组织上同意她把孩子生下来，这是老A唯一的孩子。我作为她哥无权做这样的决定，现在由你行使代老A权力作出决定，你的决定就是组织上的决定。”

啊，这对我来说又是个惊心动魄的晚上。啊，我很遗憾，我真的很遗憾，老A，我仰慕已久的老A（也是你父亲）居然就在那天会上，而我始终也不知哪一位是真正的老A。你母亲说你父亲肯定戴着眼镜。可那天会上有三位同志戴着眼镜。我希望你母亲多给我一些特征，她说她也说不准，因为你父亲当过演员，擅长化装，而且经常化装，你母亲也不知那天他会化装成啥样。而且说实在的，即使你母亲给我明显特征，我也无法确认谁就是你父亲老A，因为会议时间那么短，我根本没在意谁是谁，谁和谁有什么区别。不过我一直想，那位预先在洗澡堂等我们的那位“眼镜”——就是后来插话说我们已被捕的那位“眼镜”——就是飞身扯灭电灯的那位“眼镜”——就是让我从他裤裆下逃生的那位“眼镜”,也许就是你父亲老A。就算是他吧，可我也没在意他长啥样，只模模糊糊觉得好像个头有些魁梧，穿的是条当时很时髦的那种肥肥大大的浅灰色呢裤子——因为我从他裤裆下钻过，所以单单记住了裤子的特征。这说来简直是个笑话，一个我那么敬仰、那么想认识的人，而且也给了我认识机会，而我却只记住了他穿的一条裤子的颜色和样子。啊，人生就是这样，阴差阳错的，充满遗憾。人的一辈子总有遗憾，和你父亲同在一屋而没有认识他，这无疑是我今生今世的一大遗憾。

据你母亲说，她和你父亲是在一艘开赴法国的海轮上认识的，时间是在1939年或者1940年春天，我记不大清楚了。那时候，你父亲已是个很出名的影星，三十来岁，你母亲刚二十岁出头，在美国留学。当轮船到西班牙后，你父亲先上岸，两人于是分了手。后来你父亲回国到南京，一直和你舅舅杨丰懋有着亲密的往来，这无疑为你母亲再见到他提供了上好条件。我想，你舅舅杨丰懋可能是促成你父母婚姬的一个重要人物。但他们后来是什么时候再见面的，什么时候产生的爱情，什么时候结的婚，这些情况我都不知晓。我猜想，在你母亲来南京前他们可能就结婚了，你母亲所以到南京来工作，也许正是为了同丈夫并肩战斗吧。据我所知，你母亲以前在国民党上海宪兵司令部做事，她到我们这儿来也正是宪兵司令杨家虎举荐的。

我刚才说了，你舅舅任我为代老A，同时把决定“你”的生杀大权交给了我。你知道，我是从来不赞成牺牲孩子的，现在既然权力到了我手上，我当然毫不犹豫地同意你母亲把孩子生下来。然而，我想不到，你母亲，还有你舅舅，也一定没想到，我的这个毫不犹豫的“决定”却给我们带来了无法估量、无法弥补的损失。没有人能否认，“洗澡堂会议”让我们一下牺牲七名或者八名同志是个巨大的损失，然而为把你生下来我们的损失却比“洗澡堂会议”的损失还要巨大，还要惨痛。

10

我知道，我们没有哪个人生来就是想做错事的，是的，我们生来谁都不想做错事，但这不是说我们可以不做错事。我们可以一生不做好事，却不可以不做一件错事。我们每个人都时不时在做错事，做错事成了我们生活不可割裂的一部分。如果一个人从来不做错事（这不可能），那就意味着这个人没有生活，没有成长，没有一切。事实上，这样的人是没有的，不存在的。我这么说的意思是说我们不要怕做错事，有时候做错事反而会把我们敲打得更加坚硬有力。但我又要矛盾地强调，我们搞地下工作的决不能做错事，我们工作的性质不允许我们做错事，因为错误一到了我们手里就变成了大的，小的也是大的，甚至一个不合时宜的喷嚏也是个偌大的错误，也会断送我们乃至成千上万人的性命。这就是我们地下工作者的矛盾，一方面我们是人，不可能不做错事，另一方面我们又不能做错事，一做错事就可能断送我们只有一次的性命。所以从某种意义上说，我们从事的是世上最残酷也是最神秘的职业，任何一个变故，任何一次疏忽，乃至任何一个正常的错误，都可能结束我们的生命。这是没办法的，最好的办法便是把生命置之度外。我相信我们就是这样的，我们也只有这样。

我说过，1948 年的 3、4 月间，我们遇到了很多麻烦事，这个春天谁也想不到会这么难过。其间的一天，保密局全体人员在二楼小礼堂里开我的上司吕展的追悼会（这老东西早该死！），中途我去上厕所，不一会儿就听到你母亲的脚步声在我背后响起，便知道她一定有什么事要通知我。我故意在厕所里磨蹭着，等你母亲入厕有一定时间后才放水冲厕，通告你母亲：我要出来了。果然，我刚到洗手间，你母亲跟着也出来，和我并排站在那儿洗手，同时往我口袋里塞了张纸条，告诉我说，郑介民知她有身孕很生气，要她尽快把孩子处理掉，问我怎么办。你看，你还没出生就开始给我们找麻烦了。

我经过再三考虑，决定不理他。这样一来你母亲无疑要冒犯郑了。

其实，经过不长时间的明争暗斗，郑在保密局的势力基本已名存实亡，尽管他抓住毛人凤诸多把柄和秘密，但反蒋派毕竟势单力薄，郑纵然有千手黑材料也难不倒毛，斗不过毛。根据这情况，我想与其小冒犯不如大冒犯，索性一不做二不休，干脆把郑私设电台，让你母亲偷听“蒋毛专线”之事向毛告发。我的这一想法得到了你舅舅和母亲的一致赞同，于是由你舅舅出面，把毛人凤请到饭桌上，用郑介民和秦时光作下酒菜，喝得毛暴跳如雷。告郑的同时又告秦时光（诬告他被郑重金收买），这是你母亲提出的建设性意见，这样不但把秦时光这条狗除掉了，同时又可能日后让你母亲接替秦时光的角色，无疑使我的想法变得更加高明。这一招很灵验，不出半月，郑被调离保密局，“荣升”军事委员会副主任。军事委员会其实是个虚职，郑此次“荣升”实为明升暗降。郑走后不久，毛在保密局内部大肆清算郑，可悲的秦时光稀里糊涂成了郑的走狗，被派去北平开展特务工作，一下火车就被我们的同志除杀。这便是一条狗应有的下场。

秦时光走后，毛果然调你母亲干起了秦留下的活儿。毛对自己与蒋秘密联络的事显然不想让更多人知道，而你母亲已知道，而且对他又那么“忠诚”，所以你母亲在他认为是最合适的人选。当你母亲像只蝴蝶一般从我身边掠过，踅入秦曾经出入的密室时，我心里发出了欢喜的狂笑和嘲笑，我想总有一天，毛会为他这天大的失算扇自己耳光，这无疑比我们直接扇他耳光还叫人开心。由于有了这开心的想象，那天上午的一切，包括被毛的一顿臭骂，和在楼梯上不慎闪伤脚，竟然都变成了我的快乐。

这是5月间的事。6月份，我被正式提拔为处长。我相信，这一定跟你母亲有关。事实上，毛在任何处室都安插了眼线，以前我这里的眼线是秦时光，现在变成了你母亲，这就注定我有荣升的“前程”。

7、8、9三个月，我一直在重庆。当时南京政府“弹劾”蒋的人很多，按蒋的旨意，毛人凤亲手将保密局部分机构悄悄转移至重庆，我在重庆主要负责接应工作。

10月9日，毛为褒奖我在重庆工作“得力”，派专机将我从重庆接回南京过国庆节（10月10日）。这天晚上，在保密局国庆招待会上，我居然没看见你母亲，使我一下心虚万分。直到第二天晚上，当我在你舅舅招待保密局处以上人员的宴会上见到你母亲时，才恍然大悟为什么昨晚看不到她，正是因为你的缘故。当时你已有八个多月，“大腹便便”的她显然不适合出现在大庭广众面前。我以为这样她肯定是上不成班了，结果第二天我刚在办公桌前坐下，你母亲笨重的身体像企鹅一样挺过我身边，我心里顿时感动得想哭。我想要不是为了革命，大家闺秀的你母亲这时也许早在某个花园里被孩子父亲及一大堆用人众星捧月地呵护着，期盼着，悠闲和幸福像空气一样包围着她，使她一辈子都对这段时光充满甜蜜回忆。然而，现在她甚至看不到一张真正的笑脸，她自己的笑脸因为孩子父亲的不幸也很难看见了。革命有时就是这样，并不比坐牢或者比坐牢还要难受的折磨好受一点，尤其是搞地下革命的。我并不是怀疑或者否认自己的一生，但如果一个人还有来世的话，我想我一定会重新选择自己的职业，我宁愿做个短兵相接的战士，也不要重操旧业，这是世上最残酷、最抑制人性的职业。

这个月底，保密局一批政治犯在秘密押往重庆途中的前一站丰都码头被营救，著名的有张干林师长、卢学东教授等十一人。这当然是我们干的好事，又一件好事！这事把毛人凤气疯了，他吼叫着从一楼冲到四楼，从厕所冲到会议厅，像一条被咬伤的疯狗。我钻在办公室里，表面上气呼呼走着，骂手下人，甚至还踢翻了两只热水瓶，心里头却高兴得直想哈哈大笑。我有种预感，毛一定会派我去处理这事，这样的话我们十一名同志必将安然无恙离开鬼城丰都（他们暂时还未离开丰都），因为我知道他们藏在何处：就在码头警务连弹药库里的十一只墨绿色炮弹箱内，我将在派出所有人四处搜索的同时安排船只，将同志们划过江去。

果然，被我踢翻的热水瓶碴子还未清理净，我桌上的电话便响了，我抓起电话（故意对着话筒骂人），听到毛气冲冲的声音，要我马上乘他专机去重庆。就这样，我去了丰都，把同志们安然送过了江。因为没有抓到人（永远抓不到），我自然不能很快回去，所以我又在重庆耽搁下了。

一天中午，我正在行山宾馆陪两个美国佬用餐，我的勤务兵急冲冲跑来向我报告，说毛人凤马上到重庆，现在正在飞机上。我赶紧驱车去机场。机场已候了一帮政界军界要人，经打问才知毛是陪蒋经国来重庆的，我一个小小处长还远不够迎接的资格。

这天晚上，毛忙完了大事，将我喊到他下榻处，一见面就得意扬扬地对我这样说："你没有抓到共党，我倒是抓到了条大鱼，一条大大的鱼，你想知道是谁吗？"看我摇头，他又说，"是林英，你没想到吧，这个婊子养的！"

林英就是你母亲当时的化名。

我说："林英？不会吧，她不是杨大人的夫人，怎么会呢？"

毛骂："嘿，什么夫人，他们根本不是什么夫妻，都是他娘的共党！"

我想这下真是完蛋了，可怎么会这样呢？我故意套问他怎么发现的，他嘿嘿一笑说："踏破铁鞋无觅处，得来全不费工力。是那个婊子自己把自己卖了！嘿嘿，是她肚子里的小东西把她卖了，嘿嘿。"他边说边来来回回走着，一边又津津有味地说，"你想不到的，她在生那个小东西时几次昏昏迷迷地呼叫一个叫'何宽'的人名，下面人向我反映这事后，我就想这个'何宽'是她何许人也，她干嘛在这时反复呼喊他？这中间肯定有秘密，有她不可告人的东西。起初我以为这何宽是她的相好，孩子是她和相好私生的。这么想着，我还为杨丰懋感到不平，戴了这么一顶绿帽子。但后来我琢磨起何宽这名字时总觉得很耳熟，像是听说过似的，是谁呢？

军情处的老汪给我提了个醒，说是三十年代曾在上海滩上名噪一时的一个影星，名字就叫何宽。而这个何宽你应该知道是谁，就是我们几个月前曾四处搜捕，后来在紫金山上拒捕被我们当场击毙的那个代号叫老A的共党头子王立。哈哈，这下我把问题想开了，不把她当婊子看了，而是怀疑她和杨的关系，怀疑他们是共党。于是我派人暗中盯梢水西门公寓，哈哈哈，尾巴就这样露出来了。一天晚上，都半夜了，他们的管家，是个女的，突然钻进他们花工的小木房里迟迟不出来。我的人开始以为他们是在偷情，想去看个新奇，结果看里面根本没人影。这就奇怪了，因为花工明明是在里面的，而且刚才还明明看到有人进去，怎么一下都不见了？盯梢人向我这么汇报后，我想有进就有出，让他们不要打草惊蛇，守它个通宵，结果就守到了，天没亮，两人一先一后从地底下钻出来，哈哈哈，那地底下可有名堂呢……”

我知道那房子里有地道，我们的电台就设在地道里，地道破了自然什么都破了。啊，想不到啊，想不到，你的出世居然把你母亲的身份暴露了。你母亲正是在生你的时候情不自禁地呼喊你父亲的名字而暴露了身份，照毛人凤的话说，就是你出卖了你母亲。啊，一个女人生孩子按说是多么正常的事情，谁想到这……好了，现在我可以跟你这么说，地下工作是世上最残酷又危险的职业，任何一个举动、一个眼色、一滴眼泪、一个喷嚏，甚至一声梦呓，都可能意想不到地出卖你，使你苦苦营造多年的一切毁于一旦，毁于一瞬间、一念间。啊，女儿，我的女儿，请允许我这么亲切地称呼你，请你不要怪我跟你说这么多，我是决计要跟你说这些的，我要把我所知道的有关你母亲的事情，尽管是一点一滴的，都要尽量地交给你，让你看看，让你记住。我说你要好好地把这一切都记在心上，心的心上，因为你是你母亲唯一的亲人。我时常想，这世上除了你也许再找不出第二个可以怀念你母亲的人，她的亲人、朋友和战友很多已经在那场战争中牺牲，幸存下来的现在也该老死了，或者说正在走向死亡，就像我。哦，女儿，我的女儿，过去了那么多年，我能说的也许还没有丢掉的多，过去了那么多年，我真的丢掉了很多该说的。我为什么不早十年、二十年或三十年来跟你说这些？那就是我的故事了，你要感兴趣的话以后我会跟你说的。作为一个在国民党心腹机关里干了一辈子的“老地下”，我现在这年纪也许是无法说完我的故事了。